十二樓

李　漁　著
陶恂若　校注
葉經柱　校閱

三民書局

十二樓總目

引言

陶恂若

十二樓是清代擬話本小說的佼佼者，納川叢話云：「笠翁有平話小說十二樓，仿今古奇觀例，書甚佳。」孫楷第先生在其李笠翁與十二樓的序文中說其：「篇篇有篇篇的境界風趣，絕無重複相似的毛病，這是他人所趕不上的。」認為清代除了笠翁外，「沒有第二人了」。誠然，在中國小說史上，李漁的十二樓是佔有著不可忽視的一席地位的。

一、十二樓的意蘊內涵

㈠、「勸懲」的意蘊

杜濬在其順治戊戌（一六五八）所作的序中說十二樓：「以通俗語言，鼓吹經傳，以人情啼笑，接引頑痴，……語云：『為善如登。』覺道人（李漁）將以是編偕一世人結歡喜緣，相與攜手，徐步而登此十二樓也。」這就是說，十二樓旨在勸善懲惡。對此我們應該怎麼看？

首先，作品確是存在著此種意向（按：李漁自己也說過傳奇旨在「勸使為善，戒使忽惡」的話）。即以三與樓與歸正樓而言，前者通篇在於箴戒勿為富不仁，勿巧取豪奪；後者通篇在於敦勸改惡從善，棄邪歸正。而這更多的是體現在各篇的據事論理的議論中。

其次是，在這種「勸懲」中，有些我們還應將其口頭「鼓吹」的東西與作品具體是怎麼寫的，聯結起來加以考察，從而就可發現，有些篇什其實際所起效應卻並不如是，合影樓就是典型的一例。其議論所「鼓吹」的是要治家的人「杜微防漸」，要「嚴分內外，重別嫌疑，使男女不相親近」，亦即「欲斷鍾情路，男女分開住」，使之可「懲奸遏慾」。可其卻又著力渲染男女相慕之情是：

家法無所施，官威不能攝，就使玉皇大帝下了誅夷之詔，閻羅天子出了緝獲的牌，山川草木盡作刀兵，日月星辰皆為矢石，他總是拼了一死，定要去遂心了願。……到了這怨生慕死的地步，你說還有甚麼法則可以防禦得他？

這就自然地給人以這樣的印象：愛情的力量可謂大矣哉！兼之以作品中列舉的「紅葉題詩」、紅拂女夜奔李靖、紅綃女偕崔千牛越牆等歷史傳說，再看作品中主人公水中「合影」鍾情，雖經幾番周折，最終還是得到美滿結合。充分地表明了不是「理」勝「情」，而是「情」勝「理」。而這正好與程朱理學倡導的「存天理，滅人欲」背道而馳。就這樣，其「懲勸」也就無形中成為：鼓勵青年男女為了獲得真正愛情，須得執著追求，要毫不猶豫地去衝決一切禁錮與障礙！這也許由於李漁本身也是屬於作品中屠觀察那種「風流才子」式人物，因此當他在觸及到愛情問題時，就身不由主地站到了有情人應美滿好合的立場上去了，從而使「勸懲」走了「調」，出現了如是正（反）話反（正）說的情形。由此人們亦可理解到在十二樓中所佔幾達半數有關婚姻家庭的，其結局皆是圓滿的，無一是以悲劇而告終之所以。

其三是，在有些「勸懲」中有著音中之「音」。像歸正樓結末，在淨蓮讚了貝去戎的機智不下於陳平、諸葛亮，大可為朝廷建功立業，故以惋惜的口吻說他「為甚麼將來誤用了」，緊接著議論：「可見國家用人，不可拘限資格，穿窬草竊之內，儘有英雄，雞鳴狗盜之中，不無義士。」固然其接下去又有：「惡人回頭，不但是惡人之福，也是朝廷當世之福也」之語，但「國家用人，不可拘限資格」一語，卻以噌吰異響振顫於其中，這與作者的久困場屋，未得一官，也是不無相關的吧？所以對作品的勸懲性議論，人們須以分析的眼光去看待之。

(二)、作品的內涵

十二樓所敘寫的大都是本自作者自己的見聞，或是「不必盡有其事」的憑空結撰，也有作者的自寓，這大異於以往擬話本的創作依傍傳說、戲曲來再創作的情形。綜其十二篇所寫的內容，大體可歸納為如下四方面：

敘寫愛情、婚姻家庭生活的。這一類數量最多，計有：合影樓、奪錦樓、夏宜樓、拂雲樓、十卺樓五篇。這些作品除了鍾情男女幾經曲折而終遂夙願外，其中有一個值得令人深思的問題是，女性權益問題。無論是奪錦樓的父母任意配婚、夏宜樓的婚姻操諸父兄、拂雲樓的女方任憑男家毀約，乃至十卺樓的任意易妻、休妻，尤其是不幸的「石女」被轉賣竟達一、二十次，這些集中表明了在封建社會裡，婦女毫無「女權」可言，他們絲毫沒有自主的權利，處於任人擺布的境地。

抨擊昏君宦官權臣的。這主要集中在萃雅樓與鶴歸樓中，前者揭露了明末宦官專恣、權臣專橫，官僚黨私阿附，欺壓良善。這是明末的歷史現實，明代出現過炙手可熱的閹宦王振、魏忠賢，作品中沙太監不啻是他們的縮影，他可肆無忌憚地閹割一個平民，使其成為廢人，並剝奪他的自由。官居「太史」的權臣嚴世蕃，乃一代權奸嚴嵩之子，嚴氏父子在明季可謂隻手能遮天，作品借阿附黨私的官僚之口道：「難道一個嚴府，抵不得半個朝廷？」他與沙太監朋比為奸，為滿足其不可告人的私慾，為所欲為地踐害良善！後者則直指封建最高統治者宋徽宗，其所寫徽宗撚酸吃醋事，雖於史無徵，但卻真實地反映了北宋末年統治者的驕奢淫佚，在敵軍兵臨城下時，猶醉生夢死地廣選嬪妃。作品借段玉初之口，發出了「匹夫無罪，懷璧其罪」的憤懣吶喊，對意外臨頭的「幸運」（徽宗被迫放棄已選定的繞翠得嫁於段），惶惶然認為「覆家滅族之禍，未必不階於此」！士人尚且如此，其對天下蒼生之肆虐，可不言而喻。

反映亂世人民離亂、生靈塗炭與惡濁世風的。奉先樓與生我樓敘寫的是父子夫妻破鏡重圓，但從中卻正可窺見亂世人民的苦難現實。中國的封建禮教對婦女的貞節十分強調，自宋代以來，「餓死事小，失節事大」，是對女性的絕對要求與必須恪守的信條，可是在奉先樓中，丈夫為了保全年幼的兒子，卻堅執要求妻子不要守節，這種反常舉措，突出表現了亂世人民求生不能的苦難。而生我樓中，戰亂中被擄的婦女，竟像出賣牲口似的裝在袋子裡被公開拍賣，且看作品這段描寫：

> 有無數的亂兵，把船泊在此處，開了個極大的人行，在那邊出脫婦女。……那些亂兵又奸巧不過，恐怕露出面孔，人要揀精擇肥，把像樣的婦人都買了去，留下那些揀落貨賣與誰人？所以創立新規，另做一種賣法：把這些婦女當做腌魚臭鮝一般，打在包捆之中，隨人提取。……止論斤兩，

不論好歉，同是一般價錢。

亂世婦女，被袋裝按斤兩出賣，其遭際之悲慘，實為人們所不能想像。歸正樓則反映了當時局詐行騙的世風，其中表面持齋念佛，暗裡燒煉假銀生財的偽善而實惡的行徑，與主人公貝去戎的種種神乎其技的拐騙手法，……展現了其時社會的面面觀。

寄寓作者理想的。這主要有三與樓與聞過樓。作品中的主人公虞素臣與呆叟，可謂是作者的夫子自道與自我寫照。前者著重寫曠達、狷介胸懷，後者著重抒寫淡泊名利與交友信而直的為人。

二、十二樓的藝術表現手法及其特色

(一)、體制的創新

作者在他的閑情偶寄中力主「洗滌窠臼」，他還這樣說：「傳奇一道，尤是新人耳目之事，與玩花、賞月同一致也。使今日看此花，明日復看此花，昨夜對此月，今夜復對此月，則不特我厭其舊，而花與月亦自愧不新矣。」十二樓在體制上不若以往擬話本那樣的每篇一回，而是回數不一，除奪錦樓外，有六回的〈拂雲樓〉，四回的〈歸正樓、鶴歸樓、生我樓〉，三回的〈合影樓、三與樓、夏宜樓、萃雅樓、聞過樓〉，有二回的〈十卺樓、奉先樓〉，這樣的體制可根據需要，靈動自如的表達內容。再是「入話」〈作品中有時稱「帽頭」〉，它是沿襲說話而來，是以「引子」的形式放在正文之前〈原意在聽眾未到齊之時起到候客、墊場的作用)，以往的話本、擬話本，常用詩詞或與正文情節相似或相反的故事組成。十二樓則採取詩詞與議論及相似(反)故事三結合，特別注重用議論來點明趣旨。諸如鶴歸樓，起首引用了元人抒寫牛郎織女七夕歡會的七古，其結末是：

明年七夕還當期，不見人間死別離，朱顏一去難再歸！

接著議論：

這個題目好詩最多，為何單舉這一首？只因別人的詩，都講他別離之苦，獨有這一首，偏敘他別離之樂，有個知足守分的意思，……骨肉分離，是人間最慘的事，有何好處倒以「樂」字加之？要曉得「別離」二字雖不足樂，但從別離之下又深入一層，想到那別無可別離不能離的苦處，就覺得天涯海角勝似同堂，枕冷衾寒反為清福。

爾後寫了一則酷夏富人與窮人一同住宿飯店故事：富人在蚊帳中，怨帳外蚊聲擾人，而無蚊帳窮人則不停行走以避蚊叮，口中卻連聲喊著「快活」(高興)，富人問其所以，窮人說是比起獄中身子不得動彈罪人，想學他這樣舒展自由也不能，所以自家就得意起來。接著又議：

若還世上的苦人都用了這個法子，把地獄認作天堂，逆旅翻為順境，……不但容顏不老，鬚髮難皤，連那禍患休嘉也會潛消暗長。方才那首古風，是說天上的生離，勝似人間的死別。我這回野史，又說人間的死別，勝似天上的生離。

這樣，既點明了題旨，又暗透了情節內容，且令讀者讀來饒有興味。這種方式在具體運用上又有所變化：故事或有或無，詩詞或單首或多首，有時議論兼帶說明（如拂雲樓之對「梅香」的說明），從而使作品的「入話」每篇各有千秋。

(二)、情節構思獨特

李漁認為戲曲是有聲的小說，小說是無聲的戲曲，所以他把小說稱之為「無聲戲」。在十二樓的情節構思中，他著意從構築戲劇衝突著眼來安排情節，從而使之起伏多變，曲折有致；且其構思頗有出人意表者。以合影樓為例，屠珍生與管玉娟一雙倩影相印池上，通過水面傳書互訂鴛盟，「影中問答，形外追隨」，兩人卿卿我我。可是由於兩家父輩雖誼屬親戚卻勢同吳越，當珍生之父屠觀察知情後，請託與屠、管兩家均契厚的路子由居間作伐，遭管提舉嚴詞拒絕，因此轉而向路求親，與路的螟蛉女錦雲訂了婚，冰人變成了岳翁。可這遭到了心屬玉娟的屠珍生之強烈反對，並誤解路居心不良，「千烏龜、萬老賊，罵個不了」，岳翁又成了「受罵翁」，使屠父無奈央求路解了約。可這不只導致路女錦雲因怨恨而成病，也使不知此中就裡的玉娟得知屠、路訂親，怨恨珍生薄倖背盟，加上其父築堤填池，信息難通，積憤成病。而珍生則認為求親不成後管家纔築堤填池，誤以為乃玉娟絕情報復而求其父如此的，也又怨又憤害了病。……最後由路設計認珍生為義子，對管不明言是珍生，向管提親並得到管的允親，屠、路婚約亦不變，爾後路為子、女同日嫁娶，珍生、玉娟、錦雲病體霍然，完滿結合，管、屠亦復和好。一場紛紜錯綜的糾葛，以喜劇而告終。情節始終圍繞著以珍生、玉娟青年男女為一方，與老一代守舊的管提舉為一方的主要矛盾衝突而展開，一波未平，一波又起，在矛盾衝突中，珍、娟、錦的執著追求（這中間珍生大膽，玉娟拘謹，錦雲和順），管提舉之迂腐固執、屠觀察之不拘常套、路子由之豁達風趣的個性，都一一得以展現。

就這樣，李漁本著自己的生活中有許多「前人未見之事」、許多「摹寫未盡之情」的創作理念，似提煉戲劇衝突那樣，精心構思。其構思的男女主人公藉池中之「影」熱戀情節，堪謂愛情史上的創舉，也確是令人耳目一新。他如夏宜樓的以望遠鏡為契機，構思情節的發生、發展，與矛盾的最終解決。十卺樓的以乩題樓匾為機杼來敷演主人公先娶「石女」，父母強為退婚，以後迭經八次「婚變」，最後從外地娶回的竟是淪落的原先石女，亦似之。總起來說，十二樓的情節構思，每篇各有丘壑，不相雷同。

與情節相關聯的是，細節的運用。細節不屬於情節，但它有很強的藝術表現作用。在十二樓中，像奉先樓的舒娘子，不只不與舒秀才相會，且命人用鐵鍊縮繫其頸，從而使舒秀才免遭於難，有力地表現了舒娘子的心細如髮與思慮的周密。歸正樓的燕子啣泥，在原「歸止樓」匾上的止字添上了一畫，成了正字，「歸止」變成「歸正」，平添了傳奇色彩，均是之。

㈢、擅起波瀾

李漁在其閑情偶寄中云：「山窮水盡之處，偏宜突起波瀾」。所謂「山窮水盡之處」，也就是指敘寫事件將落入平板之境時（此乃文家之大忌），在此情形下，就得要突起波瀾。十二樓情節線索大都單一，並不複雜，而能使各篇皆寫得不板滯且能引人入勝，可謂全得力於此。作者擅於尺水興波，在情節開展過程中橫生波瀾。像奪錦樓當刑尊以考試擇婚方式，解決了二女婚配時，而應試獲攜的袁士駿卻意外地說自己「命犯孤鸞」拒不接受，接著又道出了一同中選而現今未到的郎志遠係他至友，其文乃袁為成全郎而代作的，連自己的應試，也出於此（中選讓予郎）。而刑尊則非惟不加切責，且就其「命犯孤鸞」之說，以「命理」妙為解說，使袁無可推託，終於受命。再像奉先樓中舒秀才從將軍那裡領回了失散的孩子，乘船回歸，正在為已是將軍夫人的舒娘子不得一面，從此天南地北永隔而感傷之際，忽見有飛騎持令箭從岸上趕來，追他轉去，使舒秀才為之大吃一驚，追爾後將軍告知：是其妻在他父子離開後，閉窗自縊，將軍救甦後知舒娘子乃忍辱救孤的節婦，而慨予成全，於是又大喜過望，亦屬之。

(四)、巧合無痕

作者以巧合使情節臻致離奇，且妙合無痕，從而收到了突如其來、倏爾忽變的藝術效果。這突出表現在生我樓中：丟失幼子的尹厚，暮年出外，帽插草標，手持賣身為父招牌，物色理想中的嗣子，遇以販布為生的孤身青年姚繼，自願買他為父，並待尹極盡孝道，經尹多方考察深為滿意，攜姚同返鄖陽家中。中途，姚別尹上岸，找尋早有婚議的曹家女子，然曹女已被亂兵擄去，只得廢然回歸另行搭船去鄖陽，中途停船碼頭，見有亂兵在拍賣婦女，其規定凡見者不買就論斬，無奈買了一袋，啟袋竟是一白髮老嫗，好心的姚繼不忍老嫗流落，認其為義母。老嫗感甚，告以發賣中有一少女甚美，並告之捫觸特徵，囑速再往買之，袋啟，居然竟為意中人。於是相偕回歸，迨與尹相見，所認義母，恰正是尹外出後被掠走的老妻。及至入居，姚繼恍似舊識，最後經驗證，姚正是他們早年丟失的親兒。又如拂雲樓，青年秀士裴七郎自視甚高，揚言定要娶個絕世佳人，迫於貪財的父命，退了韋姓女子婚約，另娶封氏，卻醜陋不堪，七郎深以為恥，值端陽合郡男女往看競龍舟，突暴雨，一眾婦女趨避，其婦當眾醜態百出，而在眾人笑嗤聲中，卻得睹韋女主婢之艷姿。……這一巧合並為後文情節的發展，作了自然合榫的鋪墊。這種巧合，在戲曲中常用，作者李漁不僅是戲曲理論家，且有著一個自編自導的家庭戲班，他之運用巧合於小說，自是得心應手。

㈤、妙設懸念

懸念乃西方「三S技法」中的要素之一（其他二要素為：驚奇、滿足），就創作角度而言，也就是使讀者急於想知道，而作者卻故意懸之不提，以引起讀者的關注與興趣。有一位西方作家曾說：一篇小說要吸引讀者的注意，須有三種能力，即：「使他們笑，使他們哭，使他們等。」等即是懸念，作者在窺詞管見中曾云：「不抑不回，表裡如一之法」，在文學創作中「斷斷不可有」。他在十二樓中以妙設懸念來使情節「抑」、「回」，不僅以之吸引讀者，且使之跌宕有致。如三與樓的白老鼠示現藏銀一節，虞繼武聽唐家要求收容的婦人訴告，說他家被捏名人狀告為強盜窩家，有二十錠元寶藏在祖先所買的虞家「三與樓」下，不想果然起了出來，丈夫被下在獄中，……要虞應承係他家祖藏，才能化解。虞問母，母云不知，只記得丈夫有個金石之契老友曾住宿其家，看到有個白老鼠走來走去，鑽入地板之下，臨去曾對虞父言，不可賣樓，將來必有橫財可得。這樣，白老鼠是否為藏銀「現身」？繼武認為不可信，對唐家要求認領，堅執不允，「事端」懸而不決，於是破解白老鼠之「謎」成了事件的關鍵，際此讀者亦急於解開這個謎底。……最後由細心的縣令從虞母口中得知在丈夫亡後十餘年，那位老友始獲知並前來祭奠，驚悉樓已賣，更無發橫財之事，嘆息之餘曾說：「便宜了受業之人！欺心謀產，又得了不義之財，將來必有橫禍！」不久唐家就被狀告而事發。……縣令從白老鼠出現的前前後後，推斷此銀為那位父執所埋，原擬虞父聞白老鼠之說挖出藏銀，以助其保住樓產，不期虞父耿介，不貪意外之財而未挖，致使所埋銀連同樓被唐家「買」去，迨其知後為故友不平而狀告。……後經本人證實，果如縣令所料。這個白老鼠懸念，充分地起到了吸引讀者關注事件進程的藝術效應。他如夏宜樓主人公瞿吉人的「神眼」，能看到一眾使女荷池裸浴，能看見詹嫻嫻的病容，更能見其寫詩因而為之續詩；聞過樓為賺呆叟進城而設置的「囮局」，亦如之。

(六)、首尾圓合

李漁認為「開卷之初，當以奇句奪目，使之一見而驚，不敢棄去」；而終場則「須要自然而然，水到渠成，非由車戽」（閑情偶寄）。綜觀十二樓，其情節首尾圓合，無蹇礙，無塞滯。其結尾或卒章顯志與開頭所揭示題旨相呼應，或大收煞而得團圓之趣，或揭示事件的底蘊而現廬山真面目。間亦有出人意外者，像三與樓結尾，虞繼武既不收受謀產對家為奴，亦不收受官府發還的藏銀為己有，卻以德報怨轉贈予對家為贖產之費，即是之。

三、十二樓的人物形象塑造

㈠、塑造了多種類型的人物

作品刻畫了好多類型的人物形象，除昏君、權奸、閹宦、道學先生、卑劣財主一干人外，亦塑造了賢吏（如奪錦樓之刑尊）、循吏（如三與樓之虞繼武）、達人（如三與樓之虞素臣、聞過樓之呆叟）等。他更塑造了不同類型的女性形象，有名媛淑女，有淪落風塵的妓女，亦有慧黠侍婢。這中間以拂雲樓中能紅與聞過樓中的呆叟刻畫得尤為突出：

能紅美而慧，智而黠，他兼有西廂記中紅娘與牡丹亭中春香的性格，然比紅娘更有機謀，比春香則欠缺那分俏皮。他在挽轉裴、韋的婚事僵局中，一切均在他事先的預料之中，事事都如他的算計順利實現。他是侍婢卻自視甚高，他像一個高明的戰略家，運籌於覿面，取勝在旋踵，他或欲擒故縱，或以退為進，把裴七郎、韋翁夫婦及韋小姐運轉在股掌之上，但他卻不越禮犯分，不放蕩失檢，雖有利己之意，卻無損人之心。作品對能紅這些方面可謂刻畫得淋漓盡致。

顧呆叟，誠如其名，呆氣十足，卻呆得可愛，呆得可親。他為人方正，淡泊名利，呆而不迂，與友交而能直指其過，被儕輩視為諍友、畏友。他為避囂鄉居，決意不再入城，以綠野耕夫終其一生。可是他在城的朋友們卻有計畫有步驟地以縣派「差使」、「盜」劫其家，復攀其為「窩主」三步曲囮局，驅使他回城。在繼踵而至的意外變故面前，呆叟不是驚詫莫名，就是魂飛膽裂，頻頻嘆息，束手無策，真是呆態可掬。他雖是作者理想的化身，然在其刻畫呆叟形象突出其「呆」的性格特點上，是十分成功的。他如奪錦樓中的刑尊，頗有些喬太守亂點鴛鴦譜中喬太守的意味，但他不是「亂點」，而是睿智的撮合，有喬太守那分風趣，但比之更見深沉、雅致。再如那合影樓中「不夷不惠」的路子由，其屈己而成人之美，巧計而愈三人之「病」，妙語而解管、屠之隙，亦令人可喜。……這些人物皆塑造得甚為鮮明。

㈡、塑造人物的手法

十二樓在人物塑造的手法上，亦體現著戲曲表現人物的特色。它主要是通過個性化的人物語言與人物的行動來刻畫人物。像三與樓的暴發戶唐玉川，他算計著近鄰正在造屋的虞素臣，其處心積慮直是到了無以復加的地步。且看他對要求自己造屋的兒子所說的：

> 不消性急，有一座連園帶屋的門面，就在這里巷之中，還不曾起造得完，少不得造完之日，就是變賣之期。我和你略等一等就是了。

其子聽了大惑不解，哪有起造得完，就要變賣的？唐玉川解說道：

> 這種訣竅，你哪裡得知。有萬金田產的人家，纔起得千金的屋宇；若還田屋相半，就叫做樹大無根，少不得被風吹倒。何況這分人家沒有百畝田莊，忽起千間樓屋，這叫做無根之樹，不待風吹，自然會倒的了，何須問得！

當幾年後，其子不見虞家完工，焦躁起來，懷疑父親估計有誤，這時唐玉川道：

遲上一日穩一日，又且便宜一日，你再不要慮他。房子起不完者，只因造成之後看不中意，又要拆了重起，精而益求其精，所以擔擱了日子。只當替我改造，何等便宜？

接著分析了虞家之所以有銀子用，是工匠為賺錢願賒與他，不是真有積蓄，到「扯拽不來」時放債的人就會一齊逼討，到那時：

田產賣了不夠還人，自然想到屋上。若還收拾得早，所欠不多，還好待價而沽，就賣也不肯賤賣。正等他遲些日子，多欠些債負下來，賣得著慌，纔肯減價。這都是我們的造化，為甚麼反去愁他？

其算計是如何之精，貪得之心何等之重！作者就這樣以人物自己的語言，活畫出了一個貪婪可鄙的形象。而以語言、行動塑造人，更要數其拂雲樓的能紅最突出。當裴七郎求婚被韋翁、韋嫗嚴詞拒絕，轉而求娶能紅，他不惜屈膝請求俞阿媽為之通款曲。此一情景為能紅在拂雲樓上所窺見，故當俞嫗說明來意，就先聲奪人地道：

恐怕他醉翁之意終不在酒，要預先娶了梅香，好招致小姐的意思。招致得去，未免得魚忘筌，「寵愛」二字輪我不著。若還招致不去，一發以廢物相看，不但無恩，又且生怨，如何使得？

俞嫗回說裴確是一片真心，能紅道：

你去對他說，他若單為小姐，連能紅也不得進門；既然要娶能紅，只怕連小姐也不會絕望。

然後似指點迷津地說：

這兩姓之人已做了仇家敵國，若要仗媒人之力，從外面說進裡面來，這是必無之事，終身不得的了。

接著透露韋翁、韋媼知他平常有些見識，故常探聽他口氣行事，唯他之言是聽。此際向韋家求親者接踵而至；能紅發現韋翁一家極信命運，尤其信任江右張鐵嘴，就通過俞媼傳語裴，用重金賄使張鐵嘴為其所用，從而佔了關鍵性的先著，此舉使韋翁倒央媒人說合裴。……嗣後凡說親者，俱被張鐵嘴設辭八字不合，一一回絕，並旁敲側擊，唯裴那樣纔合。能紅又進言須相親，韋翁央求能紅「出使」說合並代相親。於是能紅公開約見裴。正顏相向，與裴約法三章：進裴家後不許喚能紅的名字而要稱二夫人、不許裴沾惹別的女人、一生只娶他與韋小姐兩人；並要裴寫下書面的「遵依」（保證）。當能紅看到開頭寫的「具遵依人裴遠」字樣，認為「寫得糊塗」，與春秋正名之義不合，要裴改為「具遵依夫」。裴照改，但提出稱二夫人顧慮小姐不允，能紅答以：

那都在我身上，與你無干。只怕他要我做二夫人，我還不情願做，要等他求上幾次，才肯承受著哩。

爾後事態的發展，完全如能紅所說的那樣。作品通過能紅的語言與能紅的料事、居間畫策，面訂「約法」等一系列行動，氣韻生動地塑造了能紅的形象。

㈢、寫人物心理自然真切

且看合影樓的寫錦雲、玉娟、珍生的心理。珍生立意非玉娟不娶，聞知訂了路家親事，以自殺要挾其父向路家退了親，路錦雲得知：

我是他螟蛉之女，自然痛癢不關，若還是親生自養，豈有這等不情之事！

而這時的管玉娟只知珍生別娶，卻不知其悔親，他：

深恨男兒薄倖，背了盟言，誤得自己不上不下；又恨路公懷了私念，把別人的女婿攘為己有，媒人不做，倒反做起岳丈來，可見說親的話並非忠言，不過是勉強塞責，所以父親不許。

而屠珍生見管家水中牆下築了長堤，思量：

他父親若要如此，何不行在砌牆立柱之先？還省許多工料。為甚麼到了此際，忽然多起事來？畢竟是他自己的意思，知道我聘了別家，竟要斷恩絕義，倒在爺娘面前討好，假裝個貞節婦人，故此叫他築堤，以示訣絕之意，也未見得。我為他做了義夫，把說成的親事都回絕了，依舊要想娶他。萬一此念果真，我這段痴情向何處著落？

錦雲恨義父不關心自己；玉娟恨珍生薄倖，誤得自己不上不下；而珍生則意玉娟假裝節婦，蓄意斷絕恩義，辜負了自己做義夫的心意，自己的一片癡情落了空。各人的心理都有所自、有所因，寫來真切自然，深入腠理。

不止如此，在十二樓中作者還以描寫人物心理來作為改變人物行動的契機。像歸正樓主人公貝去戎，在其行騙得心應手、無往不利之際，突想到：

財物到盈千滿萬之後，若不散些出去，就要作禍生災。不若尋些好事做做，一來免他作祟，二來借此蓋愆，三來也等世上的人受我些拐騙之福。

即此一念，改變了其生活方向，走上了改惡從善之路。又如萃雅樓的寫權汝修被閹後的心理變化，以及由此而驅使其在行動上變易。當他：

知道身已被閹，料想別無去路，落得輸心服意，替他做事。或者命裡該做中貴，將來還有個進身。

因之凡是分所當為，沒有一件不盡心竭力。在他知道其被閹乃嚴世蕃所致，他：

從此以後，就切齒腐心，力圖報復，只恐怕機心一露，被他覺察出來，不但自身難保，還帶累那兩位情哥，必有喪家亡命之事。

所以他不只裝聾作啞竟當不知，還曲意奉承嚴，卻於暗中將嚴的惡跡一一記在經摺上。……最終得以報仇洩恨，皆是之。

四、十二樓的語言運用

李漁認為文學語言「貴淺而不貴深」，要「尖新」、「機趣」，反對「迂腐」、「艱深」，他在閑情偶寄中還提出要仿效「街談巷議」，要博采「經、傳、子、史以及詩賦古文」，乃至「道家佛氏、九流百工之書」。十二樓的語言運用充分體現著這一些，從而也成為其一大特色。

㈠、通俗形象又時見典雅

通俗形象如「不想他五個指頭、一雙眼孔就會說起話來」、「說不出的，纔是真苦；撓不著的，纔是真癢」、「這樣公道拐子，折本媒人，世間沒有第二個」（合影樓），「這一班輕薄少年遇了絕色，竟像餓鷹見兔，飢犬聞腥，哪裡還丟得下他」（拂雲樓）。典雅如「試梁間之燕語，學柳外之鶯聲」（夏宜樓），「柴關緊密，竹徑迂徐。籬開新種之花，地掃旋收之葉」（聞過樓）。這些在作品中隨處可見。

在十二樓中，子史經傳、成語典故、詩詞曲賦的運用，可謂俯拾即是，有時運用得十分貼切，如寫謀他人房產用「維鵲有巢，維鳩居之」（三與樓），寫因利乘便用「雨我公田，遂及我私」（拂雲樓），寫為愛情不顧官職用西廂記的「只為著翠眉紅粉一佳人，誤了他玉堂金馬三學士」（夏宜樓）。這些則可謂典雅、通俗形象，兼而有之。

㈡、俗語方言的運用及其他

十二樓中運用了不少方言俗語。俗語如「窮不與富敵，賤不與貴爭」（萃雅樓）、「不要文章中天下，只要文章中試官」（鶴歸樓）、「親不親，故鄉人」（生我樓）等，這些俗語言簡意明，也給作品帶來一股芬芳的泥土氣息。作者所用方言大多為江浙方言，如「嗄飯」、「燥脾」、「快活」、「揀落貨」、「一發」……等，這對異地讀者的閱讀，帶來了相當的不便。

在十二樓中，作者也以錯位、化用一些成語，使之別具機趣。如「指望點鐵成金，不想變金成鐵」、「你做財主的便要為富不仁，我做官長的偏要為仁不富」（三與樓）、「往常是『夫唱婦隨』，如今倒翻一局，做個『夫隨婦唱』」（夏宜樓）等，即屬之。

如同其他優秀作品一樣，十二樓也並不是沒有缺陷和不足之處的，諸如它的封建倫理、宿命觀點，它的某些色情描寫，以及議論的有時顯得冗長等，皆是之。

本書以「消閒居本」為底本，與「順治本」、吳曉鈴先生藏本等數種本子相參校。書中間或有文字蹇礙處，為保持小說原貌，未逕改。

十二樓考證

陶恂若

十二樓之作者李漁，乃清初頗負盛名戲曲家、小說家，然其生平不見於當時的志傳。其他有關記載，零星有見者，諸如康熙間劉廷璣的在園雜志卷一，以及曲海總目提要、娜氏山房說尤等，或對其人品，或對其作品有所月旦，而對其生平始末則大都不甚關涉。現今所看到的嘉慶間李桓的耆獻類徵中有王廷詔撰的五十六字李漁傳：

李漁字笠翁，錢塘人（原注一作「蘭溪」），流寓金陵。著一家言，能為唐人小說。吳梅村稱：精於譜曲，時稱「李十郎」。有風箏誤傳奇十種，及芥子園畫譜初、二、三集行世。

雖有所涉及，然亦語焉而不詳。嘉慶蘭溪縣志據金華詩錄立有李漁的傳，亦甚略。比較詳細的則為光緒蘭溪縣志文學門李漁傳卷五：

李漁字謫凡，邑之下李人。童時以五經受知學使者，補博士弟子員。少壯擅詩古文詞，有才子稱。好遨遊。自白門移居杭州西湖上，自喜結鄰山水，因號「湖上笠翁」。……性極巧，凡窗牖、床榻、服飾、器具、飲食諸制度，悉出新意，人見之莫不喜悅，故傾動一時。所交多名流才望，即婦孺亦皆知有李笠翁。晚年思歸，作歸鄉賦有云：「采蘭紉佩兮，觀瀫引觴。」蓋於此有終焉之志也。生平著述匯為一編，名曰一家言。又輯資治新書若干卷，其首有慎獄芻言、詳刑末議數則，為漁所自撰，皆藹然仁者之言。作詩文甚敏捷，求之可立待以去，而率臆構思，不必盡準於古。最著者詞曲，其意中亦無所謂高則誠、王實甫也。有十種曲盛行於世。當時李卓吾、陳仲醇名最噪，得笠翁為三矣。論者謂近雅則仲醇庶幾，諧俗則笠翁為甚云。昔漁嘗於下李村間鑿渠引水，環繞里址，至今大得其水利。

這是迄今對李漁生平最詳細的記述了。它有似吉光片羽，其對考覈李漁的史料價值自不待言，然猶嫌不甚完足。八〇年代在李漁家鄉發現了龍門李氏宗譜，為我們提供新的可貴資料，填補了光緒志的不足。下面即以龍門李氏宗譜及光緒蘭溪縣志為紐帶，勾稽李漁著述與附載的友人序跋，對笠翁生平作一稽考。

(一)、李漁的生卒年月

歷來說者不一。其生年以往一般是據李笠翁一家言全集（以下簡稱全集）卷六詩集順治十七年「庚子舉第一男，時予五十初度」的自題，逆推五十年，為明萬曆三十九年（一六一一）；其卒年則據康熙十一年至十九年任錢塘縣令的梁允植為李漁所題「湖上笠翁之墓」石碣，及李漁自己千古奇聞序所署「康熙己未仲冬朔」時間（說明其時仍健在），推定其卒年上限為康熙十八年（一六七九），下限為康熙十九年（一六八〇），蓋康熙十九年後梁允植已卸任，故下限不能晚於此也；然究屬哪一年仍是未定之天。現據龍門李氏宗譜所記，確切的是：他生於明萬曆三十八年庚戌（一六一〇）八月初七，卒於清康熙十九年庚申（一六八〇）正月十三。至斯，笠翁的生卒年乃成「信讞」。

㈡、李漁的名號

李漁的名號不少，見諸著述的計有：笠鴻（見風箏誤虞鏤序）、覺世稗官（十二樓署）、新亭樵客（芥子園畫譜初集卷一跋）、隨庵主人、笠道人（見玉搔頭序）、湖上笠翁（寓杭署）等，現從龍門李氏宗譜獲知：其原名仙侶，改名漁，字謫凡，號天徒，又號笠翁。

㈢、李漁的家庭及其少年時期

李漁祖籍浙江蘭溪下李村，對其幼年及父輩狀況，以往不甚了了，今據龍門李氏宗譜：他的父輩離開家鄉蘭溪到江蘇雉皋縣（今如皋縣）就業。父名如松，伯父如椿，皆在雉皋業醫，伯父且是冠帶醫生。宗譜云：「本族外出商賈者多，故流寓於外者幾三分之二。」李漁父輩正是屬於這一類人，以此可推斷李漁的先世似不是閥閱、素封，該是個小康之家。李漁生在雉皋，長在雉皋，他尚有一兄李茂，一弟李皓。其伯頗有文學修養，視李漁如己出，悉心培植。印證閑情偶寄詞曲部中說的：「予襁褓識字，總角成篇，於詩書六藝之文，雖未窮其義，然皆淺涉一過。」正是指的在雉皋的少年時期。

㈣、故鄉遊泮時期

總計這個時期，前後共有二十年。李漁是何時回原籍的？據龍門李氏宗譜載，其父是在李漁十九歲那年去世的，那時李漁仍在雉皋。按清制李漁須在原籍應試，而全集卷二崇禎八年乙亥（一六三五）已有赴婺州（今金華）應童子試，受知於主試官許豸「獨以五經見拔」的記述，李漁時年廿五歲，則李漁當在三年服闋的廿二歲至廿五歲之間回到原籍的。據宗譜載，兩年後的崇禎十年丁丑（一六三七），李漁由「宗師劉麟長考取入府庠」。此後李漁曾兩次赴省城杭州應試：崇禎十二年，廿九歲的李漁赴省應試落第，其榜後柬同時下第者有「才亦猶人命不遭，詞場還我舊詩豪。……姓名千古劉蕡在，比擬登科似覺高」句（全集卷六詩集）從其元日鳳凰臺上憶吹簫詞的「封侯事且休提起，共醉斜醺」句並自注：「是年三十初度。」（時為崇禎十三年庚辰）可以看到這樣一點：即李漁入泮後，已頗有文名，且聲氣日廣，而在落第次年，正當「三十而立」之際，已有倦於進取之意了。第二次是崇禎十五年，途中聞警折回。全集卷五詩集中有應試中途聞警歸詩：「正爾思家切，歸期天作成。詩書逢喪亂，耕釣俟昇平。」他自茲荒廢舉業（全集卷五詩集有夜夢先慈責予荒廢舉業醒書自懲詩），漸次走上另一條放浪的人生之路。在崇禎十六年癸未明室覆亡前一年至清順治二年清兵攻佔南京（一六四三——一六四五），李漁為避戰亂，在金華府同知許檄彩署中居住二年（其間娶妾曹氏）。順治三年丙戌，三十五歲的李漁重返蘭溪家鄉，其詩集卷五丙戌除夜詩有「髡盡狂奴髮，來耕墓上田」句。他在友人資助下，在下李村伊山腳下，構築了伊山別業，並取名伊園。名為別業，實只茅屋數椽，其伊園雜詠詩「山麓新開一草堂，容身小屋及肩牆」可證。李漁過了幾年隱逸閑適的生活。閑情偶寄頤養部有云：「計我一生，得享列仙之福者僅有三年。」在此期間，他鑿渠引水，熱心於村上諸多公益事業。

㈤、移杭居住時期

李漁的移杭時間，孫楷第先生的十二樓重印序認為「似在順治五、六年之間」。然據龍門李氏宗譜載：李漁於順治八年辛卯被下李村族人推舉為族堂「總理」。故其移杭定居當在順治八年（一六五一——李漁四十歲）以後。

李漁移居杭州，以賣文為生。初時他甚感「徙居城市，酬應日紛，雖無利慾薰人，亦覺浮名著累」（閑情偶寄頤養部）。旋即隨遇而安，「賣賦以糊其口，吮毫揮灑，怡如也」（黃鶴山農玉搔頭序）。他在杭住了近八年光景（其在沈亮臣像贊中云「居杭十年」，乃是約數）。他的小說與戲曲的半數均在此期間創作完成的，計有短篇小說集無聲戲、十二樓；戲曲憐香伴、玉搔頭、風箏誤、奈何天。同時結識了許多名士，與「西泠十子」的毛先舒、毛奇齡、毛際可（三人齊名，時稱「浙中三毛、文中三豪」）、陸圻、柴紹炳、孫治、沈謙等過從甚密。

李漁於順治十五年戊戌（一六五八——李漁四十七歲）前後，從杭州移居金陵。此次遷居，是因其所刻書為人盜版，其全集卷三文集與趙聲伯文學書云：「弟之移家秣陵，只因拙刻作祟，翻版者多。」然除此之外，尚有另外因素在：一是當時浙江時局有動盪（鄭成功於順治十四年八月進襲臺州，次年五月攻佔瑞安）；二是生活拮据，乃至乞貸「營債」（清初營弁借給人民的債，貸者往往妻女不保），其貸債事見全集卷三復王左車書；三是如其好友丁澎說的：「自瀫（蘭溪）遷於杭，無所合（不得意），遂去遊燕」（丁澎：笠翁詩集序）。

(六)、棲居金陵時期

李漁在金陵住了將近二十年。他寓居於自己的芥子園別業。全集卷四文集芥子園雜聯序云：「此余金陵別業也。地止一丘，故名芥子，狀其微也。往來諸公見其稍具丘壑，謂取『芥子納須彌之義』。」其所設書肆亦名芥子園，所印書畫甚精美，馳譽全國的芥子園畫譜初集即其所刻印。

李漁棲居金陵，但大部分時間是挈帶其家庭戲班，浪跡江湖，周遊於公卿間，其上都間故人述舊狀書（全集卷三文集）云：「二十年來負笈四方，三分天下幾遍其二。」這中間主要有：

——康熙五年丙午（一六六六），北上燕京（按李漁一生曾三到燕京，第一次是順治間居杭時——見詩集丁澎序），繼而應陝西巡撫賈漢復、甘肅巡撫劉斗之請，「自都門入秦」，漫遊陝甘。中經平陽（今山西臨汾），納喬女為姬，一年後返回金陵。

——康熙七年戊申（一六六八）春，經江西漫遊粵東、粵西。

——康熙九年庚戌（一六七〇）遊閩。他先至浙江蘭溪小住，後經仙霞嶺入閩。

——康熙十一年壬子（一六七二），自金陵船行至九江，轉道武漢，住了近一年，與當地官宦、知名文士交往甚密。其夢飲黃鶴樓記云：「予客武昌一載……三楚名宦，予往來其間，盡叨國士之知，飲酒賦詩無虛日，多在黃鶴樓上。」（全集卷三文集）

——康熙十二年癸丑（一六七三），再次北上燕京。在都門李漁「混跡公卿大夫間，日食五侯之鯖，夜宴三公之府，長者車轍，充溢衡門，館閣詩筒，捷於郵置」（全集卷三文集復柯岸初掌科）。

李漁「遊燕，適楚，之秦，之晉，之閩，泛江之左右，浙之東西」（全集卷一文集喬王二姬傳）；足跡幾遍大半個中國。其所以故，固是承襲了有明以來「山人行徑」，而挈帶由家姬組成的戲班，為各地達官貴人演出則主要是藉以解決經濟來源。他在復柯岸初掌科中自言：「漁無半畝之田，而有數十口之家，硯田筆耒，止靠一人。……矧又賤性硜硜，恥為干謁，浪遊天下幾二十年，未嘗取盡一人之歡。每至一方，必先量其地之所入，足供旅人之所出，又可分餘惠及妻孥，斯無內顧而可久。不則入少出多，勢必沿門告貸。」

在這期間，李漁交遊甚廣，結識的世家名宦與社會名流甚多，自殿閣公卿、封疆大吏至翰苑臺諫、司道員丞，均有往還，其目的也在「借士大夫以為利」，獲取資助，以維持家計，支撐戲曲活動。在吳興喜過湖上諸同人詩中，有「但苦民間寥落甚，非官不送酒錢來」之句（全集卷五詩集）。其招待、陪同達官顯宦「觀小鬟演劇」飲酒賦詩，也皆在於此。他也結識了不少文豪名士，諸如「江左三大家」的吳偉業、錢謙益、龔鼎孳，「燕臺七子」中的宋荔裳、施閏章、嚴灝亭，「海內八大家」中的宋、施以及王士禎、曹顧庵，著名戲曲家尤侗，詩人杜濬、徐釚、余懷、周亮工等，皆為一時人望。他們時相過從，飲酒賦詩，觀摩演出，切磋詩藝。

同時，李漁也不放鬆創作，在金陵期間，他完成了傳奇慎鸞交、比目魚、鳳求凰、巧團圓；撰編了論古、笠翁詩韻與資治新書。就中尤以閑情偶寄的刊行，更不尋常，其中的「詞曲部」、「演習部」，乃是李漁畢生戲曲活動的理論總結，是中國戲曲理論史上的新里程碑。

李漁一直無子，移居金陵後，在他五十歲那年始生第一子，到返杭終老，已「有子五女三合而為八」

（全集卷三上都門故人述舊狀書）。實則他共生七子，惟兩子早殤。其名諸子說云：「余生七子而夭其二，長曰將舒，次曰將開，三曰將榮，四曰將華，五曰將芬，六曰將芳，七曰將蟠，榮、芬夭矣。」其所以名諸子「皆從將」，乃出於「將者，將然未然之間也，天下事莫妙於將，餘事皆然，不獨功名富貴」（全集卷三文集）。可見其寄託，蓋李漁雖文名籍甚，但始終未入仕。

康熙十四年乙卯（一六七五）夏，李漁「送兩兒之嚴陵應童子試」，由此動了鄉思，「自乙卯歲，兩兒游泮於浙，遂決策移家」（全集卷三文集上都門故人述舊狀書）。次年得浙江當道協助在西湖雲居山東麓買下了一所舊宅，於康熙丁巳（一六七七）返居杭州。李漁一家除妻徐氏與五子三女外，尚有曹、王、喬、黃等一眾姬妾及侍役，共有數十口，他在金陵雖無恆產，但得權貴之資助，兼以賣書賣文，收入可謂頗豐，然他的衣食住行十分講究，又揮金如土，故仍入不敷出，致在遷返杭州時，「無論金陵別業屬之他人，即生平著述之梨棗，與所服之衣，妻妾兒女頭上之簪，耳邊之珥，凡值錢一錙者，無不以之代子錢，始能挈家而出」（全集卷三文集上都門故人述舊狀書）。

(七)、晚年終老西湖時期

李漁所賣居宅乃張侍衛舊宅，唯「頹屋數椽」，因「其山麓至巔，不知幾十級」，故取名層園（全集卷六詩集次韻和張壺陽觀察題層園十首序）。李漁自題門聯：「東坡憑几喚，西子對門居。」

李漁移居杭州是在春天，全集卷一文集今又園詩序云：「丁巳春，余自白門移家湖上。」時年已六十七歲，體已甚弱，返杭不久即生了一場大病，繼之又下樓跌傷足筋，臥床數月，其與孫宇臺毛稚黃二好友（全集卷三文集）云：「自春孟移家至杭，竟染沉疴，三愈三反，死而復活者數四」。同年夏天，送子就試婺州（金華），已是「與疾而返」，除這年秋天與友人同遊吳興（今浙江湖州）外，從此足跡未離杭州，繼續整理並編輯文稿。他的一家言初集一發行，大噪海內，四方人士俱詢二集曾出否，這激勵李漁不顧老弱多病，力疾「合前已刻而未竟者，共成一書」——一家言二集（集中收李漁所寫古今體詩，即一家言通行本全集中的丁澎序本）。之外尚寫了笠翁全集序、香草亭傳奇序、芥子園畫傳序等序跋。他的次韻和張壺陽觀察題層園十首之三云：「倦遊十載畏長途，五岳三山興已辜。貧以墓田歸北院，老將詩骨葬西湖。耐慚守我身頑健，忽笑從人口囁嚅。不識四方知己在，能開廣廈庇寒無。」（全集卷六詩集）這是李漁晚年的生活與心境的自我寫照。康熙十九年庚申（一六八〇）正月十三日，七十歲的李漁卒於層園。據趙坦保甓齋文錄書李笠翁墓卷後卷三記載：李漁葬於杭州的南屏、九曜、玉皇諸山環抱中的方家峪九曜山陽。錢塘縣令梁允植為其題墓碣曰：「湖上笠翁之墓」。後墓毀。嘉慶十二年三月廿七日，「仁和趙坦命守冢人沈得昭修築之，復樹古碣，且俾為券藏於家」（見同上）。現墓已不存。五〇年代在李漁墓地發現一高一百二十厘米，闊十四厘米，厚十一厘米，上端左右兩角呈圓形的墓碑，中鐫大字「清故笠翁李公之墓」，右兩行小字：「公諱漁，行九，海內名士也」；及「梁公建碑，因重刊石以記」。落款為「乾隆丙戌年寒食日蘭溪侄張春芳同侄孫泰生敬立」（陳吟泉：李笠翁的故居和墳墓，載一九五七年六月十五日杭州日報）。碑今已佚。

書名十二樓，乃因全書所寫十二則故事中皆有一座樓，故稱。其又名覺世名言，乃作者承受明代「三言」（警世通言、醒世恆言、喻世明言）遺響，且旨亦在諷規世人「勸使為善，戒使勿惡」（閑情偶寄）而名。它是李漁繼其第一個短篇小說集無聲戲（又名連城璧）之後的又一個短篇小說集。在這十二卷（篇）小說中，其情（本）事可考見的有如下一些篇什：

一、奪錦樓

寫明正德年間一件婚姻公案。倔強的漁行經紀錢小江與潑悍的妻子邊氏，孿生二女甚美，由於夫妻積不相能，各行其是，分頭許聘了趙、錢、孫、李四家，二女而有四婿，於是涉訟公堂。代理知府刑尊傳喚四家之子上堂，見四人奇醜不堪，無論怎樣匹配，也必釀成痛苦人生悲劇，適有百姓送鹿一對到府，遂決定以二鹿二女為瑞標，考試全體生童擇配，卷上注明已娶、未娶，未娶優勝者得女，已娶優勝者得鹿。結果有未娶袁、郎二生膺選，而郎之文乃袁代作，即以二女一併歸袁，變訟案為鬧劇。按在資治新書判語部劫案大變有判錢小江與妻邊氏一案，其判詞與小說的讞詞全同，判尾有云：各犯免供，僅存此案。無考生童奪標之事。而笠翁全集之詩集有七古活虎行，記其在金華時同知瞿萱儒轉贈山民所獻稚虎一事；又他以文學見知同知許檄彩，許曾為作者娶曹氏妾，小說的以瑞鹿、美女作標，殆影借此焉。

二、歸正樓

寫一譎智過人的巨騙貝去戎，作案遍及全國各大城市，積下累萬財貨，他眠花宿柳，任意揮霍，在躊躇滿志之餘，忽萌「造福」弭禍之念，適逢眷念他的妓女蘇一娘厭惡風塵欲出家為尼，貝即出資為其買一大宅改作尼庵，蘇取法名曰淨蓮。宅中原有一樓，匾上題為「歸止」，忽有燕子啣泥，在「止」上添了一橫成為正字，貝意此乃神明示勸，即出家為道，道號歸正，為建殿堂，他施詭勸募，使兩地富商自願出資修建。之後，二人潛修，皆成正果。其施詭募化一節，乃出馮夢龍智囊補譎僧，節其原文：

有僧異貌，徽商競相供養，曰：「無用供養我，某山寺大殿毀，欲從檀越乞布施。」因出疏令各占甲乙畢，仍期某月日入寺相見。及期，眾往詢，寺絕無此僧。殿即毀，亦無乞施者。方與僧駭之，忽見伽藍貌酷似僧，懷中有簿，即前疏。眾詫神異，喜施千金。後乃知塑像時因僧異貌，遂肖之作此伎倆。

按此亦載於宋人說部，馮係轉錄，笠翁曾參與刪定馮譚概等書，故淵源於智囊補成分居多。至於其他行騙方法，大抵出於作者自己的見聞。

㈢、十卺樓

寫明永樂間，姚姓士人將婚造一樓，仙真降乩，題匾「十卺」。不料所娶新娘乃一石女，故換娶新娘之妹，然貌醜兼有隱疾，再換娶新娘之姊，貌雖美而已有身孕，仍送還母家。之後續娶者六，或入門即亡，或因故退親，三年計合卺九次而未就，後其母舅之杭，在西湖為其覓得一女，入門竟為流落他鄉的原先石女！相處數夕，婦情急下體生瘡，因之突通人道，夫妻情好甚篤，而「十卺」之言亦驗。按此情事係作者得之現實傳聞，並非平空結撰。湯用中的翼駉稗編石女生男卷三載：

廣州府高青書太守廷瑤，官安徽時，因無子納妾。入房，則石女也，遂還其家。後移粵東，又囑友娶麗人至，締視，仍前女，蓋已五易主矣。高憫然曰：「命注乏嗣，又何辭？但此女既為天廢，若再退回，必致淪落，不如留之使侍巾櫛焉。」未幾，女私處暴腫患疽，潰爛，疽愈而否塞盡開，納之，落紅殷然。後舉一男，少年登第。……

記中的高廷瑤實有其人（嘉慶廣東通志職官表有載），堪資印證。

㈣、奉先樓

寫池州東流縣舒秀才累世單傳，生一子，逢明末動亂年頭，妻矢志遇暴守貞，丈夫勸其須存孤為要，不必拘此。妻不聽，夫會同族人於宗祠「奉先樓」公決，族人皆認同舒說，妻始接受。不久為流賊所擄，轉輾為清軍將領之妻。舒秀才丐食尋訪妻兒，在湖湘間相遇，妻在官船聞聲知為故夫，卻不相見，命人以鐵索繫舒頸，將軍至，驗鐵索知無情私，問舒知為婦之原夫，即以兒付舒攜去，婦自縊。將軍壯其節烈，追秀才回，以婦還舒，夫妻父子重圓。其情事與笠翁同時人周亮工類古堂集中的戚三郎事略大體相似，當是笠翁據明清易代離亂之際的實事所敷演。

㈤、生我樓

寫湖廣鄖陽務農致富尹翁，妻龐氏，建樓後生子，取名樓生，幼年失蹤，及至老年因無子息，立意外出覓一可付託者立為嗣子。於是身穿破舊衣帽，自寫賣身文告，示以有願以為父者，付身價銀十兩。至松江華亭，有青年姚繼者如約買之，侍奉尹起居，克盡孝道。爾後，元兵深入，父子決計歸鄖陽，舟抵漢口，姚繼云早先曾聘婦於此，尹遂命上岸覓之，不得。其時亂兵擄民間婦女，封置布袋中公開出售，姚買而啟袋，乃一老嫗，不加嫌棄而以之為母。嫗言同難中有一女絕美，袖藏一玉尺，可再買之。姚捫袋復買，竟為其所聘曹氏女，而玉尺乃當年媒定之物。於是相偕乘舟回鄖陽，恰遇尹翁，始知嫗即尹之老妻龐氏。至家後姚繼登樓，稔識樓中陳設諸物，原來姚即當年失蹤之樓生。其情事似同王士禎池北偶談一家完聚卷二四：

> 浙東亂時，陳氏女年甫十六，為杭鎮撥什庫所得，鬻於銀工，堅不肯從。杭人郭宗臣、朱膽生尚御公者，捐金以贖艱民，知女之義，贖之。忽友人某贖一童子，問之，即其夫也。翌日贖一嫗至，乃其母也。續又贖一嫗至，其姑也。有兩翁覓其妻踉蹌至門，即其父與翁也。兩家骨肉，一時完聚，蓋將於十二月二十四日婚而兵忽奄至，遂被掠云。

按明末兵燹時，骨肉分離而復聚者頗有之，笠翁拈而成篇，固相似而未必即此處所記事也。至於裝袋出賣婦女一節，參以香艷叢書二集一卷所載的蔣老娶京師妓女羅小鳳：

> 已而大兵渡江，軍中不許攜帶婦女，限三日賣諸民間。諸披甲以買主揀擇，致價不均，各以巨囊

盛諸婦女，固結囊口，負至通衢，插標於囊上，求售甚急。一披甲欲賣去囊中人，三日不售，怒而欲投之江，同伍力阻之曰：「蔣蠻子勞苦無妻，曷以賞之？」

可見亦為當時之情實。

(六)、三與樓與聞過樓

均為作者自寓之作。不論是三與樓中的虞素臣，還是聞過樓中的顧呆叟，皆為笠翁的自我寫照。小說中人物的立身行事，其「與天為徒」、「與古為徒」、「與人為徒」也好，其恬淡經營、避世結茅鄉曲也好，俱是笠翁的嚮往與追懷。而聞過樓開頭入話一段，實乃作者的自敘。其所寫的情事，也在在顯現著笠翁的蹤影，即以三與樓中的造屋賣樓一節而言，他的全集卷七的紀實詩賣樓徙居舊宅七絕：「茅齋改姓屬朱門，抱取琴書過別村，自起危樓還自賣，不將蕩產累兒孫。」又全集卷六另有一首長律賣樓：「百年難免屬他人，賣舊何如自賣新。……」也就是人們看到的小說中開頭兩首詩。而其在聞過樓中的避居、置莊園等等，則與笠翁的金華避居，置伊園，直到晚年的置層園，以及笠翁全集中有關題詠及與友人書札中所說的，無不若合符節。

十二樓初刻於順治十五年（一六五八），共十二卷。書前有杜濬的序，末署「順治戊戌中秋日鍾離濬水題」。扉頁板框內大字題「笠翁覺世名言十二樓」，目錄題為「覺世名言目次」。每卷前右上題「覺世名言第×（一至十二）種」，緊接偏右刻「一名十二樓」字樣，右下題：「覺世稗官編次、睡鄉祭酒評」，卷末有杜濬評（無眉批、夾批，也無插圖）。刊刻不甚精。再刻是消閒居本，亦是十二卷。題款有所不同，書前杜濬序署「鍾離濬水題於茶恩閣」，扉頁板框外上方橫行小字題「覺世名言」，板框內大字題「繡像十二樓」。每卷前右上題「十二樓卷之×（一至十二）」，右下亦均題「覺世稗官編次、睡鄉祭酒評」，卷末有杜濬評，有眉批、夾批（旁有圓點、三角等圈點符號），另有插圖十二幅。刊刻頗精。兩本在文字上互有出入，以後翻刻的諸如乾隆間的寶文堂本、嘉慶間的保甯堂本，以及諸多的印本，大抵以此二本為祖本。

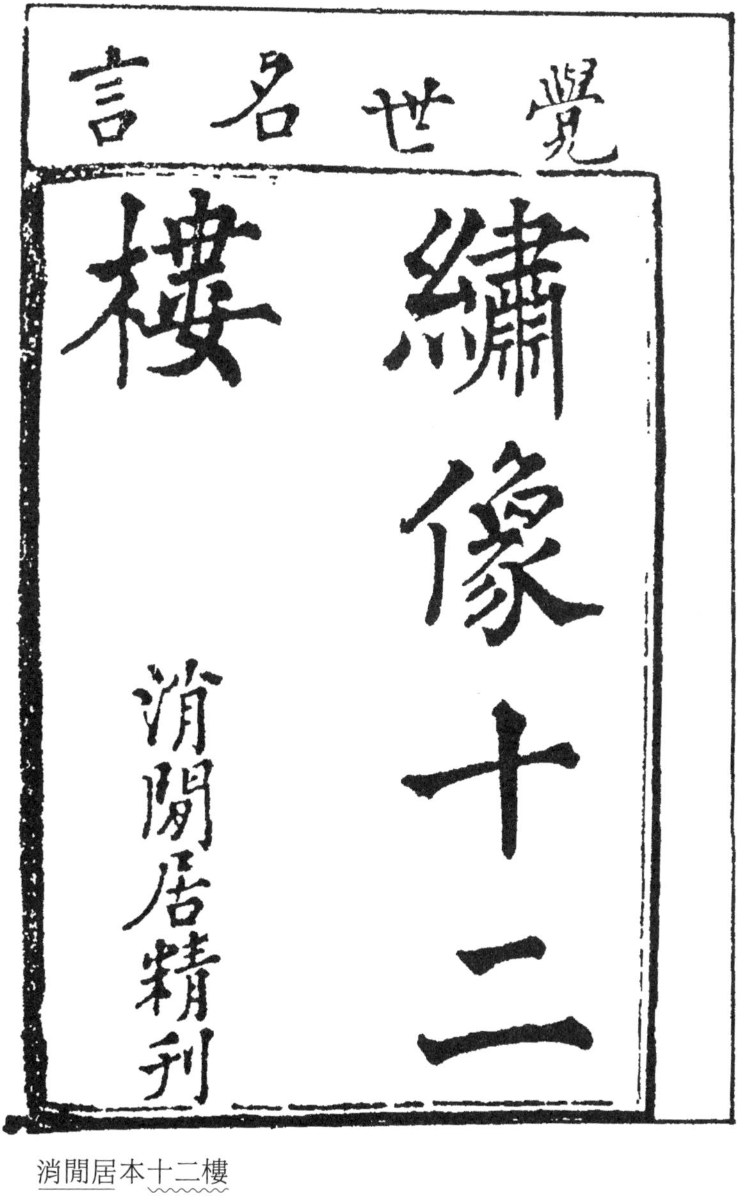
覺世名言
繡像十二樓
消閑居精刊

消閒居本十二樓

綠波搖漾
最關情何事虛
無變有形非是
避花偏就影只
愁花動一金鈴
玉娟
惜春雖愛
影橫斜到底如
看夢裡花但得
冰肌親玉骨莫
將修短問韶華
珍生

合影樓配題辭

珍生與玉娟驚見碧波中對方之影與己相似，不覺動起憐愛相思之情（見合影樓）。

生我樓配題詞

亂兵將擄來婦人盛入布袋，論斤出售，姚繼前往交易，得其慈母與嬌妻（見生我樓）。

序

覺道人山居稽古，得樓之事類凡十有二，其說咸可喜。推而廣之，於勸懲不無助，於是新編十二樓，復裒然成書。手以視余，且屬言其端。余披閱一過，喟然嘆覺道人之用心，不同於恒人也！蓋自說部逢世，而侏儒牟利，苟以求售其言，猥褻鄙靡，無所不至，為世道人心之患者無論矣。即或志存扶值，而才不足以達其辭，趣不足以輔其理，塊然幽悶，使觀者恐臥，而聽者反走，則天地間又安用此無味之腐談哉！今是編以通俗語言，鼓吹經傳，以人情啼笑，接引頑痴，殆老泉所謂「蘇、張無其心，而龍、比無其術者」歟？

夫妙解連環，而要之不詭於大道。即施、羅二子，斯秘未睹，況其下者乎！語云：「為善如登。」覺道人將以是編偕一世人結歡喜緣，相與攜手，徐步而登此十二樓也。使人忽忽忘為善之難而賀登天之易，厥功偉矣！

道人嘗語余云：「吾於詩文非不究心，而得志愉快，終不敢以小說為末技。」嗟乎！詩文之名誠美矣，顧今之為詩文者，豈詩文哉？是曾不若吹篪蹴鞠而可以傲人神之藝乎？吾謂與其以詩文造業，何如以小說造福；與其以詩文貽笑，何如以小說名家！昔李伯時工繪事而好畫馬，曇秀師呵之，使畫大士。

今覺道人之小說，固畫大士者也。吾願從此益為之不倦，雖四禪天不難到，豈第十二樓哉！

鍾離濬水題於茶恩閣

序（節錄）

明清兩代的戲曲與小說文學，從時間上觀察，有一種不同的地方：就是明朝中葉以後，戲曲小說最發達；清朝中葉以後，戲曲小說最不發達。直到清末，因為一般人思想之轉變，小說一類的書才稍稍抬起頭來。情形是如此，其原因也是顯然易見的。明朝人不喜講考證，萬曆以來，士大夫生活日趨於放誕纖佻，所以在這個期間小說戲曲也特別走了好運。清朝人好讀古書，好講考據，尤其是嘉慶以還，士大夫的志趣幾乎完全在窮經稽古一方面，成了一時的風氣；生在經學昌明之世，學問既要樸，生活方法也不得不單純；據當時人的見解，連詞章之學還覺得可以不作，何況於小說戲曲呢？學者默想到嘉道間樸學如何之盛，便知道戲曲小說在當時有不得不低微的理由了。所以以小說戲曲而論，萬曆以降的明朝，和嘉慶以降的清朝，其情形是正相反的。而在清初，其時去明未遠，士大夫或者是從明朝過繼來的，或者是直接間接承受了明朝的風氣，生活趣味以及治學態度，尚不如後世之固執謹嚴；明朝的宗社雖然亡了，而明朝人「搜奇索古、引商刻羽」之習依然存在著；即稗官野史以及所謂「才子筆墨」者，讀書人亦不避忌。所以，自順治以至於乾隆間戲曲小說的造作，比起明朝來仍然不算很少。而且在規模文字方面講，也頗有足以淩轢前人的。著名的戲曲作家，如尤西堂，如吳梅村，如洪昉思、孔雲亭；著名的小說家如蒲松齡，如曹雪芹、吳敬梓，都是清初或嘉慶以前的人。

以戲曲兼小說家的李漁（笠翁），在清初亦頗負盛名。無論他的學問如何，無論他的作人態度如何，在清代文學史裡總應佔一重要地位。可是除了他的小說戲曲與其他著作，因為著作本身有通行的理由，得以流傳到現在外，關於他的事蹟，自方志以及雜書小記，都沒有詳細的記載。……

在他的著作中，閑情偶寄論詞曲是他作稗官的理論方法；見諸施行的，便是他的戲曲小說。他實在是有體有用，不是託諸空談的。拿古今人比，正如王伯安、曾滌生的理學一樣。他的戲曲小說，雖然至今還有令我們不滿足的地方，但在當時，他能拔幟自成一隊是沒有問題的。在中國近代的文學史中有了笠翁，也可以慰寂寞了。

十二樓是中國現存唯一完整無缺之笠翁短篇小說集。笠翁作此集，在無聲戲之後。杜濬給他作序，在順治十五年戊戌，但成書也許更靠後一點。此書體例，與無聲戲不同之點，便是：無聲戲每一篇小說，不分為若干回；雖然日本尊經閣本標回數從第一篇至第十二篇共十二回，但每回只是一篇。十二樓是每一篇有三字標題；標題之外仍立回目，多的一篇分六回（如拂雲樓），少的卻祇一回（如奪錦樓）。無聲戲的體例是和馮夢龍三言、凌濛初初、二刻拍案驚奇一樣的。十二樓的體裁，明人短篇小說集亦有其例：如鴛鴦針即是如此。現在看起來，是第一個體裁好一些。但在理論上講還是一樣。因為，小說之一回，即是說話之一次。說書講通鑑書史，固然非許多次數不可；講古今瑣事亦不見得一次就說完。而且，謂次為回是古伎藝人便如此的。水滸傳中白秀英說雙漸趕蘇卿一回記秀英唱到節次，秀英的父親說：「我兒，你且回一回。」就是說，且停一停，姑且算一回罷。元雜劇貨郎旦第四折張三姑唱貨郎兒，自云編了二十四回說唱。京本通俗小說西山一窟鬼篇說：「因來臨安取選，變做十數回小說。」秀英說唱的是諸宮調；張三姑說唱的是貨郎兒。西山一窟鬼，大概是說話的稿本。三者雖在伎藝上有散樂雜伎之不同，然其所說故事皆是小說而非講史。可見話本之為長篇短篇，是因為所講的事情有大事小事：大事說的時間長，次數多，所以文字也長；小事說的時間較短，次數少，所以文字也較短。但分回是一樣的。分回與否，並不能看作長篇短篇的區別。十二樓是短篇集，雖然每篇分回與三言、二拍不同，這在理論上是沒有不可以的。

書名十二樓的緣故，是因為每一篇故事中都有一座樓，就拿每一個故事中之樓名作為每篇的題目。命意標題，都未免纖巧。但這一點可以置之不論。

民國二十三年六月二十二日孫楷第書

回目

合影樓

奪錦樓

三與樓

夏宜樓

歸正樓

萃雅樓

拂雲樓

十𢈢樓

鶴歸樓

奉先樓

生我樓

聞過樓

合影樓

第一回　防奸盜刻意藏形　起情氛無心露影

詞云：

世間欲斷鍾情路，男女分開住。掘條深塹在中間，使他終身不度是非關。　塹深又怕能生事，水滿情偏熾。綠波慣會做紅娘，不見御溝流出墨痕香❶？

右調虞美人

這首詞是說天地間，越禮犯分之事，件件可以消除，獨有男女相慕之情，枕席交歡之誼，只除非禁

❶ 御溝流出墨痕香：指唐代傳說「御溝流葉」（也叫「紅葉題詩」）的良緣巧合故事。內容大致是：唐宣宗時，宮內有個宮女偶爾興之所至，在紅葉上題了首詩：「流水何太急，深宮盡日閑，殷勤謝紅葉，好去到人間。」順手放入御溝的水中流向宮外，為應舉士子盧偓撿得，隨意放置箱中。後宣宗放宮女出宮嫁人，恰巧與盧偓婚配，婚後相與談及紅葉，兩人為之感嘆不已。事見雲溪友議卷十。

於未發之先。若到那男子婦人動了念頭之後，莫道家法無所施，官威不能攝，就使玉皇大帝下了誅夷❷之詔，閻羅天子出了緝獲的牌，山川草木盡作刀兵，日月星辰皆為矢石，他總是拼了一死，定要去遂心了願。覺得此願不了，就活上幾千歲然後飛昇，究竟是個鰥寡神仙。此心一遂，就死上一萬年不得轉世，也還是個風流鬼魅。到了這怨生慕死的地步，你說還有甚麼法則可以防禦得他？所以懲奸遏欲之事，定要行在未發之先。未發之先，又沒有別樣禁法，只是嚴分內外，重別嫌疑，使男女不相親近而已。儒書云：「男女授受不親。」道書❸云：「不見可欲❹，使心不亂。」這兩句話，極講得周密。男子與婦人親手遞一件東西，或是相見一面，他自他，我自我，有何關礙，這等防得森嚴？要曉得古聖先賢，也是有情有欲的人，都曾經歷過來，知道一見了面，一沾了手，就要把無意之事認作有心，不容你自家做主，要顛倒錯亂起來。譬如婦人取一件東西遞與男子，過手的時節，或高或下，或重或輕，總是出於無意。當不得那接手的人常要畫蛇添足：輕的說他故示溫柔，重的說他有心戲謔；高的說他提心在手❺，何異舉案齊眉❻；下的說他借物丟情，不啻拋球擲果❼。想到此處，就不好辜其來意，也要弄些手勢答他。

❷ 誅夷：殺戮。

❸ 道書：道家的經典著作。

❹ 不見可欲：不使看見可以引起貪欲的事物。語出老子道德經三章。

❺ 提心在手：意為心存莊敬。

❻ 舉案齊眉：東漢梁鴻與孟光夫妻間相敬如賓的故事。見後漢書梁鴻傳。

❼ 拋球擲果：拋球，少女公開用親身拋綵球的方式「自由」擇偶。本自王實甫的破窯記。擲果，婦女用投果品表示對男子的愛慕。本自晉書潘岳傳。

焉知那位婦人不肯將錯就錯，這本風流戲文就從這件東西上做起了。至於男女相見，那種眉眼招災、聲音起禍的利害，也是如此，所以只是不見不親的妙。不信，但引兩對古人做個證驗：李藥師❽所得的紅拂妓❾，當初關在楊越公府中，何曾知道男子面黃面白？崔千牛所盜的紅綃女❿，立在郭令公身畔，何曾對著男子說短說長？只為家主公⓫要賣弄豪華，把兩個得意侍兒與男子見得一面，不想他五個指頭、一雙眼孔就會說起話來。及至機心⓬一動，任你銅牆鐵壁也禁他不住。私奔的私奔出去，竊負⓭的竊負將來。若還守了這兩句格言，使他授受不親、不見可欲，哪有這般不幸之事！我今日這回小說，總是要使齊家⓮之人，知道防微杜漸，非但不可露形，亦且不可露影，不是單闡風情，又替才子佳人闢出一條相思路也。

❽ 李藥師：唐太宗時名將李靖，字藥師，通史書，知兵法，累功封衛國公。

❾ 紅拂妓：隋朝越國公楊素侍女，有識見。李靖年輕時謁見楊素，紅拂女在側，認為其乃非常人，夜投李靖寓所偕奔，後佐李靖成大業。事見杜光庭虬髯客傳。

❿ 紅綃女：裴鉶昆侖奴傳中人物。唐大曆中，有崔生者為千牛，往省勛臣一品疾；一品命美妓衣紅綃者奉以甘酪，生歸，神迷意奪，告昆侖奴摩勒；摩勒夜負生入一品府相會，後並負紅綃者出，共偕良緣。千牛，官名。唐代設有千牛衛，為禁衛軍之一。昆侖奴，唐宋時有以昆侖種族（即今之馬來種人）為奴者，稱昆侖奴。

⓫ 家主公：主人。

⓬ 機心：機巧的心思。

⓭ 竊負：偷偷地背馱。

⓮ 齊家：治家。

元朝至正年間，廣東韶州府曲江縣，有兩個閑住的縉紳，一姓屠，一姓管。姓屠的由黃甲⑮起家，官至觀察⑯之職；姓管的由鄉貢⑰起家，官至提舉⑱之職。他兩個是一門之婿，只因內族無子，先後贅在家中。才情學術都是一般，只有心性各別。管提舉古板執拘，是個道學先生。屠觀察跌蕩豪華，是個風流才子。兩位夫人的性格，起先原是一般，只因各適所天，受了刑于之化⑲，也漸漸的相背起來。聽過道學的就怕講風情；說慣風情的又厭聞道學。這一對連襟、兩個姊妹，雖是嫡親瓜葛⑳，只因好尚不同，互相貶駁，日復一日，就弄做仇家敵國一般。起先還是同居，到了岳丈、岳母死後，就把一宅分為兩院。凡是界限之處，都築了高牆，使彼此不能相見。獨是後園之中有兩座水閣，一座面西的是屠觀察所得，一座面東的是管提舉所得。中間隔著池水，正合著唐詩二句：

遙知楊柳是門處，似隔芙蓉無路通。

⑮ 黃甲：科舉時代甲科及第者，用黃紙書其名附卷末，稱之為黃甲，常以此代稱進士。
⑯ 觀察：清代對道員的尊稱，其官位在州縣以上。
⑰ 鄉貢：唐代由州縣選出來應科舉的士子。
⑱ 提舉：官名。原意為管理，宋以後設立主管專門事務的職官，即以提舉名之，如醫學提舉、鹽課提舉，其官署稱司。
⑲ 刑于之化：語本詩大雅思齊：「刑于寡妻，至于兄弟。」意謂以禮法感化妻子，以至兄弟。這裡指妻子受了丈夫的影響。刑，通型，示範。上句所天，謂夫也。語出儀禮喪服子夏傳。
⑳ 瓜葛：瓜與葛皆為蔓生植物，以藤蔓之延伸相連，比喻輾轉相聯繫的親戚關係。

陸地上的界限都好設立牆垣，獨有這深水之中下不得石腳，還是上連下隔的。論起理來，盈盈一水也當得過黃河天塹，當不得管提舉多心，還怕這位姨夫要在隔水間花之處窺視他的姬妾，就不惜工費，在水底下立了石柱，水面上架了石板，也砌起一帶牆垣，分了彼此，使他眼光不能相射。從此以後，這兩分人家，莫說男子與婦人終年不得謀面，就是男子與男子，一年之內也會不上一兩遭。

卻說屠觀察生有一子，名曰珍生；管提舉生有一女，名曰玉娟。玉娟長珍生半歲。兩個的面貌，竟像一副印板印下來的。只因兩位母親原是同胞姊妹，面容骨格相去不遠，又且嬌媚異常。這兩個孩子又能各肖其母，在襁褓的時節還是同居，辨不出誰珍誰玉。有時屠夫人把玉娟認做兒子，抱在懷中飼奶；有時管夫人把珍生認做女兒，摟在身邊睡覺。後來竟習以為常，兩母兩兒互相乳育。有詩經兩句道得好：

螟蛉有子，式穀似之㉑。

從來孩子的面貌多肖乳娘，總是血脈相蔭的原故。

同居之際，兩個都是孩子，沒有知識，面貌像與不像，他也不得而知。直到分居析產之後，垂髫總角㉒之時，聽見人說，纔有些疑心，要把兩副面容合來印證一印證，以驗人言之確否。卻又咫尺之間，

㉑ 式穀似之：連同上句意為：即使不是親生的螟蛉子，也會像撫養他的人的。二句化用、裁用了詩小雅小宛第三章。式，解作用。穀，解作善。

㉒ 垂髫總角：指童年、童年時代。垂髫，古時童子未冠者頭髮下垂，故以之稱童年或兒童。總角，古代兒童的髮髻向上分開，後因稱童年時代為總角。角，小髻，收髮結住。

分了天南地北，這兩副面貌印證不成了。再過幾年，他兩人的心事就不謀而合，時常對著鏡子，賞鑑自家的面容，只管嘖嘖贊羨道：「我這樣人物，只說是天下無雙，人間少二的了，難道還有第二人趕得上我不成？」他們這番念頭，還是一片相忌之心，並不曾有相憐㉓之意。只說九分相合，畢竟有一分相歧，好不到這般地步，要讓他獨擅其美。哪裡知道，相忌之中就埋伏了相憐之隙，想到後面做出一本風流戲來。

玉娟是個女兒，雖有其心，不好過門求見。珍生是個男子，心上思量道：「大人不相合，與我們孩子無干。」便時常過去走走，也不失親親㉔之義。姨娘可見，表妹獨不可見乎？」就忽然破起格來，竟走過去拜謁。哪裡知道，那位姨翁預先立了禁約，卻像知道的一般，竟寫幾行大字貼在廳後，道：

凡係內親，勿進內室。本衙止別男婦，不問親疏，各宜體諒。

珍生見了，就立住腳跟，不敢進去。只好對了管公，請姨娘、表妹出來拜見。管公單請夫人見了一面，連「小姐」二字，絕不提起。及至珍生再請，他又假示龍鍾㉕，茫然不答。珍生默喻其意，就不敢固請，坐了一會，即便告辭。既去之後，管夫人問道：「兩姨姊妹分屬表親，原有可見之理，為甚麼該拒絕他？」管公道：「夫人有所不知，『男女授受不親』這句話頭，單為至親而設。若還是陌路之人，他何由進我的

㉓ 相憐：這裡指相愛。
㉔ 親親：猶言親戚。
㉕ 龍鍾：行動不靈便。

門，何由入我的室？既不進門入室，又何須分別嫌疑？單為礙了親情，不便拒絕，所以有穿房入戶之事，這分別嫌疑的禮數，就由此而起。別樣的瓜葛，親者自親，疏者自疏，皆有一定之理。獨是兩姨之子，姑舅之兒，這種親情最難分別。說他不是兄妹，又係一人所出，似有共體之情；說他竟是兄妹，又屬兩姓之人，並無同胞之義。因在似親似疏之間，古人委決不下，不曾注有定儀㉖，所以涇渭難分㉗，彼此互見，以致有不清不白之事做將出來。歷觀野史傳奇，兒女私情大半出於中表㉘。皆因做父母的沒有真知灼見，竟把他當了兄妹，穿房入戶，難以提防，所以混亂至此。我乃主持風教㉙的人，豈可不加辨別，仍蹈世俗之陋規乎？」夫人聽了，點頭不已，說他講得極是。從此以後，珍生斷了痴想，玉娟絕了妄念，知道家人的言語印證不來。隨他像也得，不像也得；醜似我也得，好似我也得，一總不去計論他。

偶然有一日，也是機緣湊巧，該當遇合。岸上不能相會，竟把兩個影子，放在碧波裡面印證起來。有一首現成絕句，就是當年的情景。其詩云：

綠樹陰濃夏日長，樓臺倒影入池塘。
水晶簾動微風起，並作南來一味涼。

㉖ 定儀：一定準則、法度。儀，準則、法度。
㉗ 涇渭難分：這裡喻指對好壞、是非難以判定。涇渭，二水名，涇水濁，渭水清，清濁分明，在陝西境內合流。
㉘ 中表：稱同姑母、舅父、姨母的子女之間的親戚關係。
㉙ 風教：風俗教化。

時當中夏㉚，暑氣困人，這一男一女不謀而合，都到水閣上納涼。只見清風徐來，水波不興，把兩座樓臺的影子，明明白白倒豎在水中。玉娟小姐定睛一看，忽然驚訝起來道：「為甚麼我的影子，倒去在他家？形影相離，大是不祥之兆。」疑惑一會，方纔轉了念頭，知道這個影子，就是平時想念的人。「只因科頭㉛而坐，頭上沒有方巾，與我輩婦人一樣，又且面貌相同，故此疑他作我。」想到此處，方纔要印證起來，果然一線不差，竟是自己的模樣。既不能夠獨擅其美，就未免要同病相憐，漸漸有個怨悵爺娘不該拒絕親人之意。

卻說珍生倚欄而坐，忽然看見對岸的影子，不覺驚喜跳躍，凝眸細認一番，纔知道人言不謬。風流才子的公郎，比不得道學先生的令愛，意氣多而涵養少。那些童而習之的學問，等不到第二次就要試驗出來，對著影子輕輕的喚道：「你就是玉娟姐姐麼？好一副面容，果然與我一樣。為甚麼不合在一處做了夫妻？」說話的時節，又把一雙玉臂對著水中，卻像要撈起影子，拿來受用的一般。玉娟聽了此言，看了此狀，那點親愛之心，就愈加歆動起來。也想要答他一句，回他一手。當不得家法森嚴：逾規越檢的話，從來不曾講過；背禮犯分之事，從來不曾做過；未免有些礙手礙口，只好把滿腹衷情，付之一笑而已。屠珍生的風流訣竅，原是有傳授的。但凡調戲婦人，不問他肯不肯，但看他笑不笑，只消朱唇一裂，就是好音。這副同心帶兒，已結在影子裡面了。

從此以後，這一男一女日日思想納涼，時時要來避暑。又不許丫鬟伏侍，伴當追隨，總是孤憑畫閣，

㉚ 中夏：即仲夏。夏季之中，指農曆五月。

㉛ 科頭：不戴帽子。

獨倚雕欄，好對著影子說話。大約珍生的話多，玉娟的話少，只把手語傳情，使他不言而喻；恐怕說出話來，被爺娘聽見，不但受鞭箠之苦，亦且有性命之憂。

這是第一回，單說他兩個影子相會之初，虛空摹擬的情節。但不知見形之後，實事何如，且看下回分解。

第二回　受罵翁代圖好事　被棄女錯害相思

卻說珍生與玉娟自從相遇之後，終日在影裡盤桓❶，只可恨隔了危牆，不能夠見面。偶然有一日，玉娟因睡魔纏擾，起得稍遲，盥櫛❷起來，已是巳牌❸時候。走到水閣上面，不見珍生的影子，只說他等我不來，又到別處去了。誰想回頭一看，那個影子忽然變了真形，立在他玉體之後，張開兩手，竟要來摟抱他。這是甚麼原故？只為珍生蓄了偷香之念，乘他未至，預先赴水過來，藏在隱僻之處，等他一到，就鑽出來下手。玉娟是個膽小的人，要說句私情話兒，尚且怕人聽見，豈有青天白日對了男子，做那不尷不尬的事，沒有人捉奸之理？就大叫一聲「啊呀！」如飛避了進去。一連三五日，不敢到水閣上來。看官要曉得，這番舉動，還是提舉公家法森嚴、閨門謹飭的效驗。不然，就有真贓實犯的事做將出來，這段奸情，不但在影似之間而已了。珍生見他喊避，也吃了一大驚，翻身跳入水中，踉蹌而去。

玉娟那番光景，一來出於倉皇，二來迫於畏懼，原不是有心拒絕他。過了幾時，未免有些懊悔，就草下一幅詩箋，藏在花瓣之內，又取一張荷葉，做了郵筒❹，使他入水不濡。張見珍生的影子，就丟下

❶ 盤桓：亦作磐桓。逗留。
❷ 盥櫛：盥，音ㄍㄨㄢˋ。澆水洗手。櫛，梳頭髮。
❸ 巳牌：午前九時至十一時。

水去，道：「那邊的人兒，好生接了花瓣。」珍生聽見，驚喜欲狂，連忙走下樓去，拾起來一看，卻是一首七言絕句。其詩云：

綠波搖漾最關情，何事虛無變有形？
非是避花偏就影，只愁花動動金鈴❺。

珍生見了，喜出望外，也和他一首，放在碧筒之上寄過去。道：

惜春雖愛影橫斜，到底如看夢裡花。
但得冰肌親玉骨，莫將修短❻問韶華❼。

玉娟看了此詩，知道他色膽如天，不顧生死，少不得還要過來，終有一場奇禍。又取一幅花箋，寫了幾行小字去禁止他。道：

初到止於驚避，再來未卜存亡。吾翁不類若翁，我死同於汝死。戒之，慎之！

❹郵筒：用以傳遞信件的圓形筒子。
❺金鈴：以金鈴綴花上，原為防止鳥鵲作踐花朵（見天寶遺事），此處則意為自己的舉動將會惹人注意或起疑。
❻修短：人的生命長短。
❼韶華：美好的時光。

珍生見他回得決裂，不敢再為佻達❽之詞，但寫幾句懇切話兒，以訂婚姻之約。其字云：

家範固嚴，杞憂亦甚。既杜桑間❾之約，當從冰上❿之言。所慮吳越相銜⓫，朱陳難合⓬，尚俟徐覘動靜，巧覓機緣。但求一字之貞，便矢終身之義。

玉娟得此，不但放了愁腸，又且合他本念，就把婚姻之事一口應承，覆他幾句道：

既刪鄭衛⓭，當續周南⓮。願深寤寐之求⓯，勿惜參差之采⓰。此身有屬，之死靡他⓱。倘背厥

❽ 佻達：輕薄戲謔。佻，音ㄊㄧㄠ。

❾ 桑間：在濮水之上，古衛國地。漢書地理志下：「衛地有桑間濮上之阻，男女亦亟聚會，聲色生焉。」舊因稱男女幽會為「桑間濮上之行」。

❿ 冰上：冰上人，即冰人（媒人）。典出晉書索紞傳。

⓫ 吳越相銜：猶言對立狀態仍繼續著。吳越，喻仇視、對立。相銜，意為不斷。

⓬ 朱陳難合：難以締婚。朱陳，古村名。白居易朱陳村詩：「徐州古豐縣，有村名朱陳。……一村唯兩姓，世世為婚姻。」後遂用為聯姻的代稱。

⓭ 鄭衛：指詩經中的鄭風與衛風。乃鄭國與衛國的民俗歌謠。禮記樂記：「鄭衛之音，亂世之音也。」後用作淫靡之樂或淫靡的代稱。

⓮ 周南：詩經中國風之一，皆周國之民俗歌謠，傳統上目之為與鄭風、衛風相對之正聲。

⓯ 寤寐之求：意謂夢寐以求。語本詩周南關雎。寤寐，音ㄨˋㄇㄟˋ。

⓰ 參差之采：意為執著的追求。語本詩周南關雎。

天，有如皎日。

珍生覽畢，欣慰異常。

從此以後，終日在影中問答，形外追隨，沒有一日不做幾首情詩。做詩的題目，總不離一個「影」字。未及半年，珍生竟把唱和的詩稿匯成一帙，題曰合影編，放在案頭。被父母看見，知道這位公郎是個肖子，不惟善讀父書，亦且能成母志，倒歡喜不過，要替他成就姻緣，只是逆料那個迂儒斷不肯成人之美。

管提舉有個鄉貢同年⑱，姓路，字子由，做了幾任有司⑲，此時亦在林下。他的心體，絕無一毫沾滯，既不喜風流，又不講道學，聽了迂腐的話也不見攢眉，聞了鄙褻之言也未嘗洗耳⑳；正合著古語一句：「在不夷不惠之間㉑。」故此與屠、管二人都相契厚。屠觀察與夫人商議，只有此老可以做得冰人，就親自上門求他作伐，說：「敝連襟與小弟素不相能，望仁兄以和羹妙手調劑其間，使冰炭化為水乳，方能有濟。」路公道：「既屬至親，原該締好。當效犬馬之力。」一日，會了提舉，問他：「令愛芳年，

⑰ 之死靡他：意為誓死也不改變。語本詩鄘風柏舟。

⑱ 同年：科舉制度中稱同科考中的人。明清鄉會試同榜登科者皆稱同年。

⑲ 有司：古代設官分職，各有專司，故稱官吏為有司。

⑳ 洗耳：表示厭聽其事。高士傳許由：「堯欲召為九州長，由不欲聞之，洗耳潁水濱。」

㉑ 在不夷不惠之間：夷、惠，指伯夷與柳下惠。伯夷非其君不仕，柳下惠三黜而不去，孟子曾說伯夷隘，柳下惠不恭。後世因謂人之德性介乎夷惠間者曰不夷不惠。

曾否許配？」等他回了幾句，就把觀察所託的話，婉婉轉轉去說他。管提舉笑而不答。因有筆在手頭，就寫幾行大字在几案之上。道：

素性不諧，矛盾已久。方著絕交之論，難遵締好之言。欲求親上加親，何啻夢中說夢。

路公見了，知道不可再強，從此以後，就絕口不提。走去回覆觀察，只說他堅執不允，把書臺回覆的狠話，隱而不傳。

觀察夫婦就斷了念頭，要替兒子別娶。又聞得人說路公有個螟蛉之女，小字錦雲，才貌不在玉娟之下。另央一位冰人，走去說合。路公道：「婚姻大事，不好單憑己意，也要把兩個八字合一合婚。沒有刑傷損剋㉒，方纔好許。」觀察就把兒子的年庚㉓封與媒人送去。路公拆開一看，驚詫不已。原來珍生的年庚，就是錦雲的八字。這一男一女竟是同年同月同日同時的。路公道：「這等看來，分明是天作之合，不由人不許了。還有甚麼狐疑？」媒人照他的話過來回覆。觀察夫婦歡喜不了，就瞞了兒子，定下這頭親事。

珍生是個伶俐之人，豈有父母定下婚姻，全不知道的理？要曉得這位郎君，自從遇了玉娟，把三魂七魄倒附在影子上去，影子便活潑不過，那副形骸肢體竟像個死人一般，有時叫他也不應，問他也不答，除了水閣不坐，除了畫欄不倚，只在那幾尺地方走來走去，又不許一人近身；所以家務事情無由入耳，

㉒ 刑傷損剋：指運命間的相互衝突、剋傷。

㉓ 年庚：八字，即人生年月日時所值干支之八字。

連自己婚姻定了多時，還不知道。倒是玉娟聽得人說，只道他背卻前盟，切齒不已，寫字過來怨恨他，他纔有些知覺。走去盤問爺娘，知道委曲，就號啕痛哭起來，竟像小孩子撒賴一般，倒在爺娘懷裡，要死要活，硬逼他去退親；又且痛恨路公，呼其名而辱罵，說：「姨丈不肯許親，都是他的鬼話！明明要我做女婿，不肯讓與別人，所以借端推託。若央別個做媒，此時成了好事，也未見得。」千烏龜、萬老賊，罵個不了。觀察要把大義責他，只因驕縱在前，整頓不起；又知道：「兒子的風流，原是看我的樣子。我不能自斷情欲，如何禁止得他？」所以一味優容，只勸他：「暫緩愁腸，待我替你畫策。」珍生限了時日，要他一面退親，一面圖謀好事，不然就要自尋短計，關係他的宗祧。

觀察無可奈何，只得負荊㉔上門，預先請過了罪，然後把兒子不願的話直告路公。路公變起色來道：「我與你是何等人家，豈有結定婚姻，又行反覆之理！親友聞之，豈不唾罵？令郎的意思既不肯與舍下聯姻，畢竟心有所屬，請問要聘那一家？」觀察道：「他的意思注定在管門，知其必不可得，決要希圖萬一，以俟將來。」路公聽了，不覺掩口而笑，方纔把那日說親，書臺回覆的狠話直念出來。觀察聽了，不覺淚如雨下，嘆口氣道：「這等說來，豚兒的性命決不能留，小弟他日必為若敖之鬼㉕矣！」路公道：「為何至此？莫非令公郎與管小姐，有了甚麼勾當，故此分拆不開麼？」觀察道：「雖無實事，頗有虛

㉔ 負荊：請罪。語本史記廉頗藺相如列傳。

㉕ 若敖之鬼：指斷絕後嗣。若敖氏的後代楚國令尹子文，擔心他的侄兒椒將來會使若敖氏滅宗，臨終對族人哭曰：「若敖氏之鬼，不其餒（挨餓）而！」意為若敖氏的鬼魂將因滅宗而無人祭祀，成為餓鬼。後來若敖氏終因椒的叛楚而滅絕。事見左傳宣公四年。

情，兩副形骸雖然不曾會合，那一對影子已做了半載夫妻，如今情真意切，實是分拆不開。老親翁何以救我？」說過之後，又把合影編的詩稿遞送與他，說是一本風流孽帳。路公看過之後，怒了一回，又笑起來道：「這樁事情雖然可惱，卻是一種佳話。對影鍾情，從來未有其事，將來必傳。只是為父母的不該使他至此；既已至此，哪得不成就他？也罷，在我身上替他生出法來，成就這樁好事。寧可做小女不著，冒了被棄之名，替他別尋配偶罷。」觀察道：「若得如此，感恩不盡！」

觀察別了路公，把這番說話報與兒子知道。珍生轉憂作喜，不但不罵，又且歌功頌德起來。終日催促爺娘，去求他早籌良計。又親自上門，哀告不已。路公道：「這樁好事不是一年半載做得來的，且去準備寒窗㉖，再守幾年孤寡。」路公從此以後，一面替女兒別尋佳婿，一面替珍生巧覓機緣，把悔親的來歷在家人面前絕不提起。一來慮人笑恥，二來恐怕女兒知道，學了人家的樣子，也要不尷不尬起來，倒說：「女婿不中意，恐怕誤了終身，自家要悔親別許。」哪裡知道兒女心多，倒從假話裡面弄出真事故來。

卻說錦雲小姐，未經悔議之先，知道才郎的八字與自己相同，又聞得那副面容俊俏不過，方且自慶得人，巴不得早完親事。忽然聽見悔親，不覺手忙腳亂。那些丫鬟侍妾又替他埋怨主人，說：「好好一頭親事，已結成了，又替他拆開！使女婿上門哀告，只是不許。既然不許，就該斷絕了他，為甚麼又應承作伐㉗，把個如花似玉的女婿送與別人！」錦雲聽見，痛恨不已，說：「我是他螟蛉之女，自然痛癢

㉖ 寒窗：猶言閉門苦讀。

㉗ 作伐：做媒。詩豳風伐柯：「伐柯如何？匪斧不克。取妻如何？匪媒不得。」禮記後因稱做媒為作伐。

不關，若還是親生自養，豈有這等不情之事！」恨了幾日，不覺生起病來。俗語講得好：「說不出的，纔是真苦；撓不著的，纔是真癢。」他這番心事說又說不出，只好鬱在胸中，所以結成大塊，攻治不好。男子要離絕婦人，婦人反思念男子，這種相思自開闢[28]以來不曾有人害過。看官們看到此處，也要略停慧眼，稍掬愁眉，替他存想存想。且看這番孽障，後來如何結果。

[28] 開闢：開天闢地。

第三回 墮巧計愛女嫁媒人 湊奇緣媒人賠愛女

卻說管提舉的家範原自嚴謹，又因路公來說親，增了許多疑慮，就把牆垣之下，池水之中，填以瓦礫，覆以泥土，築起一帶長堤；又時常著人伴守，不容女兒獨坐。從此以後，不但形骸隔絕，連一對虛空影子也分為兩處，不得相親。珍生與玉娟，又不約而同做了幾首別影詩附在原稿之後。玉娟只曉得珍生別娶，卻不知道他悔親，深恨男兒薄倖❶，背了盟言，誤得自己不上不下；又恨路公懷了私念，把別人的女婿攘為己有，媒人不做，倒反做起岳丈來，可見說親的話並非忠言，不過是勉強塞責，所以父親不許。一連恨了幾日，也漸漸的不茶不飯，生起病來。路小姐的相思，叫做「錯害」❷。管小姐的相思，叫做「錯怪」。害與怪雖然不同，其錯一也。

更有一種奇怪的相思，害在屠珍生身上，一半像路，一半像管，恰好在錯害、錯怪之間。這是甚麼緣故？他見水中牆下築了長堤，心上思量道：「他父親若要如此，何不行在砌牆立柱之先？還省許多工料。為甚麼到了此際，忽然多起事來？畢竟是他自己的意思，知道我聘了別家，竟要斷恩絕義，倒在爺娘面前討好，假裝個貞節婦人，故此叫他築堤，以示訣絕之意，也未見得。我為他做了義夫，把說成的

❶ 薄倖：負心。杜牧遣懷：「十年一覺揚州夢，贏得青樓薄倖名。」

❷ 害：患病。

親事都回絕了，依舊要想娶他。萬一此念果真，我這段痴情向何處著落？聞得路小姐嬌艷異常，他的年庚又與我相合，也不叫做無緣。如今年庚相合的既回了去，面貌相似的又娶不來，竟做了一事無成，兩相擔誤，好沒來由！」只因這兩條錯念橫在胸中，所以他的相思更比二位佳人害得詫異。想到玉娟身上，就把錦雲當了仇人，說他是起禍的根由，時常在夢中咒罵。想到錦雲身上，又把玉娟當了仇人，說他是誤人的種子，不住在暗裡嘮叨。弄得父母說張不是，說李不是，只好聽其自然。

卻說錦雲小姐的病體越重，路公擇婿之念愈堅；路公擇婿之念愈堅，錦雲小姐的病體越重。路公不解其意，只說他年大當婚，恐有失時之歎，故此憂鬱成病，只要選中才郎，成了親事，他自然勿藥有喜。所以吩咐媒婆，引了男子上門，終朝選擇。誰想引來的男子，都是些魑魅魍魎❸，丫鬟見了一個，走進去形容體態，定要驚個半死。驚上幾十次，哪裡還有魂靈，止剩得幾莖殘骨，一副枯骸，倒在床褥之間，懨懨待斃。路公見了，方纔有些著忙，細問丫鬟，知道他得病的來歷，就翻然自悔道：「婦人從一而終，原不該悔親別議；他這場大病，倒害得不差，都是我做爺的不是。當初屠家來退親，原不該就許。如今既許出口，又不好再去強他。況且那椿好事，我已任在身上，大丈夫千金一諾，豈可自食其言？只除非把兩頭親事合做一頭，三個病人串通一路，只瞞著老管一個，等他自做惡人；直等好事做成，方纔使他知道。到那時節，生米煮成熟飯，要強也強不去了。只是大小之間有些難處。」仔細想了一回，又悟轉來道：「當初娥皇、女英，同是帝堯之女，難道配了大舜，也分個妻妾不成？不過是姊妹相稱而已。」主意定了，一面叫丫鬟安慰女兒，一面請屠觀察過來商議，說：「有個兩便之方，既不令小女二夫，又

❸ 魑魅魍魎：音ㄔ ㄇㄟˋ ㄨㄤˇ ㄌㄧㄤˇ。此處意謂庸俗委瑣一類的人。

不使管門失節。只是令郎有福，忒煞討了便宜，也是他命該如此。」觀察喜之不勝，問他計將安出。路公道：「貴連襟心性執拗，不便強之以情，只好欺之以理。小弟中年無子，他時常勸我立嗣，我如今只說立了一人，要聘他女兒為媳。他念相與之情，自然應許。等他許定之後，我又說小女尚未嫁人，要招令郎為婿，屈他做個四門親家，以終夙昔之好。他就要斷絕你，也卻不得我的情面。許出了口，料想不好再許別人。待我選了吉日，只說一面娶親，一面贅婿，把二女一男併在一處，使他各暢懷抱，豈不是椿美事？」屠觀察聽了，笑得一聲，不覺拜倒在地，說他不但有回天之力，亦且有再造之恩，感頌不已。就把異常的喜信，報與兒子知道。

珍生正在兩憂之際，得了雙喜之音，如何跳躍得住。他那種詫異相思，不是這種詫異的方術也醫他不好。錦雲聽了丫鬟的話，知道改邪歸正，不消醫治，早已拔去病根。只等那一男一女過來，他就好做女英之姊，大舜之妻。此時，三個病人好了兩位，只苦得玉娟一個，有了喜信，究竟不得而知。

路公會著提舉，就把做成的圈套去籠絡他。管提舉見女兒病危，原有早定婚姻之意，又因他是契厚同年，巴不得聯姻締好，就滿口應承，不作一毫難色。路公怕他食言，隔不上一兩日，就送聘禮過門。納聘之後，又把招贅珍生的話吐露出來。管提舉口雖不言，心上未免不快，笑他明於求婚，暗於擇婿，前門進人，後門入鬼，所得不償所失。只因成事不說，也不去規諫他。

玉娟小姐見說自己的情郎贅了路公之女，自己又要嫁入路門，與他同在一處，真是羞上加羞，辱中添辱，如何氣憤得了，要寫一封密札寄與珍生，說明自家的心事，然後去赴水懸梁，尋個自盡。當不得丫鬟廝守，父母提防，不但沒有寄書之人，亦且沒有寫書之地。一日，丫鬟進來傳語，說路家小姐聞得嫂嫂有病，要親自過來問安。玉娟聞了此言，一發焦躁不已，只說：「他佔了我的情人，奪了我的好事，一味心高氣傲，故意把喜事驕人，等不得我到他家，預先上門來羞辱，這番歹意，如何依允得他！」就催逼母親叫人過去回覆。哪裡知道這位姑娘並無歹意，要做個瞞人的喜鵲，飛入耳朵來報信的。只因路公要完好事，知道這位小姐是道學先生的女兒，決不肯做失節之婦，聽見許了別人，不知就裡，一定要尋短計；若央別個寄信，當不得他門禁森嚴，三姑六婆❹無由而入，只得把女兒權做紅娘，過去傳消遞息。玉娟見說回覆不住，只得隨他上門。未到之先，打點一副吃虧的面孔，先忍一頓羞慚，等他得志過了，然後把報仇雪恥的話去回覆他。不想走到面前，見過了禮，就伸出一雙嫩手，在他玉臂之上捏了一把，卻像別有衷情，不好對人說得，兩下心照的一般。玉娟驚詫不已，一茶之後，就引入房中，問他捏臂之故。錦雲道：「小妹今日之來，不是問安，實來報喜。合影編的詩稿，已做了一部傳奇，目下就要團圓快了。只是正旦之外，又添了一腳小旦，你卻不要多心。」玉娟驚問其故，錦雲把父親作合的始末細述一番。玉娟喜個不了。只消一劑妙藥，醫好了三個病人。大家設定機關，單騙著提舉一個。

路公選了好日，一面擡珍生進門，一面娶玉娟入室，再把女兒請出洞房，湊成三美，一齊拜起堂來。真個好看！只見：

---

❹ 三姑六婆：指尼姑、道姑、卦姑與牙婆（介紹買賣老婦）、媒婆、師婆（有某種技能老婦）、虔婆（以甘言悅人不正派老婦）、藥婆、穩婆（接生婆）。語出元人陶宗儀輟耕錄。舊俗認為接觸此類人會誘致傷風敗俗，故防範與之親近。

男同叔寶❺，女類夷光❻。評品姿容，卻似兩朵瓊花，倚著一根玉樹；形容態度，又像一輪皎月，分開兩片輕雲。那一邊年庚相合，牽來比並，辨不清孰妹孰兄；這一對面貌相同，卸去冠裳，認不出誰男誰女。把男子推班出色❼，遇紅遇綠，到處成牌；用婦人接羽移宮❽，鼓瑟鼓琴，皆能合調。允矣❾無雙樂事，誠哉對半神仙！

成親過了三日，路公就準備筵席，請屠、管二人會親；又怕管提舉不來，另寫一幅單箋夾在請帖之內，道：

親上加親，昔聞戒矣❿；夢中說夢，姑妄聽之。今為說夢主人，屈作加親創舉；勿以小嫌介意，致令大禮不成。再訂。

管提舉看了前面幾句，還不介懷。直到末後一聯，有「大禮」二字，就未免為禮法所拘，不好借端推托。

❺ 叔寶：指晉代丰神清俊美男子衛叔寶。見晉書謝尚傳。
❻ 夷光：即西施。見拾遺記。
❼ 推班出色：猶言離合色點。班、色，不同顏色。按這裡係指牙牌令戲。為古代博戲的一種，其法同兩張以上牙牌的色點配成一套，叫做一副兒，也即下文說的成牌。具體可參閱紅樓夢第四十回金鴛鴦三宣牙牌令。
❽ 接羽移宮：猶言操奏音樂。羽、宮，古五音名。
❾ 允矣：確實。
❿ 戒矣：告知。

到了那一日，只得過去會親。走到的時節，屠觀察早已在座。路公鋪下毡單，把二位親翁請在上首，自己立在下首，一同拜了四拜；又把屠觀察請過一邊，自家對了提舉深深叩過四首，道：「起先四拜是會親，如今四拜是請罪。從前以後，凡有不是之處，俱望老親翁海涵。」管提舉道：「老親翁是個簡略的人，為何到了今日忽然多起禮數來？莫非因人而施，因小弟是個拘儒，故此也作拘儒之套麼？」路公道：「怎敢如此。小弟自議親以來，負罪多端，擢髮莫數⑪，只求念『至親』二字，多方原宥。俗語道得好，兒子得罪父親，也不過是負荊而已，何況兒女親家。小弟拜過之後，大事已完，老親翁要施責備，也責備不成了。」管提舉不解其意，還只說是謙遜之詞；只見說過之後，階下兩邊鼓樂一齊吹打起來，竟像轟雷震耳，莫說兩人對語絕不聞聲，就是自己說話也聽不出一字。正在喧鬧之際，又有許多侍妾擁了對半新人，早已步出畫堂，立在毡單之上，俯首躬身，只等下拜。管提舉定睛細看，只見女兒一個立在左手，其餘都是外人，並不見自家的女婿，就對著女兒高聲大喊道：「你是何人，竟立在姑夫⑫左手！不惟禮數欠周，亦且渾亂不雅，還不快走開去！」他便喊叫得慌，並沒有一人聽見。這一男二女低頭竟拜。管提舉掉轉身來正要迴避，不想二位親翁走到，每人拉住一邊，不但不放他走，亦且不容回拜，竟像兩塊夾板夾住身子的一般，端端正正，受了一十二拜。直到拜完之後，兩位新人一齊走了進去，方才吩附樂工住了吹打。聽管提舉變色而道：「小女拜堂，令郎為何不見？令婿與令愛與小弟並非至親，豈有受拜之禮？這番儀節，小弟不解，老親翁請道其故。」路公道：「不瞞老親翁說，這位令姨侄，就是小弟

⑪ 擢髮莫數：極言罪數之多。語本史記范睢蔡澤列傳。

⑫ 姑夫：此處猶言這個人。

的螟蛉。小弟的螟蛉，就是親翁的令婿。親翁的令婿，又是小弟的東床。他一身充了三役，所以方才行禮，拜了三四一十二拜。老親翁是個至明至聰的人，難道還懂不著？」管提舉想了一會，再辨不清，又對路公道：「這些說話，小弟一字不解，纏來纏去，不得明白。難道今日之來不是會親，竟在這邊做夢不成？」路公道：「小東上面已曾講過，『今為說夢主人』，就是為此。要曉得『說夢』二字，原不是小弟創起；當初替他說親，蒙老親翁書臺回覆，那個時節早已種下夢根了。人生一夢耳，何必十分認真？勸你將錯就錯，完了這場春夢罷。」提舉聽了這些話，方才醒悟，就問他道：「老親翁是個正人，為何行此瞞昧之事？就要做媒，也只該明講，怎麼設定圈套，弄起我來？」路公道：「何嘗不來明講？老親翁並不回言，只把兩句話兒示之以意，卻像要我說夢的一般，所以不復明言，只得便宜行事。若還自家弄巧，單騙令愛一位，使親翁做了愚人，這重罪案就逃不去了；如今捨得自己，贏得他人，方才拜堂的時節，還把令愛立在左首，小女甘就下風，這樣公道拐子，折本媒人，世間沒有第二個！求你把責人之念稍寬一分，全了忠恕之道罷。」提舉聽到此處，顏色稍和。想了一會，又問他道：「敝連襟捨了小女，怕沒有別處求親？老親翁除了此子，也另有高門納采。為甚麼把二女配了一夫，定要陷人以不義？」路公道：「其中就裡，只好付之不言；若還根究起來，只怕方才那四拜，老親翁該賠還小弟，倒要認起不是來。」提舉聽到此處，又重新變起色來道：「小弟有何不是，快請說來！」路公道：「只因府上的家範過於嚴謹，使男子婦人不得見面，所以鬱出病來。別樣的病只害得自己一個，不想令愛的尊恙與時災疫症一般，一家過到一家，蔓延不已：起先過與他，後來又過與小女，幾乎把三條性命斷送一時。小弟要救小女，只得預先救他；既要救他，又只得先救令愛。所以把三個病人合來住在一處，才好用藥調理，這就是聯姻締好的原故。老親翁不問，也不好直說出來。」

提舉聽了，一發驚詫不已。就把自家坐的交椅，一步一步挪近前來就著路公，好等他說明就裡。路公怕他不服，索性說個盡情，就把對影鍾情、不肯別就的始末，一原二故訴說出來。氣得他面如土色，不住的咒罵女兒。路公道：「姻緣所在，非人力之所能為。究竟令愛守貞不肯失節，也還是家教使然。如今業已成親，也算做既往不咎了，還要怪他做甚麼？」提舉道：「這等看來，都是小弟治家不嚴，以致如此，空講一生道學，不曾做得個完人。快取酒來，先罰我三杯，然後上席。」路公道：「這也怪不得親翁。從來的家法，只能痼形，不能痼影。這是兩個影子做出事來，與身體無涉，哪裡管得許多！從今以後，也使治家的人知道，這番公案連影子也要提防，決沒有露形之事了。」又對觀察道：「你兩個的是非曲直，畢竟要歸重一邊；若還府上的家教也與貴連襟一般，使令公郎有所畏憚，不敢胡行，這樁詫事就斷然沒有了。究竟是你害他，非是他累你；不可因令公郎得了便宜，倒說風流的是，道學的不是，把是非曲直顛倒過來，使人喜風流而惡道學，壞先輩之典型。取酒過來，罰你三巨觥，以服貴連襟之心，然後坐席。」觀察道：「講得有理，受罰無辭。」一連飲了三杯，就作揖賠個不是，方才就席飲酒，盡歡而散。

從此以後，兩家釋了芥蒂，相好如初。過到後來，依舊把兩院併為一宅，就將兩座水閣做了金屋，以貯兩位阿嬌，題曰「合影樓」，以成其志。不但拆去牆垣，掘開泥土，等兩位佳人互相盼望；又架起一座飛橋，以便珍生之來往，使牛郎織女無天河銀漢之隔。後來珍生聯登二榜，入了詞林，位到侍講⑬之

⑬ 侍講：官名。明清翰林院額定之官，掌講讀經史等事。

職。

這段逸事出在胡氏筆談⓮，但係抄本，不曾刊板行世，所以見者甚少。如今編做小說，還不能取信於人，只說這一十二座亭臺，都是空中樓閣也。

⓮ 胡氏筆談：指明代文學家胡應麟的少室山房筆叢。這裡係假託。

奪錦樓

第一回　生二女連吃四家茶　娶雙妻反合孤鸞命

詞云：

一馬一鞍有例，半子❶難招雙婿。失口便傷倫，不俟他年改配。成對，成對，此願也難輕遂。

右調如夢令

這首詞單為亂許婚姻，不顧兒女終身者作。常有一個女兒以前許了張三，到後來算計不通，又許了李四，以致爭論不休，經官動府，把跨鳳乘鸞的美事，反做了鼠牙雀角❷的訟端。那些官斷私評，都說他後來改許的不是。據我看來，此等人的過失，倒在第一番輕許，不在第二番改諾；只因不能慎之於始，所以不得不變之於終。做父母的，哪一個不願兒女榮華，女婿顯貴？他改許之意，原是為愛女不過，所

❶ 半子：女婿的別稱。

❷ 鼠牙雀角：意謂爭訟。語本詩召南行露。

以如此，並沒有甚麼歹心。只因前面所許者或賤或貧，後面所許者非富即貴，這點勢利心腸，凡是擇婿之人，個個都有，但要用在未許之先，不可行在既許之後。未許之先，若能夠真正勢利，做一個趨炎附勢的人，遇了貧賤之家決不肯輕許，寧可遲些日子，要等個富貴之人，這位女兒就不致輕易失身，倒受他勢利之福了。當不得他預先盛德，一味要做古人，置貧賤富貴於不論；及至到既許之後，忽然勢利起來，改弦易轍，毀裂前盟，這位女兒就不能夠自安其身，反要受他盛德之累了。這番議論，無人敢道，須讓我輩膽大者言之。雖係末世❸之言，即使聞於古人，亦不以為無功而有罪也。

如今說件輕許婚姻之事，兼表一位善理詞訟之官，又與世上嫁錯的女兒伸一口怨氣。明朝正德初年，湖廣武昌府江夏縣有個魚行經紀，姓錢號小江，娶妻邊氏，夫妻兩口，最不和睦，一向艱於子息。到四十歲上，同胞生下二女，止差得半刻時辰。世上的人都說兒子像爺，女兒像娘，獨有這兩個女兒不肯蹈襲成規，另創一種面目，竟像別人家兒女抱來撫養的一般。不但面貌不同，連心性也各別，父母極醜陋、極愚蠢，女兒極標緻、極聰明。長到十歲之外，就像海棠著露，菡萏經風，一日嬌媚似一日。到了十四歲上，一發使人見面不得，莫說少年子弟看了無不消魂，就是六七十歲的老人家瞥面遇見，也要說幾聲「愛死，愛死」。資性極好，只可惜不曾讀書，但能記帳打算而已。至於女工針指，一見就會，不用人教。穿的是縞衣布裙，戴的是銅簪錫珥，與富貴人家女兒立在一處，偏要把他比並下來。旁邊議論的人都說：「縞布不換綺羅，銅錫不輸金玉！」只因他搶眼不過，就使有財有力的人家，多算多謀的子弟，都群起而圖之。

❸ 末世：指一個朝代的末朝，含有衰亂之意。

小江與邊氏雖是夫妻兩口，卻與仇敵一般。小江要許人家，又不容邊氏做主；邊氏要招女婿，又不使小江與聞。兩個我瞞著你，你瞞著我，都央人在背後做事。小江的性子，在家裡雖然倔強，見了外面的朋友，也還藹然可親，不像邊氏來得潑悍，動不動要打上街坊，罵斷鄰里。那些做媒的人都說丈夫可欺，妻子難惹，求男不如求女，瞞妻不若瞞夫，所以邊氏議就的人家，都在小江議就的前面。兩個女兒各選一個女婿，都叫他揀了吉日竟送聘禮上門，不怕他做爺的不受，省得他預先知道，又要嫌張嫌李，不容我自做主張。

有幾個曉事的人說：「女兒許人家，全要父親做主。父親許了，就使做娘的不依，也還有狀詞可告。沒有做官的人也為悍婦所制，倒丟了男子漢憑內眷施為之理。」就要別央媒人對小江說合。當不得做媒的人都有些欺善怕惡，叫他瞞了邊氏，就個個頭疼，不敢招架，都說：「得罪於小江，等他發作的時節，還好出頭分理；就受些淩辱，也好走去稟官；得罪了邊氏，使他發起性來，男不與婦敵，莫說被他咒罵不好應聲，就是揮上幾拳、打上幾掌，也只好忍疼受苦，做個『唾面自乾』。難道好打他一頓，告他一狀不成？」所以到處央媒，並無一人肯做，只得自己對著小江說起求親之事。小江看見做媒的人只問妻子，不來問他，大有不平之意。如今聽見「求親」二字，就是空谷足音❹，得意不過，自然滿口應承，哪裡還去論好歹？那求親的人又說：「眾人都怕令正，不肯做媒，卻怎麼處？」小江道：「兩家沒人通好，所以用著冰人。我如今親口許了，還要甚麼媒妁？」求親的人得了這句話，就不勝之喜，當面選了吉日，要送盤盒過門。小江的主意也與妻子一般，預先並不通知，直待臨時發覺。

❹ 空谷足音：比喻難得的事物。語出莊子徐无鬼。

不想好日多同，四姓人家的聘禮，都同一時一刻送上門來。鼓樂喧天，金珠羅列，辨不出誰張誰李。還只說送聘的人家知道我夫妻不睦，惟恐得罪了一邊，所以一姓人家備了兩副禮帖，一副送與男子，一副送與婦人，所謂寧可多禮，不可少禮。及至取帖一看，誰想「眷侍教生」❺之下，一字也不肯雷同，倒寫得錯綜有致，頭上四個字合念起來，正含著百家姓一句，叫做「趙、錢、孫、李」。夫妻兩口就不覺四目交睜，兩聲齊發。一邊說：「我至戚之外，哪裡來這兩門野親！」一邊道：「我喜盒之旁，何故增這許多牢食！」小江對著邊氏說：「我家主公不發回書，誰敢收他一盤一盒！」邊氏指著小江說：「我家主婆不許動手，誰敢接他一線一絲！」丈夫又問妻子說：「在家從父，出嫁從夫。若論在家的女兒，也該是我父親為政。若論出嫁的妻子，也該是我丈夫為政。你有甚麼道理，輒敢胡行？」妻子又問丈夫說：「娶媳由夫，嫁女由母。若還是娶媳婦，就該由你做主，目今是嫁女兒，自然由我做主。你是何人，敢來攙越！」兩邊爭競不已，竟要廝打起來。虧得送禮之人一齊隔住，使他近不得身，交不得手。邊氏不由分說，竟把自己所許的，照著禮單，件件都替他收下，央人代寫回帖，打發來人去了；把丈夫所許的，都叫人推出門外，一件不許收。小江氣憤不過，偏要扯進門來，連盤連盒都替他倒下，自己寫了回帖，也打發出門。

小江知道這兩頭親事都要經官，且把告狀做了末著，先以早下手為強，就吩咐親翁叫他快選吉日，多備燈籠火把，雇些有力之人前來搶奪，且待搶奪不去，然後告狀也未遲。那兩姓人家果然依了此計，

❺ 眷侍教生：眷，親戚。這裡表示兩家締姻。侍教生，即侍生。舊時對同輩（或晚輩的婦人）的謙稱。中加「教」字，表敬。

不上一兩日，就選定婚期，雇了許多打手，隨著轎子前來，指望做個萬人之敵。不想男兵易鬥，女帥難降，只消一個邊氏捏了門門的杠子，橫驅直掃，竟把過去的人役殺得片甲不留，一個個都抱頭鼠竄；連花燈彩轎、燈籠火把，都丟了一半下來，叫做「借寇兵而賫盜糧」，被邊氏留在家中，備將來遣嫁之用。小江一發氣不過，就催兩位親家速速告狀。親家知道狀詞難寫，沒有把親母告做被犯、親家填做干證❻之理，只得做對頭不著，把打壞家人的事都歸併在他身上，做個師出有名。不由縣斷，竟往府堂告理。准出之後，小江就遞訴詞一紙，以作應兵，好替他當官說話。那兩姓人家少不得也具訴詞，恐怕有夫之婦不便出頭，把他寫做頭名干證，說是媳婦的親母，好待官府問他。

彼時太守❼缺員，乃本府刑尊署印❽。刑尊到任未幾，最有賢聲，是個青年進士，准了這張狀詞，不上三日，就懸牌掛審。先喚小江上去，盤駁了一番。然後審問四姓之人，具狀上有名的媒妁。只除邊氏不叫，因他有丈夫在前，只說丈夫的話與他所說的一般，沒有夫妻各別之理。哪裡知道被告的干證，就是原告干證的對頭；女兒的母親，就是女婿丈人的仇敵。只見人說「會打官司同筆硯」，不曾見說「會打官司共枕頭」。

邊氏見官府不叫，就高聲喊起屈來。刑尊只得喚他上去。邊氏指定了丈夫，說：「他雖是男人，一些主意也沒有，隨人哄騙，不顧兒女終身。他所許之人，都是地方的光棍，所以小婦人便宜行事，不肯

---

❻ 干證：與訟案有關的證人。

❼ 太守：官名。秦設郡守，漢景帝時更名太守。明清則專稱知府。

❽ 刑尊署印：刑尊，對次於太守職位通判（佐理兵、民、錢穀、獄訟聽斷一切郡政官員）的尊稱。署印，代理。

容他做主，求老爺俯鑒下情。」刑尊聽了，只說他情有可原，又去盤駁小江。小江說：「妻子悍潑非常，只會欺淩丈夫，並無一長可取。別事欺淩還可容恕，婚姻是椿大典，豈有丈夫退位讓妻子專權之理？」刑尊見他也說得是，難以解紛，就對他二人道：「論起理來，還該由丈夫做主，只是家庭之事，儘有出於常理之外者，不可執一而論。待本廳喚你女兒到來，且看他意思何如，還是說爺講的是，娘講的是。」二人磕頭道：「正該如此。」

刑尊就出一枝火簽，差人去喚女兒。喚便去喚，只說他父母生得醜陋，料想茅茨裡面開不出好花，還怕一代不如一代，不知醜到甚麼地步方才底止，就辦一副吃驚見怪的面孔在堂上等他。誰想二人走到，竟使滿堂書吏與皂快人等都不避官法，一齊挨擠攏來，個個伸頭，人人著眼，竟像九天之上掉下個異寶來的一般。至於堂上之官一發神搖目定，竟不知這兩位神女從何處飛來。還虧得簽差稟了一聲，說「某人的女兒拿到」，方纔曉得是茅茨裡面開出來的異花。不但後代好似前代，竟好到沒影的去處方纔底止。驚駭了一會，就問他道：「你父母二人不相知會，竟把你們兩個許了四姓人家。及至審問起來，父親又說母親不是，母親又說父親不是。古語道得好：『清官難斷家務事。』所以叫你來問：平昔之間，還是父親做人好，母親做人好？」這兩個女兒平日最是害羞，看見一個男子尚且思量躲避，何況滿堂之人把幾百雙眼睛盯在他二人身上，恨不得掀開官府的桌圍，鑽進去權躲一刻。誰想官府的法眼又比眾人分外分明，看之不足，又且問起話來，叫他滿面嬌羞，如何答應得出。所以刑尊問了幾次，他並不作聲，只把面上的神色做了口供。竟像他父母做人都有些不是，為女兒者不好說得的一般。刑尊默喻其意，思想這樣絕色女子，也不是將就男人可以配得來的；如今也不論父親許的是，母親許的是，只把那四個男子一齊拘攏來，替他比並比並，只要配得過的，就斷與他成親罷了。

算計已定，正要出簽去喚男子，不想四個犯人一齊跪上來，稟道：「不消老爺出簽，小的們的兒子都現在二門之外，防備老爺斷親與他，故此先來等候；待小的們自己出去，各人喚進來就是了。」刑尊道：「既然如此，快出去喚來。」只見四人去不多時，各人扯著一個走進來，稟道：「這就是兒子，求老爺判親與他。」刑尊抬起頭來，把四個後生一看，竟像一對父母所生，個個都是奇形怪狀。莫說標緻的沒有，就要選個四體周全、五官不缺的也不能夠。心上思量道：「二女之夫，少不得出在這四個裡面，矮子隊裡選將軍，叫我如何選得出？不意紅顏薄命，一至於此！」嘆息了一聲，就把小江所許的叫他跪在東首，邊氏所許的，叫他跪在西首。然後把兩個女兒喚來跪在中間，對他吩咐道：「你父母所許的人都喚來了，起先問你，你既不肯直說，想是一來害羞，二來難說父母的不是；如今不要你開口，只把頭兒略轉一轉，分個向背出來，要嫁父親所許的，就向了東邊；要嫁母親所許的，就向了西邊。這一轉之間，關係終身大事，你兩個的主意，須是要定得好。」說了這一句，連滿堂之人都定睛不動，要看他轉頭。

誰想這兩位佳人起先看見男子進來，倒還左顧右盼，要看四個人的面容；及至見了奇形怪狀，都低頭合眼，暗暗的墮起淚來。聽見官府問他，也不向東，也不向西，正正的對了官府就放聲大哭起來。越問得勤，他越哭得急，竟把滿堂人的眼淚都哭出來，個個替他稱冤叫苦。刑尊道：「這等看起來，兩邊所許的各有些不是，你都不願嫁他的了？我老爺心上也正替你躊躇，沒有這等兩個人，都配了村夫俗子之理。你且跪在一邊，我自有處。叫他父母上來！」小江與邊氏一齊跪到案桌之前，聽官吩咐。刑尊把桌子一拍，大怒起來道：「你夫妻兩口全沒有一毫正經，把兒女終身視為兒戲！既要許親，也大家商議商議，看女兒女婿可配得來，為甚麼把這樣的女兒，都配了這樣的女婿？你看方才那種哭法，就知道配成之後得所不得所了！還虧得告在我這邊，除常律之外，另有一個斷法。若把別位官兒，定要拘牽成格，判與所許之人，這兩條性命就要在他筆底勾消了！如今兩邊所許的都不作准，待我另差官媒與他作伐，定要嫁個相配的人。我今日這個斷法，也不是曲體私情，不循公道，原有一番至理，待我做出審單，與眾人看了，你們自然心服。」說完之後，就提起筆來，寫出一篇讞詞❾，道：

審得錢小江與妻邊氏，一胞生女二人，均有姿容，人人欲得以為婦，某某某某希冀聯姻，非一日矣。因其夫婦異心，各為婚主：媚竈❿出奇者，既以結婦欺男為得志；盜鈴⓫取勝者，又以掩中襲外為多功，遂致兩不相聞，多生詿誤。二其女而四其夫，既少分身之法；東家食兮西家宿，亦非訓俗之方。相女配夫，怪妍媸之大別；審音察貌，憐痛楚之難勝。是用以情逆理，破格行仁；然亦不敢枉法以行私，仍效引經而折獄。六禮同行，三茶共設，四婚何以並行？父母之命，媒妁之言，二者均不可少。茲審邊氏所許者雖有媒言，實無父命，斷之使就，慮開無父之門；小江所許者雖有父命，實無媒言，判之使從，是闢無媒之徑，均有妨於古禮，且無裨於今人。四男別締

❾讞詞：判決書。讞，音ㄧㄢˋ。
❿媚竈：比喻阿附當權的人。語出論語八佾。
⓫盜鈴：掩耳盜鈴（典出呂氏春秋自知）的省用。比喻自己欺騙自己。

絲蘿，二女非其伉儷。寧使噬臍⑫於今日，無令反目於他年。此雖救女之婆心，抑亦籌男之善策也。各犯免供，僅存此案。

做完之後，付與值堂書吏，叫他對了眾人高聲朗誦一遍，然後把眾人逐出，一概免供。又差人傳諭官媒，替二女別尋佳婿：「如得其人，定要領至公堂面相一過，做得他的配偶，方許完姻。」

官媒尋了幾日，領了許多少年，私下說好，當官都相不中。刑尊就別生一法，要在文字之中替他擇婿，方能夠才貌兩全。恰好山間的百姓拿著一對活鹿解送與他，正合刑尊之意，就出一張告示，限於某月某日，年考生童。叫生童於卷面之上，把「已冠未冠」四個字改做「已娶未娶」，說：「本年鄉試不遠，要識英才於未遇之先，特懸兩位淑女、兩頭瑞鹿做了錦標，與眾人爭奪。已娶者以得鹿為標，未娶者以得女為標，奪到手者即是本年魁解。」考場之內，原有一所空樓，刑尊喚邊氏領著二女住在樓上，把二鹿養在樓下。暫懸一匾，名曰「奪錦樓」。

告示一出，竟把十縣的生童，引得人人興發，個個心痴。已娶之人還只從功名起見，搶得活鹿到手，止不過得些彩頭。那些未娶的少年一發踴躍不過，未曾折桂，先有了月裡嫦娥，縱不能夠大富貴，且先落個小登科。到了考試之日，恨不得把心肝五臟都嘔唾出來，去換這兩名絕色。考過之後，個個不想回家，都擠在府前等案。

只見到三日之後，發出一張榜來，每縣只取十名聽候覆試。那些取著的，知道此番覆考不在看文字，

⑫ 噬臍：比喻後悔不及。語出左傳莊公六年。

單為選人材。生得標緻的，就有幾分機栝了。到覆試之日，要做新郎的倒反先做新娘，一個個都去塗脂抹粉，走到刑尊面前還要扭扭捏捏，裝些身段出來，好等他相中規模，取作案首。誰想這位刑尊不但善別人才，又且長於風鑒⓭。既要看他妍媸好歹，又要決他富貴窮通，所以在唱名的時節，逐個細看一番，把硃點做了記號，高低輕重之間，就有尊卑前後之別。考完之後，又吩咐禮房，叫到次日清晨喚齊鼓樂，「待我未曾出堂的時節，先到奪錦樓上迎上了那兩個女子、兩頭活鹿出來：把活鹿放在府堂之左，那兩個女子坐著碧紗彩轎，停在府堂之右，再備花燈鼓樂，好送他出去成親。」吩咐已畢，就回衙閱卷。

及至到次日清晨掛出榜來，只取特等四名，兩名已娶，兩名未娶，以充奪標之選。其餘一等、二等，都在給賞花紅之列。「已娶」得鹿之人，不過是兩名陪客，無甚關係，不必道其姓名。那「未娶」二名，一個是已進的生員，姓袁名士駿；一個是未進的童生，姓郎名志遠。凡是案上有名的都齊入府堂，聽候發落。聞得東邊是鹿，西邊是人，大家都捨東就西，去看那兩名國色，把半個府堂擠做人山人海。府堂東首，止得一個生員立在兩鹿之旁，徘徊嘆息，再不去看婦人。滿堂書吏都說他是已娶之人，考在特等裡面，知道女子沒分，少不得這兩頭活鹿有一頭到他，所以預為之計，要把輕重肥瘦估量在胸中，好待臨時牽取。誰想那邊的秀才走過來一看，都對他拱一手道：「袁兄恭喜，這兩位佳人定有一位是尊嫂了。」那秀才搖搖手道：「與我無干。」眾人道：「你考在特等第一，又是未娶的人，怎麼說出『無干』二字？」那秀才道：「少刻見了刑尊，自知分曉。」眾人不解其故，都說他是謙遜之詞。

只見三梆已畢，刑尊出堂。案上有名之人，一齊過去拜謝。刑尊就問：「特等諸兄是哪幾位？請立

⓭ 風鑒：舊指相術。

過一邊，待本廳預先發落。」禮房聽了這一句，就高聲唱起名來。袁士駿之下，還該有三名特等，誰想止得兩名，都是已娶。臨了一名不到，就是未娶的童生。刑尊道：「今日有此盛舉，他為甚麼不來？」袁士駿打一躬道：「這是生員的密友，住在鄉間，不知太宗師今日發落，所以不曾趕到。」刑尊道：「兄就是袁士駿麼？好一分天才，好一管秀筆！今科決中無疑了。這兩位佳人實是當今的國色，今日得配才子，可謂天付良緣了。」袁士駿打一躬道：「太宗師雖有盛典，生員係薄命之人，不能享此奇福。求另選一名挨補，不要誤了此女的終身。」刑尊道：「這是何事，也要謙讓起來？」叫禮房去問那兩個女子是哪一個居長，請他上來與袁相公同拜花燭。袁士駿又打一躬，止住禮房，叫他不要去喚。刑尊道：「這是甚麼原故？」袁士駿道：「生員命犯孤鸞。凡是聘過的女子，都等不到過門，一有成議，就得暴病而死。生員纔滿二旬，已曾誤死六個女子。凡是推算的星家，都說命中沒有妻室，該做個僧道之流。如今雖列衣冠，不久就要逃儒歸墨⓮，所以不敢再誤佳人，以重生前的罪孽。」刑尊道：「哪有此事！命之理微，豈是尋常星士推算得出的？就是幾番虛聘，也是偶然，哪有見噎廢食之理？兄雖見卻，學生斷不肯依。只是一件，那第四名郎志遠為甚麼不到？一來選了良時吉日，要等他來做親；二來覆試的筆跡與原卷不合，還要面試一番。他今日不到，卻怎麼處？」袁士駿聽了這句話，又深深打一躬道：「生員有一句隱情，論理不該說破，因太宗師見論及此，若不說明，將來就成過失了。這個朋友與生員有八拜之交，因他貧不能娶，有心要成就他。前日兩番的文字，都是生員代作的，初次是他自謄，第二次因他不來，就是生員代寫。還只說兩卷之內或者取得一卷，就是生員的名字，也要把親事讓他。不想都蒙特拔，

⓮ 逃儒歸墨：猶言放棄儒業遁入空門。墨，指僧人的緇衣。

極是僥倖的了。如今太宗師明察秋毫，看出這種情弊，萬一查驗出來，倒把為友之心變做累人之具，所以不敢不說，求太宗師原情恕罪，與他一體同仁。」刑尊道：「原來如此。若不虧兄說出，幾乎誤了一位佳人。既然如此，兩名特等都是兄考的，這兩位佳人都該是兄得了。富貴功名，倒可以冒認得去，這等國色天香，不是人間所有，非真正才人不能消受，斷然是假借不得的。」叫禮房快請那兩位女子過來，一齊成了好事。袁士駿又再三推卻，說：「命犯孤鸞的人，一個女子尚且壓他不住，何況兩位佳人？」刑尊笑起來道：「今日之事，倒合著吾兄的尊造⓯了。所謂命犯孤鸞者，乃是單了一人不使成雙之意。若還是一男一女做了夫妻，倒是雙而不單，恐於尊造有礙；如今兩女一男，除起一雙，就要單了一個，豈不是命犯孤鸞？這等看起來，信乎有命。從今以後，再沒有蘭摧玉折之事了。」他說話的時節，下面立了無數的諸生，見他說到此處，就一齊贊頌起來，說：「從來帝王師相都可以為人造命，今日這段姻緣出於太宗師的特典，就是替兄造命了。何況有這個解法，又是至當不易之理。袁兄不消執意，竟與兩位尊嫂一同拜謝就是了。」袁士駿無可奈何，只得勉遵上意，曲狥輿情，與兩位佳人立做一處，對著大恩人深深拜了四拜。然後當堂上馬，與兩乘彩轎一同迎了回去。出去之後，方纔分賜瑞鹿，給賞花紅。眾人看了袁士駿，都說：「上界神仙之樂不能有此，總虧了一位刑尊，實實的憐才好士，才有這番盛舉。」

當年鄉試，這四名特等之中，恰好中了三位，所遺的一個，原不是真才；代筆的中了，也只當他中一般。後來三個之中，只聯捷得一個，就是奪著女標的人。刑尊為此一事，賢名大噪於都中。後來欽取

⓯造：猶言其注定的運命。

入京，做了兵科給事⑯。袁士駿由翰林散館⑰，也做了臺中⑱，與他同在兩衙門，意氣相投，不啻家人父子。古語云：「惟英雄能識英雄。」此言真不誣也。

⑯ 給事：官名，即給事中。職司鈔發章疏，稽察錯誤。
⑰ 散館：清制，翰林院庶吉士（官名，由殿試進士中選拔）經過一定年限，舉行甄別考試之稱。
⑱ 臺中：臺，監察、諫議機構官署名稱。中，即給事中。

三與樓

第一回　造園亭未成先賣　圖產業欲取先予

詩云：

茅庵改姓屬朱門，抱取琴書過別村。
自起危樓還自賣，不將蕩產累兒孫。

又云：

百年難免屬他人，賣舊何如自賣新。
松竹梅花都入券，琴書雞犬尚隨身。
壁間詩句休言值，檻外雲衣不算緡❶。

❶ 緡：音ㄇㄧㄣˊ。成串的銅錢（古代一千文為一緡）。

他日或來閑眺望，好呼舊主作嘉賓。

這首絕句與這首律詩，乃明朝一位高人為賣樓別產而作。賣樓是椿苦事，正該嗟嘆不已，有甚麼快樂，倒反形諸歌詠？要曉得世間的產業，都是個傳舍蘧廬❷，沒有千年不變的江山，沒有百年不賣的樓屋。與其到兒孫手裡爛賤的送與別人，不若自尋售主，還不十分虧折；即使賣不得價，也還落個慷慨之名，說他明知費重，故意賣輕，與施恩仗義一般，不是被人欺騙。若兒孫賤賣，就有許多議論出來，說他廢祖父之遺業，不孝；割前人之所愛，不仁；昧創業之艱難，不智。這三個惡名，都是創家立業的祖父帶挈他受的。倒不如片瓦不留、桌錐無地❸之人，反使後代兒孫白手創起家來，還得個不階尺土❹的美號。所以為人祖父者，到了桑榆暮景之時，也要回轉頭來，把後面之人看一看，若還規模舉動不像個守成之子，倒不如預先出脫，省得做敗子封翁，受人譏誚。從古及今，最著名的達者只有兩位：一個叫做唐堯，一個叫做虞舜。他見兒子生得不肖，將來這分大產業少不得要白送與人，不如送在自家手裡，還合著古語二句，叫做：

寶劍贈與烈士，紅粉贈與佳人。

❷ 蘧廬：古時供來往行人居住的旅舍。語出莊子天運。蘧，音ㄑㄩˊ。

❸ 桌錐無地：形容連極小的地方也沒有。

❹ 不階尺土：猶言白手起家。語本漢書異姓諸侯表。

若叫兒孫代送，決尋不得一個好受主，少不得你爭我奪，動起干戈，莫說兒子媳婦沒有住場，連自己兩座墳山，也保不得不來侵擾。有天下者尚且如此，何況庶人？

我如今再說一位達者，一個愚人，與庶民之家做個榜樣。這兩分人家的產業，還抵不得唐堯屋上一片瓦，虞舜牆頭幾塊磚，為甚麼要說兩分小人家，竟用著這樣的高比？只因這兩個庶民，一家姓唐，一家姓虞，都說是唐堯、虞舜之後，就以國號為姓，一脈相傳下來的，所以借祖形孫，不失本源之義。只是這個達者，便有乃祖之風；那個愚人，絕少家傳之秘。肖與不肖，相去天淵，亦可為同源異派之鑒耳。

明朝嘉靖年間，四川成都府成都縣有個驟發的富翁，姓唐號玉川。此人素有田土之癖，有了錢財，只喜買田置地，再不起造樓房，連動用的傢伙也不肯多置一件。至若衣服飲食，一發與他無緣了。他的本心只為多圖生利，說：「良田美產一進了戶，就有花利進來，可以日上月大；樓房什物不惟無利，且愁有回祿之災，一旦歸之烏有。大家衣服一美，就有不趣之人走來借穿；飲食一豐，就有托熟之人坐來討吃；不若自安粗糲，使人無可推求。」他拿定這個主意，所以除了置產之外，不肯破費分文。心上如此，卻又不肯安於鄙嗇，偏要竊個至美之名，說他是唐堯天子之後，祖上原有家風，住的是茅茨土階，吃的是太羹元酒，用的是土硎土簋，穿的是布衣鹿裘。祖宗儉樸如此，為後裔者不可不遵家訓。

眾人見他慳吝太過，都在背後料他，說：「古語有云：『鄙嗇❺之極，必生奢男。』少不得有個後代出來，替他變古為今，使唐風儉不到底。」誰想生出來的兒子又能酷肖其父，自小爺緣入學，是個白丁❻秀才，飲食也不求豐，衣服也不求侈，器玩也不求精；獨有房屋一事，卻與諸願不同，不肯安於儉

❺ 鄙嗇：庸俗。

樸。看見所住之屋與富貴人家的坑廁一般，自己深以為恥；要想做肯堂肯構❼之事，又怕興工動作，所費不貲。聞得人說「起新不如買舊」，就與父親商議道：「若置得一所美屋做了住居，再尋一座花園做了書室，生平之願足矣。」玉川思想做「封君」，只得要奉承兒子，不知不覺就變起常性來，回覆他道：「不消性急，有一座連園帶屋的門面，就在這里巷之中，還不曾起造得完，少不得造完之日，就是變賣之期。我和你略等一等就是了。」兒子道：「要賣就不起，要起就不賣，哪有起造得完就想變賣之理？」玉川道：「這種訣竅，你哪裡得知。有萬金田產的人家，纔起得千金的屋宇；若還田屋相半，就叫做樹大無根，少不得被風吹倒。何況這分人家沒有百畝田莊，忽起千間樓屋，這叫做無根之樹，不待風吹，自然會倒的了，何須問得！」兒子聽了這句話，說他是不朽名言。依舊學了父親，只去求田，不來問舍，巴不得他早完一日，等自己過去替他落成。原來財主的算計再不會差，到後來果應其言，合著詩經二句：「維鵲有巢，維鳩居之。」

那個造屋之人乃重華後裔，姓虞名灝，字素臣，是個喜讀詩書、不求聞達的高士。只因疏懶成性，最怕應酬，不是做官的材料，所以絕意功名，寄情詩酒，要做個不衫不履❽之流。他一生一世沒有別的嗜好，只喜歡構造園亭，一年到頭，沒有一日不興工作。所造之屋定要窮精極雅，不類尋常。他說人生一世，任你良田萬頃，厚祿千鍾，兼金百鎰，都是他人之物，與自己無干；只有三件器皿，是實在受用

❻ 白丁：舊指平民。

❼ 肯堂肯構：亦作「肯構肯堂」。此處意謂立堂基蓋房屋。堂，立堂基。構，蓋屋。語本尚書大誥。

❽ 不衫不履：衣著不整齊。形容性情灑脫，不拘小節。

的東西，不可不求精美。哪三件？日間所住之屋，夜間所睡之床，死後所貯之棺。他有這個見解列在胸中，所以創興土木之工，終年為之而不倦。

唐玉川的兒子等了數載，只不見他完工，心上有些焦躁；又對父親道：「為甚麼等了許久，他家的房子再造不完？他家的銀子再用不盡？這樣看起來，是個有積蓄的人家。將來變賣之事，有些不穩了。」玉川道：「遲上一日穩一日，又且便宜一日，你再不要慮他。房子起不完者，只因造成之後看不中意，又要拆了重起，精而益求其精，所以擔擱了日子。只當替我改造，何等便宜？銀子用不盡者，只因借貸之人與工匠之輩，見他起得高大，情願把貨物賒他，工食欠賬不取，多做一日便有他一日的錢財。若還取逼得緊，他就要停工兩日，沒有生意做了。所以他的銀子還用不完。這叫做『挖肉補瘡』，不是真有積蓄。到了扯拽不來的時節，那些放賬的人少不得一齊逼討，念起緊箍咒來，不怕他不尋頭路。田產賣了不夠還人，自然想到屋上。若還收拾得早，所欠不多，還好待價而沽，就賣也不肯賤賣。正等他遲些日子，多欠些債負下來，賣得著慌，纔肯減價。這都是我們的造化，為甚麼反去愁他？」兒子聽了，愈加贊服。

果然到數載之後，虞素臣的逋欠漸漸積累起來，終日上門取討，有些回覆不去，所造的房屋竟不能夠落成，就要尋人貨賣。但凡賣樓賣屋與賣田地不同，定要在就近之處尋覓受主，因他或有基址相連，或有門窗相對。就是別人要買，也要訪問鄰居，鄰居口裡若有一字不乾淨，那要買的人也不肯買了。比不得田地山塘，落在空野之中，是人都可以管業；所以賣樓賣屋，定要從近處賣起。唐玉川是個財主，沒人賽得他過，少不得房產中人先去尋他。玉川父子心上極貪，口裡只回不要，等他說得緊急，方纔走去借觀；又故意憎嫌，說他起得小巧，不像個大門大面。迴廊曲折，走路的擔擱工夫；繡戶玲瓏，防賊時全無把柄。明堂大似廳屋，地氣太泄，無怪乎不聚錢財；花竹多似桑麻，遊玩者來，少不得常賠酒食。這樣房子只好改做庵堂寺院，若要做內宅住家小，其實用他不著。

虞素臣一生心血費在其中，方且得意不過，竟被他嫌出屁來，心上十分不服。只因除了此人別無售主，不好與他爭論。那些居間之人勸他不必憎嫌，總是價錢不貴，就拆了重起，那些工食之費也還有在裡邊。玉川父子二人少不得做好做歹，還一個極少的價錢，不上五分之一。虞素臣無可奈何，只得忍痛賣了。一應廳房臺榭，亭閣池沼，都隨契交卸；只有一座書樓，是他起造一生最得意的結構，不肯寫在契上，要另設牆垣，別開門戶，好待他自己棲身。玉川父子定要強他盡賣，好湊方圓。玉川當著眾人嘮一嘮嘴，道：「賣不賣由他，何須強得。但願他留此一線，以作恢復之基，後面發起財來，依舊還歸原主，也是一樁好事。」眾人聽了，都說是長者之言。哪裡知道並不是長者，全是輕薄之詞，料他不能回贖，就留此一線，也是枉然。少不得併做一家，只爭遲早。所以聽他吩咐，極口依從，竟把一宅分為兩院，新主得其九，舊人得其一。

原來這幾間書樓竟抵了半座寶塔，上下共有三層，每層有匾式一個，都是自己命名、高人寫就的。最下一層，有雕欄曲檻，竹座花塢，是他待人接物之處，匾額上有四個字云「與人為徒❾」。中間一層，有淨几明窗，牙簽玉軸，是他讀書臨帖之所，匾額上有四個字，云「與古為徒」。最上一層，極是空曠，除名香一爐，黃庭一卷之外，並無長物，是他避俗離囂，絕人屏跡的所在，匾額上有四個字云「與天為

❾ 為徒：引為同類。徒，同類。

徒」。既把一座樓臺分了三樣用處，又合來總題一匾，名曰「三與樓」。未曾棄產之先，這三種名目雖取得好，還是虛設之詞，不曾實在受用。只有下面一層，因他好客不過，或有遠人相訪，就下榻於其中，還合著「與人為徒」四個字。至於上面兩層，自來不曾走到。如今園亭既去，捨了「與古為徒」的去處，就沒有讀書臨帖之所；除了「與天為徒」的所在，就沒有離囂避俗之場，終日坐在其中，正合著命名之意，才曉得捨少務多，反不如棄名就實。俗語四句，果然說得不差：

良田萬頃，日食一升。
大廈千間，夜眠七尺。

以前那些物力，都是虛費了的。從此以後，把求多務廣的精神合來用在一處，就使這座樓閣分外齊整起來。虞素臣住在其中，不但不知賣園之苦，反覺得贅瘤既去，竟鬆爽了許多。但不知強鄰在側，這一座樓閣可住得牢？說在下回，自有著落。

第二回　不窩不盜忽致奇贓　連產連人願歸舊主

玉川父子買園之後，少不得財主的心性與別個不同，定要更改一番：不必移梁換柱纔與前面不同，就像一幅好山水，只消增上一草，減去一木，就不成個畫意了。經他一番做造，自然失去本來，指望點鐵成金，不想變金成鐵。走來的人都說：「這座園亭大而無當，倒不若那座書樓緊湊得好。怪不得他取少棄多，堅執不賣，原來有寸金丈鐵之分。」玉川父子聽了這些說話，就不覺懊悔起來，才知道做財主的一著也放鬆不得。就央了原中過去攛掇，叫他寫張賣契，併了過來。

虞素臣賣園之後，永不興工，自然沒有浪費。既不欠私債，又不少官錢，哪裡還肯賣產？就回覆他道：「此房再去，叫我何處棲身？即使少吃無穿，也還要死守；何況支撐得去，叫他不要思量。」中人過來說了。玉川的兒子未免譏誚父親，說他終日料人，如今料不著了。玉川道：「他強過生前，也強不過死後。如今已是半老之人，又無子媳，少不得一口氣斷，連妻妾家人都要歸與別個，何況這幾間住房？到那時節，連人帶土一齊併他過來，不怕走上天去。」兒子聽了，道他雖說得是，其如大限未終，等他不得，還是早些歸併的好。從此以後，時時刻刻把虞素臣放在心頭，不是咒他速死，就是望他速窮；到那沒穿少吃的時節，自然不能死守。誰想人有惡願，天不肯從，不但望他不窮，亦且咒他不死。過到後面，倒越老越健起來。衣不愁穿，飯不少吃，沒有賣樓的機會。玉川父子懊惱不過，又想個計較出來，倒去央了原中，逼他取贖，說：「一所花園，住不得兩家的宅眷。立在三與樓上，哪一間廳屋不在眼前？他看見我的家小，我不見他的婦人，這樣失志的事沒人肯做。」虞素臣聽了這些話，知道退還是假，貪買是真，依舊照了前言，斬釘截鐵的回覆。玉川父子氣不過，只得把官勢壓他，寫下一張狀詞，當堂告退，指望通些賄賂，買囑了官府，替他歸併過來。誰想那位縣尊也曾做過貧士，被財主欺凌過的，說：「他是個窮人，如何取贖得起？分明是吞併之法。你做財主的便要為富不仁，我做官長的偏要為仁不富！」當堂辱罵一頓，扯碎狀子，趕了出來。

虞素臣有個結義的朋友，是遠方人氏，擁了巨萬家資，最喜輕財任俠。一日偶來相訪，見他賣去園亭，甚為嘆息。又聽得被人謀佔，連這一線窠巢也住不穩，將來必有盡棄之事，就要捐出重資，替虞素臣取贖。當不得他為人狷介，莫說論千論百不肯累人，就送他一兩五錢，若是出之無名，他也決然推卻。聽了朋友的話，反說他空有熱腸，所見不達：「世間的產業，哪有千年不賣的？保得生前，也保不得身後。你如今替我洩憤，捐了重資，萬一贖將過來，住不上三年五載，一旦身亡，並無後嗣，連這一椽片瓦少不得歸與他人，你就肯仗義輕財，只怕這般盛舉，也行不得兩次。難道如今替人贖了，等到後面又替鬼贖不成？」那位朋友見他回得激烈，也就不好相強，在他三與樓下宿了幾夜，就要告別回歸。臨行之際，對了虞素臣道：「我夜間睡在樓下，看見有個白老鼠走來走去，忽然鑽入地中，一定是財星出現。你這所房子千萬不可賣與人，或者住到後面，倒得些橫財也未見得。」虞素臣聽了這句話，不過冷笑一聲，說一句「多謝」，就與他分手。古語道得好：「橫財不發命窮人。」只有買屋的財主時常掘著銀藏，不曾見有賣產的人在自家土上拾到半個低錢。虞素臣是個達人，哪裡肯作痴想。所以聽他說話，不過冷笑一聲，決不去翻磚掘土。

唐玉川父子自從受了縣官的氣，悔恨之後，繼以羞慚，一發住不得手。只望他早死一日，早做一日的孤魂，好看自家進屋。誰想財主料事件件料得著，只有「生死」二字不肯由他做主。虞素臣不但不死，過到六十歲上，忽然老興發作，生個兒子出來。一時賀客紛紛齊集在三與樓上，都說恢復之機端在是矣。玉川父子聽見，甚是倉皇。起先惟恐不得，如今反慮失之，哪裡焦躁得過？不想一月之後，有幾個買屋的原中忽然走到，說：「虞素臣生子之後，倒被賀客弄窮了。吃得他鹽乾醋盡，如今別無生法，只得想到住居。連根出賣的招帖，都貼在門上了。機會不可錯過，快些下手。」玉川父子聽見，驚喜欲狂。還只怕他記恨前情，寧可賣與別人，不屑同他交易。誰想虞素臣的見識與他絕不相同，說：「唐、虞二族比不得別姓人家，他始祖帝堯曾以天下見惠，我家始祖並無一物相酬，如今到兒孫手裡，就把這些產業白送與他也不為過，何況得了價錢？決不以今日之小嫌，抹煞了先世的大德。叫他不須芥蒂，任憑找些微價，歸併過去就是了。」玉川父子聽見，欣幸不已，說：「我平日好說祖宗，畢竟受了祖宗之庇。若不是遙遙華胄，怎得這奕奕❶高居？故人樂有賢祖宗。」就隨著原中過去，成了交易。他一向愛討便宜，如今敘起舊來，自然要叨惠到底。虞素臣並不較量，也學他的祖宗，竟做推位讓國之事。另尋幾間茅屋搬去棲身，使他成了一統之勢。

有幾個公直朋友，替虞素臣不服，說：「有了樓房，哪一家不好賣得？偏要賣與貪謀之人，使他父子遂了心願，到人面前說嘴！你未有子嗣之先倒不肯折氣；如今得了子嗣，正有恢復之基，不贖他的轉

❶ 奕奕：高大美盛貌。語出詩大雅韓奕。

來也夠得緊了，為甚麼把留下的產業又送與他？」虞素臣聽見，冷笑了一聲，方才回覆道：「諸公的意思極好，只是單顧眼前，不曾慮到日後。我就他的意思，原是為著自己，就要恢復，也須等兒子大來，掙起人家，方才取贖得轉。我是個老年之人，料想等不得兒子長大；焉知我死之後，兒子不賣與他？與其等兒子棄產，使他笑罵父親；不如父親賣樓，還使人憐惜兒子。這還是樁小事，萬一我死得早，兒子又不得大，妻子要爭餓氣，不肯把產業與人，他見新的圖不到手，舊的又怕回贖，少不得要生毒計，斬絕我的宗祧，只怕產業贖不來，連兒子都送了去，這才叫做折本。我如今賤賣與他，只當施捨一半，放些欠帳與人，到兒孫手裡，他就不還，也有人代出。古語云：『吃虧人常在。』此一定之理也。」眾人聽到此處，雖然驚醒，究竟說他迂闊。

不想虞素臣賣樓之後，過不上幾年，果然死了。留下三尺之童與未亡人撫育，絕無生產，止靠著幾兩樓價生些微利出來，以作糊口之計。唐玉川的家資一日富似一日。他會創業，兒子又會守成，只有進氣，沒有出氣，所置的產業，竟成了千年不拔之基。眾人都說：「天道無知，慷慨仗義者子孫個個式微❷，刻薄成家者後代偏能發跡。」

誰想古人的言語再說不差：「善惡到頭終有報，只爭來早與來遲。」這兩句說話雖在人口頭，卻不曾留心玩味。若還報得遲的也與報得早的一樣，豈不難為了等待之人？要曉得報應的遲早就與放債取利一般，早取一日，少取一日的子錢；多放一年，多生一年的利息。你望報之心愈急，他偏不與你銷繳，竟像沒有報應的一般。等你望得心灰意懶，丟在肚皮外面，他倒忽然報應起來，猶如多年的冷債，主人

❷ 式微：衰微；衰落。語出詩邶風式微。

都忘記了，平空白地送上門來，又有非常的利息，豈不比那現計現得的更加爽快！

虞素臣的兒子長到十七八歲，忽然得了科名，叫做虞嗣臣，字繼武。做了一任縣官，考選進京，升授掌科❸之職，為人敢言善諍，神宗皇帝極眷注他。一日，因母親年老告准了終養，馳驛還家。竟在數里之外，看見一個婦人，年紀不過二十多歲，手持文券，跪在道旁，口中叫喊：「只求虞老爺收用。」繼武喚他上船，取文契一看，原來是他丈夫的名字，要連人帶產投靠進來為僕的。繼武問他道：「看你這個模樣，有些大家舉止，為甚麼要想投靠？丈夫又不見面，叫你這婦人出頭，趕到路上來叫喊？」那婦人道：「小婦人原是舊家，只因祖公在日，好置田產，凡有地畝相連、屋宇相接的，定要謀來湊錦。那些失業之人不是出於情願，個個都懷恨在心。起先祖公未死，一來有些小小時運，不該破財；二來公是個生員，就有些官司口舌，只要費些銀子，也還抵當得住。不想時運該倒，未及半載，祖公相繼而亡，丈夫年小，又是個平民，那些欺孤虐寡的人就一齊發作，都往府縣告起狀來。一年之內，打了幾十場官司，家產費去一大半。如今還有一椿奇禍，未曾銷繳。丈夫現在獄中，不是錢財救得出、分上❹講得來的，須是一位顯宦替他出頭分理，當做己事去做，方才救得出來。如今本處的顯宦只有老爺，況且這椿事情又與老爺有些干涉，雖是丈夫的事，卻與老爺的事一般，所以備下文書，叫小婦人前來投靠。凡是家中的產業，連人帶土，都送與老爺，只求老爺不棄輕微，早些取納。」繼武聽了此言，不勝錯愕，問他：「未曾銷繳的是椿甚麼事？為何干涉於我？莫非我不在家，奴僕借端生事，與你丈夫兩個一齊惹

❸ 掌科：職司監察之官。猶古之「掌察闕」（周禮秋察）。

❹ 分上：猶言情面。

出禍來，故此引你投靠，要我把外面的人都認做管家，覆庇你們做那行勢作惡的事麼？」那婦人道：「並無此事。只因家中有一座高閣，名為三與樓，原是老爺府上賣出來的。管業多年，並無異說。誰想到了近日，不知甚麼仇人遞了一張匿名狀子，說丈夫是強盜窩家，祖孫三代俱做不良之事，現在二十錠元寶藏在三與樓下，起出真贓，便知分曉。縣官見了此狀，就密差幾個應捕前來起贓。誰想在地板之下，果然起出二十錠元寶，就把丈夫帶入縣堂，指為窩盜，嚴刑夾打，要他招出同伙之人，與別處劫來的贓物。丈夫極力分訴，再辨不清。這宗銀子不但不是己物，又不知從何處飛來。只因來歷不明，以致官司難結。還喜得沒有失主，問官作了疑獄，不曾定下罪名。丈夫終日思想：這些產業原是府上出來的，或者是老爺的祖宗預先埋在地下，先太老爺不知，不曾取得，所以倒把有利之事貽害於人。如今不論是不是，只求老爺認了過來，這宗銀子就有著落。銀子一有著落，小婦人的丈夫就從死中得活了。性命既是老爺救，家產該是老爺得。何況這座園亭、這些樓屋，原是先太老爺千辛萬苦創造出來的，物各有主，自然該歸與府上，並沒有半點嫌疑。求老爺不要推卻。」繼武聽了這些話，甚是狐疑，就回覆他道：「我家有禁約在先，不受平民的投獻，這『靠身』二字不必提起。就是那座園亭，那些樓屋，俱係我家舊物，也是明中正契，出賣與人，不是你家佔去的。就使我要，也要把原價還你，方才管得過來，沒有白白退還之理。至於那些元寶，一發與我無干，不好冒認。你如今且去，待我會過縣官，再叫他仔細推詳，定要審個明白。若無實據，少不得救你丈夫出來，決不冤死他就是。」婦人得了此言，歡喜不盡，千稱萬謝而去。

但不知這場禍患從何而起，後來脫與不脫，止剩一回，略觀便曉。

第三回　老俠士設計處貪人　賢令君留心折疑獄

虞繼武聽了婦人的話，回到家中，就把自己當做問官，再三替他推測，道：「莫說這些財物不是祖上所遺，就是祖上所遺，為甚麼子孫不識，宗族不爭，倒是旁人知道，走去遞起狀來？狀上不寫名字，分明是仇害無疑了。只是那遞狀之人就使與他有隙，哪一椿歹事不好加他，定要指為窩盜？起贓的時節，又能果應其言，恰好不多不少，合著狀上的數目，難道那遞狀之人為報私仇，倒肯破費千金，預先埋在他地上去做這椿呆事不成？」想了幾日，並無決斷，就把這椿疑事刻刻放在心頭，睡裡夢裡定要噫呀幾聲，囈聒幾句。

太夫人聽見，問他為著何事，繼武就把婦人的話細細述了一番。太夫人初聽之際，也甚是狐疑；及至想了一番，太夫人大悟，道：「是了，是了！這主銀子果然是我家的，他疑得不錯。你父親在日，曾有一個朋友，是遠方之人。他在三與樓下宿過幾夜，看見有個白老鼠走來走去，鑽入地板之中。他臨去的時節，曾對你父親說過，叫他不可賣樓，將來必有橫財可得。這等看起來，就是財神出現。你父親不曾取得，所以嫁禍於人。竟去認了出來，救他一命就是了。」虞繼武道：「這些說話，還有些費解。仕宦口中說不得荒唐之事，何況對了縣父母講出『白老鼠』三個字來，焉知不疑我羨慕千金，不好自得，故意創為此說，好欺騙愚人？況且這個白老鼠也不是先人親眼見的，連這句荒唐話也不是先人親口講的，虛而又虛，真所謂痴人說夢。既是我家的財物，先人就該看見，為甚麼自己不見露形，反現在別人眼裡？這是必無之事，不要信他。畢竟要與縣父母商量，審出這樁疑事，救了無罪之民，才算個仁人君子。」

正在講話之際，忽有家人傳稟說：「縣官上門參謁。」繼武道：「正要相會，快請進來。」知縣謁見之後，說了幾句閑話，不等虞繼武開口，先把這樁疑事，請教主人說：「唐某那主贓物，再三研審，不得其實。昨日又親口招稱說：起贓之處乃府上的原產，一定是令祖所遺。故此卑職一來奉謁，二來請問老大人，求一個示下，不知果否？」繼武道：「寒家累代清貧，先祖並無積蓄，這主贓物，學生不敢冒認，以來不潔之名。其間必有他故，也未必是窩盜之贓，還求老父母明訪暗察，審出這樁事來，出了唐犯之罪才好。」知縣道：「太翁仙逝之日，老大人尚在髫齡，以前的事或者未必盡曉。何不請問太夫人，未經棄產之時，可略略有些見聞否？」繼武道：「已曾問過家母，家母說來的話頗近荒唐，又不出於先人之口，如今對了老父母不便妄談，只好存而不論罷了。」

知縣聽見這句話，畢竟要求說明，繼武斷不肯說，虧了太夫人立在屏後，一心要積陰功，就吩咐管家出來，把以前的說話細述一遍，以代主人之口。知縣聽罷，默默無言。想了好一會，方才對管家道：「煩你進去再問一聲，說那看見白鼠的人住在哪裡？如今在也不在？他家貧富如何？太老爺在日與他是何等的交情，曾有緩急相通之事否？求太夫人說個明白。今日這番問答，就當做審事一般，或者無意之中，倒決了一樁疑獄也未見得。」管家進去一會，又出來稟覆道：「太夫人說，那看見白鼠的乃遠方人氏，住在某府某縣，如今還不曾死。他的家資極厚，為人仗義疏財，與太老爺有金石之契❶。看見太老

❶金石之契：像金屬和石頭那樣堅固的友誼。金石契，或作金石交。

爺賣去園亭，將來還有賣樓之事，就要捐金取贖。太老爺自己不願，方才中止。起先那句話，是他臨行之際說出來的。」知縣又想一會，吩咐管家，叫他進去問道：「既然如此，太老爺去世之後，他可曾來赴弔？相見太夫人，聞些甚麼說話？一發講來。」管家進去一會，又出來稟覆道：「太夫人說，太老爺歿了十餘年他方纔知道，特地趕來祭奠。看見樓也賣去，十分驚駭。又問：『我去之後可曾得些橫財？』太夫人說並不曾有。他就連聲嘆息，說：『便宜了受業之人！欺心謀產，又得了不義之財，將來必有橫禍！』他去之後，不多幾日，就有人出首唐家，弄出這樁事。太夫人常常贊服，說他有先見之明。」

知縣聽到此處，就大笑起來，對了屏風後深深打一躬，道：「多謝太夫人教導，使我這愚蒙縣令，審出一樁奇事來。如今不消說得，竟煩尊使遞張領狀，把那二十錠元寶送到府上來就是了。」繼武道：「何所見而然，還求老父母明白賜教。」知縣道：「這二十錠元寶也不是令祖所遺，也不是唐犯所劫，就是那位高人要替先太翁贖產。因先太翁素性廉介，堅執不從，故此埋下這主財物，贈與先太翁為將來贖產之費的。只因不好明講，所以假托鬼神，好等他去之後，太翁掘取的意思。及至赴弔之時，看見不贖園亭，又把住樓賣去，就知道這主財物反為仇家所有，心上氣憤不過，到臨去之際丟下一張匿名狀詞，好等他破家蕩產的意思。如今真情既白，原物當還，竟送過來就是了，還有甚麼講得。」虞繼武聽了，心上雖然贊服，究竟礙了嫌疑，不好遽然稱謝。也對知縣打了一躬，說他「善察邇言❷，復多奇智，雖龍圖復出，當不至此。只是這主財物雖說是俠士所遺，究竟無人證見，不好冒領，求老父母存在庫中，以備賑飢之費罷了。」

❷ 邇言：淺近的言語。邇，近。語出毛詩小雅小旻。

正在推讓之際，又有一個家人手持紅帖，對了主人輕輕的稟道：「當初講話的人，現在門首，說從千里之外趕來問候太夫人的。如今太爺在此，本不該傳，只因當日的事情是他知道，恰好來在這邊，所以傳報老爺，可好請進來質問？」盧繼武大喜，就對知縣說知。知縣更加踴躍，叫快請進來。只見走到面前，是個童顏鶴髮的高士，藐視新貴，重待故人。對知縣作了一揖，往後面竟走，說：「我今日之來，乃問候亡友之妻，不是趨炎附熱。貴介❸臨門，不干野叟之事，難以奉陪，引我到內室之中，去見嫂夫人罷了。」盧繼武道：「老伯遠來，不該屈你陪客。只因縣父母有樁疑事要訪問三老，難得高人到此，就屈坐片刻也無妨。」此老聽見這句話，方才拱手而坐。知縣陪了一茶，就打躬問道：「老先生二十年前曾做一樁盛德之事，起先沒人知覺；如今遇了下官，替你表白出來了。那藏金贈友、不露端倪，只以神道設教的事，可是老先生做的麼？」此老聽見這句話，不覺心頭跳動，半晌不言。躊躇了一會，方才答應他道：「山野之人，哪有甚麼盛德之事？這句說話，賢使君問錯了！」盧繼武道：「白鼠出現的話，聞得出於老伯之口。如今為這一樁疑事，要把窩盜之罪加與一個良民，小侄不忍，求縣父母寬釋他。方才說到其間，略已有些頭緒；只是白鼠之言，究竟不知是真是假，求老伯一言以決。」此老還故意推辭，不肯直說。直到太夫人傳出話來，求他吐露真情，好釋良民之罪，此老方纔大笑一場，把二十餘年不曾洩露的心事一齊傾倒出來，與知縣所言不爽一字。連元寶上面鑿的甚麼字眼，做的甚麼記號，叫人取來質驗，都歷歷不差。知縣與繼武稱道此老的盛德，此老與繼武誇頌知縣的神明。知縣與此老又交口贊嘆，說繼武不修宿怨，反沛新恩，做了這番長厚之事，將來前程遠大，不卜可知。你贊我，我贊你，大家講

❸貴介：猶言尊貴。介，大。語出左傳襄公二十六年。

個不住。只有兩班皂快立在旁邊，個個掩口而笑，說：「本官出了告示，訪拿匿名遞狀之人。如今審問出來，不行夾打，反同他坐了講話，豈不是件新聞！」

知縣回到縣中，就取那二十錠元寶，差人送上門來，要取家人的領狀。繼武不收，寫書回覆知縣，求他把這項銀兩給與唐姓之人，以為贖產之費。一來成先人之志；二來遂俠客之心；三來好等唐姓之人別買樓房居住，庶使與者受者兩不相虧，均頌仁侯之異政。知縣依了書中的話，把唐犯提出獄來，給還原價，取出兩張賣契，差人押送上門。把樓閣園亭，交還原主管業。當日在三與樓上舉酒謝天，說：「前人為善之報豐厚至此；唐姓為惡之報慘酷至此。人亦何憚而不為善，何樂而為不善哉！」唐姓夫婦依舊寫了身契，連當官所領之價，一併送上門來，抵死求他收用。繼武堅持不納，還把好言安慰他。唐姓夫婦刻了長生牌位，領回家去供養。雖然不蒙收錄，仍以家主事之。不但報答前恩，也要使旁人知道，說他是虞府家人；不敢欺負的意思。

眾人有詩一首，單記此事，要勸富厚之家不可謀人田產。其詩云：

割地予人去，連人帶產來。
存仁終有益，圖利必生災。

夏宜樓

第一回　浴荷池女伴肆頑皮　慕花容仙郎馳遠目

詩云：

兩村姊妹一般嬌，同住溪邊隔小橋。
相約採蓮期早至，來遲罰取蕩輕橈。

又云：

採蓮欲去又逡巡，無語低頭各禱神。
折得並頭❶應嫁早，不知佳兆屬何人。

又云：

❶　並頭：即並頭蓮，一幹兩花，因以比喻夫妻。

不識誰家女少年，半途來搭採蓮船；
蕩舟懶用些須力，才到攀花卻佔先。

又云：

採蓮只唱採蓮詞，莫向同儕浪語私；
岸上有人閑處立，看花更看採花兒。

又云：

人在花中不覺香，離花香氣遠相將。
從中悟得勾郎法，只許郎看不近郎。

又云：

姊妹朝來喚採蕖，新粧草草欠舒徐；
雲鬟搖動渾松卻，歸去重教阿母梳。

這六首絕句，名為採蓮歌，乃不肖兒時所作。共得十首，今去其四。凡作採蓮詩者，都是借花以詠閨情，再沒有一首說著男子；又是借題以詠美人，並沒有一句關著醜婦。可見荷花不比別樣，只該是婦人採，不該用男子摘；只該入美人之手，不該近醜婦之身。

世間可愛的花卉，不知幾千百種，獨有荷花一件，更比諸卉不同：不但多色，又且多姿；不但有香，又且有韻；不但娛神悅目，到後來變作蓮藕，又能解渴充飢。古人說他是「花之君子」，我又替他別取一號，叫做「花之美人」。這一種美人，不但在偎紅倚翠、握雨攜雲的時節方纔用得著他，竟是個荊釵裙布之妻，箕帚蘋蘩❷之婦，既可生男育女，又能宜室宜家。自少至老，沒有一日空閑，一時懶惰。開花放蕊時節是他當令之秋，那些好處都不消說得，只說他前乎此者與後乎此者。自從出水之際，就能點綴綠波，雅稱「荷錢」❸之號；未經發蕊之先，便可飲嗽清香，無愧「碧筒」❹之譽。花瓣一落，早露蓮房，荷葉雖枯，獨能適用。這些妙處，雖是他的緒餘，卻也可矜可貴，比不得尋常花卉，不到開放之際，毫不覺其可親；一到花殘絮舞之後，就把他當了棄物。古人云：「弄花一年，看花十日。」想到此處，都有些打算不來。獨有種荷栽藕，是椿極討便宜之事，所以將他比做美人。

我往時講一句笑話，人人都道可傳，如今說來，請教看官，且看是與不是。但凡戲耍褻狎之事，都要帶些正經方才可久。儘有戲耍褻狎之中，做出正經事業來者。就如男子與婦人交媾，原不叫做正經，為甚麼千古相傳，做出一件不朽之事？只因在戲耍褻狎裡面，生得兒子出來，繇百世之宗祧❺，存兩人

❷ 箕帚蘋蘩：箕帚，喻言恭事灑掃。語本禮記曲禮上。蘋蘩，喻言遵閨範盡婦道。語本詩召南采蘋（蘩）序。

❸ 荷錢：指初生的小荷葉。言其小如錢。

❹ 碧筒：指荷莖，言其中通外直似竹管。

❺ 宗祧：猶言宗廟。宗，祖廟。祧，遠祖之廟。語本左傳襄公二十三年。

之血脈，豈不是戲耍有益於正，褻狎而無叛於經者乎！因說荷花，偶然及此，幸勿怪其饒舌。如今敘說一篇奇話，因為從採蓮而起，所以就把採蓮一事做了引頭，省得在樹外尋根，到這移花接木的去處，兩邊合不著筍也。

元朝至正年間，浙江婺州府金華縣，有一位致仕的鄉紳，姓詹號筆峰，官至徐州路總管❻之職。因早年得子二人，先後皆登仕路，故此急流勇退，把未盡之事付與兩位賢郎，終日飲酒賦詩，為追陶倣謝❼之計。中年生得一女，小字嫻嫻，自幼喪母，俱是養娘撫育，詹公不肯輕易許配，因有兒子在朝，要他在仕籍裡面選一個青年未娶的，好等女兒受現成封誥。這位小姐既有穠桃艷李之姿，又有璞玉渾金之度，雖生在富貴之家，再不喜嬌妝艷飾，在人前賣弄娉婷。終日淡掃蛾眉，坐在蘭房，除女工繡作之外，只以讀書為事。詹公家範極嚴，內外男婦之間最有分別。家人所生之子，自十歲以上者，就屏出二門之外；即有呼喚，亦不許擅入中堂，只立在階沿之下聽候使令。因女兒年近二八，未曾贅有東床，恐怕他身子空閑，又苦於寂寞，未免要動懷春之念，就生個法子出來擾動他。把家人所生之女，有資性可教面目可觀者，選出十數名來，把女兒做了先生，每日教他寫字一張，識字幾個。使任事者既不寂寞，又不空閑，自然不生他想。哪裡知道這位小姐原是端莊不過的，不消父母防閑，他自己也會防閑。自己知道年已及笄❽，芳心易動，刻刻以懲邪遏慾為心。見父親要他授徒，正合著自家的意思，就將這些女伴認真教誨

❻ 總管：官名。地方高級軍政長官。

❼ 追陶倣謝：陶，指東晉詩人陶潛。謝，指南朝宋詩人謝靈運。

❽ 及笄：舊時以女子年達十五歲為成年，稱及笄。亦指女子已到出嫁的年齡。笄，音ㄐㄧ。簪。謂結髮用簪子貫

起來。

一日，時當盛夏，到處皆苦炎蒸。他家亭榭雖多，都有日光曬到，難於避暑；獨有高樓一所，甚是空曠，三面皆水，水裡皆種芙蕖❾，上有綠槐遮蔽，垂柳相遭，自清早以至黃昏，不漏一絲日色。古語云「夏不登樓」，獨有他這一樓偏宜於夏，所以詹公自題一匾，名曰「夏宜樓」。嫻嫻相中這一處，就對父親講了，搬進裡面去住。把兩間做書室，一間做臥房，寢食俱在其中，足跡不至樓下。偶有一日，覺得身體困倦，走到房內去就寢。那些家人之女都是頑皮不過的，張得小姐去睡，就大家高興起來，要到池內採荷花，又無舟楫可渡。內中有一個道：「總則沒有男人，怕甚麼出身露體？何不脫了衣服，大家跳下水去，為採荷花，又帶便洗個涼澡，省得身子煩熱，何等不妙！」這些女伴都是喜涼畏暑，連這一衫一褲都是勉強穿著的，巴不得脫去一刻，好受一刻的風涼。況有綠水紅蓮與他相映，只當是女伴裡面又增出許多女伴來，有甚麼不好？就大家約定，要在脫衫的時節一齊脫衣，解褲的時節一齊解褲，省得先解先脫之人露出惹看的東西，為後解後脫之人所笑。果然不先不後一齊解帶寬裳，做了個臨潼勝會❿，叫做「七國諸侯一同賽寶」。你看我，我看你，大家笑個不住。脫完之後，又一同下水，倒把採蓮做了末著。大家頑耍起來，也有摸魚賭勝的，也有沒水爭奇的，也有在葉上弄珠的，也有在花間吸露的，也有搭手並肩交相摩弄的，也有抱胸摟背互討便宜的。又有三三兩兩打做一團，假做吃醋拈酸之事的。

之。語本禮記內則。

❾ 芙蕖：即荷花。

❿ 臨潼勝會：指民間流傳的「秦哀公臨潼鬥寶」故事。事見余邵魚列國志傳。

正在吵鬧之際，不想把嫻嫻驚醒，遍尋女使不見。只聽得一片笑聲，就悄悄爬下床來，步出繡房一看，只見許多狡婢、無數頑徒，一個個赤身露體，都浸在水中。看見小姐出來，哪一個不驚慌失色，上又上不來，下又下不去，都弄得進退無門。嫻嫻恐怕訶叱得早，不免要激出事來，倒把身子縮進房去，陽為不知，好待他們上岸。直等衣服著完之後，方才喚上樓來，罰他一齊跪倒，說：「做婦女的人全以廉恥為重，此事可做，將來何事不可為！」眾人都說：「老爺家法森嚴，並無男子敢進內室，恃得沒有男人，才敢如此。求小姐饒個初犯。」嫻嫻不肯輕恕，只分個首從出來。為從者一般吃打，只保得身有完膚。為首倡亂之人，直打得皮破血流才住。詹公聽見啼哭之聲，叫人問其所以，知道這番情節，也說打得極是，贊女兒教誨有方。

誰想不多幾日，就有男媒女妁上門來議親，所說之人是個舊家子弟，姓瞿名佶，字吉人，乃婺郡知名之士。一向原考得起，科舉新案又是他的領批。一面央人說親，一面備了盛禮，要拜在門下。嫻嫻左右之人，都說他俊俏不過，真是風流才子。詹公只許收入門牆，把聯姻締好之事且模糊答應，說：「兩個小兒在京，恐怕別有所許，故此不敢遽諾。且待秋闈放榜之後，再看機緣。」他這句話，明明說世宦之家，不肯招白衣女婿，要他中過之後才好聯姻的意思。瞿吉人自恃才高，常以一甲自許，見他如此回覆，就說：「這頭親事拿定是我的，只遲得幾個日子；但叫媒婆致意小姐，求他安心樂意，打點做夫人。」嫻嫻聽見這句話，不勝之喜，說：「他沒有必售之才，如何拿得這樣穩？但願果然中得來，應了這句說話也好。」及至秋闈放榜，頭張小錄一看，果然中了經魁。嫻嫻得意不過，知道自家的身子必歸此人，可謂終身有靠，巴不得他早些定局，好放下這條肚腸。怎奈新中的孝廉⓫住在省城，定有幾時擔擱。嫻嫻望了許久，並無音耗，就有許多疑慮出來，又不知是他來議婚父親不許，又不知是發達之後另娶豪門。從來女子的芳心，再使他動彈不得，一動之後，就不能復靜，少不得到愁攻病出而後止。一連疑了幾日，就不覺生起病來。怕人猜忌他，又不好說得，只是自疼自苦，連丫鬟面前也不敢嗟嘆一句。

不想過了幾日，那個說親的媒婆又來致意他道：「瞿相公回來了。知道小姐有恙，特地叫我來問安，叫你保重身子，好做夫人，不要心煩意亂。」嫻嫻聽見這句話，就吃了一大驚，心上思量道：「我自己生病，只有我自己得知，連貼身服事的人都不曉得，他從遠處回家，何由知道，竟著人問起安來？」躊躇了一會，就在媒婆面前再三掩飾，說：「我好好一個人，並沒有半毫災晦，為甚麼沒原沒故咒人生起病來？」媒婆道：「小姐不要推調。他起先說你有病，我還不信；如今走進門來看你這個模樣，果然瘦了許多，才說他講得不錯。」嫻嫻道：「就使果然有病，他何由得知？」媒婆道：「不知甚麼原故，你心上的事體他件件曉得，就像同腸合肺的一般。不但心上如此，連你所行之事，沒有一件瞞得他。他的面顏你雖不曾見過，你的容貌他卻記得分明，對我說來一毫不錯。想是你們兩個前生前世原是一對夫妻，故此不曾會面就預先曉得。」嫻嫻道：「我做的事他既然知道，何不說出幾件來？」媒婆道：「只消說一件，就夠你吃驚了。他說自己有神眼，遠近之事無一毫不見。某月某日，你曾睡在房中，竟有許多女伴都脫光了身子，下水去採蓮，被你走出來看見，每人打了幾板。末後那一個更打得兇。這一件事，可是真的麼？」嫻嫻道：「這等講來，都是我家內之人口嘴不好，把沒要緊的說話都傳將出去，所以他得知，哪裡是甚麼夙緣，哪裡有甚麼神眼！」媒婆道：「別樣的話傳得出去，你如今自家生病，又不曾告

⓫ 孝廉：明清時對舉人的稱呼。

訴別人，難道也是傳出去的？況且那些女伴洗澡，他都親眼見過，說十個之中有幾個生得白，有幾個生得黑，又有幾個在黑白之間。還說有個披髮女子，面貌肌膚盡生得好，只可惜背脊上面有個碗大的瘡疤。這句說話是真是假，合得著合不著，你去想就是了。」嫻嫻聽了這幾句，就不覺口呆目定，慌做一團，心上思量道：「若說我家門戶不謹，被人閃匿進來，他為甚麼止看丫鬟，不來調戲小姐？何所聞而來，何所見而去？況且我家門禁最嚴，十歲之童都走進二門不得，他是何人，能夠到此？若說他是巧語花言要騙我家的親事，為甚麼信口講來，不見有一字差錯？這等看起來，定是有些夙緣。就未必親眼看見，也定有夢魂到此，所謂精靈不隔、神氣相通的原故了。」想到此處，就愈加親熱起來，對著媒婆道：「既然如此，為甚麼親事不說，反叫你來見我？」媒婆道：「一來為小姐有恙，他放心不下，恐怕擔擱遲了，你要加出病來，故此叫我安慰一聲，省得小姐煩躁；二來說老爺的意思定要選個富貴東床，他如今雖做孝廉，還怕不滿老爺之意，說來未必就允，求小姐自做主張，念他有夙世姻緣，一點精靈終日不離左右，也覺得可憐。萬一老爺不允，倒許了別家，他少不得為你而死。說他這條魂靈，在生的時節尚且一刻不離，你做的事情他件件知道；既死之後，豈肯把這條靈魂倒收了轉去？少不得死跟著你，只怕你與那一位也過不出好日子來，不如死心塌地只是嫁他的好。」嫻嫻的意思原要嫁他，又聽了那些怪異之事，得了這番激切之言，一發牢上加牢，固上加固，絕無一毫轉念了。就回覆媒婆道：「叫他放心，速速央人來說。老爺許了就罷，萬一不許，叫他進京之後，見我們大爺二爺，他兩個是憐才的人，自然肯許。」媒婆得了這句話，就去回覆吉人。吉人大喜，即便央人說合，但不知可能就允。

看官們看到此處，別樣的事都且丟開，單想詹家的事情吉人如何知道？是人是鬼，是夢是真，大家請猜一猜。且等猜不著時再取下回來看。

第二回　冒神仙才郎不測　斷詩句造物留情

吉人知道事情的原故，料想列位看官都猜不著。如今聽我說來。這個情節也不是人，也不是鬼，也不全假，也不全真，都虧了一件東西，替他做了眼目。所以把個肉身男子假充了蛻骨神仙，不怕世人不信。這件東西的出處雖然不在中國，卻是好奇訪異的人家都收藏得有，不是甚麼荒唐之物。但可惜世上的人都拿來做了戲具，所以不覺其可寶。獨有此人善藏其用，別處不敢勞他，直到遴嬌選艷的時節，方纔築起壇來拜為上將，求他建立膚功，能使深閨艷質，不出戶而羅列於前；別院奇葩，纔著想而爛然於目。你道是件甚麼東西？有西江月一詞為證：

非獨公輸❶炫巧，離婁❷畫策相資。微光一隙僅如絲，能使瞳人生翅。製體初無遠近，全憑用法參差。休嫌獨目把人嗤，眇者從來善視。

這件東西名為千里鏡，出在西洋。與顯微、焚香、端容、取火諸鏡，同是一種聰明，生出許多奇巧。附錄諸鏡之式於後：

---

❶ 公輸：即公輸般。亦作公輸班。春秋時魯國著名之巧匠，又稱魯班。

❷ 離婁：亦叫離朱。古之明目者。見孟子離婁。

顯微鏡

大似金錢，下有三足。以極微極細之物置於三足之中，從上視之，即變為極宏極鉅。蟣虱之屬，幾類犬羊；蚊虻之形，有同鸛鶴。並蟣虱身上之毛，蚊虻翼邊之彩，都覺得根根可數，歷歷可觀。所以叫做顯微，以其能顯至微之物而使之光明較著也。

焚香鏡

其大亦似金錢，有活架，架之可以運動。下有銀盤。用香餅香片之屬置於鏡之下、盤之上，一遇日光，無火自爇。隨日之東西，以鏡相逆，使之運動，正為此耳。最可愛者，但有香氣而無煙，一餅龍涎，可以竟日。此諸鏡中之最適用者也。

端容鏡

此鏡較焚香、顯微更小，取以鑒形，須眉畢備。更與游女相宜。懸之扇頭或繫之帕上，可以沿途掠物，到處修容，不致有飛蓬不戢之慮。

取火鏡

此鏡無甚奇特，僅可於日中取火，用以待燧。然邇來煙酒甚行，時時索醉，乞火之僕，不勝其煩。以此伴身，隨取隨得，又似於諸鏡之中更為適用。此世運使然，即西洋國創造之時，亦不料其當今至此也。

千里鏡

此鏡用大小數管，粗細不一。細者納於粗者之中，欲使其可放可收，隨伸隨縮。所謂千里鏡者，即嵌於管之兩頭，取以視遠，無遐不到。「千里」二字雖過稱，未必果能由吳視越，坐秦觀楚，然試千百里之內，便自不覺其誣。至於十數里之中，千百步之外，取以觀人鑒物，不但不覺其遠，較對面相視者更覺分明。真可寶也。

以上諸鏡皆西洋國所產，二百年以前不過貢使攜來，偶而一見，不易得也。自明朝至今，彼國之中有出類拔萃之士，不為員幅所限，偶來設教於中土，自能製造，取以贈人。故凡探奇好事者，皆得而有之。諸公欲廣其傳，常授人以製造之法。然而此種聰明，中國不如外國，得其傳者甚少。數年以來，獨有武林諸曦庵諱□❸者，係筆墨中知名之士，果能得其真傳。所作顯微、焚香、端容、取火及千里諸鏡，皆不類尋常，與西洋上著者無異，而近視、遠視諸眼鏡更佳，得者皆珍為異寶。

這些都是閑話，講他何用？只說千里鏡一節，推類至此，以見此事並不荒唐。看官們不信，請向現在之人購而試之可也。

吉人的天資最多奇慧，比之聞一知十則不足，較之聞一知二則有餘。同是一事，別人所見在此，他之所見獨在彼，人都說他矯情示異，及至做到後來，才知道眾人所見之淺，不若他所見之深也。

一日，同了幾個朋友到街上購買書籍，從古玩鋪前經過，看見一種異樣東西擺在架上，不識何所用之。及至取來觀看，見著一條金簽，寫著五個小字貼在上面，道：「西洋千里鏡」。眾人問說：「要他何

❸ 獨有句：諱字下原刻空缺。

用？」店主道：「登高之時取以眺遠，數十里外的山川可以一覽而盡。」眾人不信，都說：「哪有這般奇事？」店主道：「諸公不信，不妨小試其端。」就取一張廢紙，乃是選落的時文，對了眾人道：「這一篇文字貼在對面人家的門首，諸公立在此處可念得出麼？」眾人道：「字細而路遠，哪裡念得出！」店主人道：「既然如此，就把他試驗一試驗。」叫人取了過去，貼在對門，然後將此鏡懸起。眾人一看，甚是驚駭，都說：「不但字字碧清，可以朗誦得出；連紙上的筆畫都粗壯了許多，一個竟有幾個大。」店主道：「若還再遠幾步，他還要粗壯起來。到了百步之外、一里之內，這件異物纔得盡其所長。只怕八詠樓上的牌匾，寶婺觀前的詩對，還沒有這些字大哩。」眾人見說，都一齊高興起來，人人要買。吉人道：「這件東西諸公買了，只怕不得其用，不如讓了小弟罷。」眾人道：「不過是登高憑遠，望望景致罷了，還有甚麼用處？」吉人道：「恐怕不止於此。等小弟買了回去，不上一年半載，就叫他建立奇功，替我做一件終身大事。一到建功之後，就用他不著了，然後送與諸兄，做了一件公器，何等不好。」眾人不解其故，都說：「既然如此，就讓兄買去，我們要用的時節，過來奉借就是了。」

吉人問過店主，酌中還價，兌足了銀子，竟袖之而歸。心上思量道：「這件東西既可以登高望遠，又能使遠處的人物比近處更覺分明，竟是一雙千里眼，不是千里鏡了。我如今年已弱冠，姻事未諧，要選個人間的絕色；只是仕宦人家的女子都沒得與人見面，低門小戶又不便聯姻。近日做媒的人開了許多名字，都說是宦家之女，所居的宅子又都不出數里之外。我如今有了千里眼，何不尋一塊最高之地去登眺起來？料想大戶人家的房屋，決不是在瓦上開窗、牆角之中立門戶的，定有雕欄曲榭，虛戶明窗。近處雖有遮攔，遠觀料無障蔽。待我攜了這件東西，到高山寺浮屠寶塔之上去眺望幾番，未必不有所見。

看是哪一位小姐生得出類拔萃，把他看得明明白白，然後央人去說，就沒有錯配姻緣之事了。」

定下這個主意，就到高山寺租了一間僧房，以讀書登眺為名，終日去試千里鏡。望見許多院落，看過無數佳人，再沒有一個中意的。不想到了那一日，也是他的姻緣湊巧，詹家小姐該當遇著假神仙；又有那些頑皮女伴一齊脫去衣裳，露出光光的身體，惹人動起興來。到了高興勃然的時節，忽然走出一位女子，月貌花容，又在諸姬之上，分明是牡丹獨立，不問而知為花王。況又端方鎮靜，起初不露威嚴，過後才施夏楚❹。即此一事，就知道他寬嚴得體，御下有方，娶進門來，自然是個絕好的內助。所以查著根蒂，知道姓名，就急急央人說親。又怕詹公不許，預先拜在門下，做了南容、公治❺之流，使岳翁鑒貌憐才，知其可妻。

及至到中後回家的時節，丟這小姐不下，行裝未解，又去登高而望：只見他倚欄枯坐，大有病容，兩靨上的香肌竟減去了三分之一，就知道他為著自己，未免有怨望之心，所以央人去問候。問候還是小事，知道吃緊的關頭，全在窺見底裡。這一著，初次說親不好輕易露出，此時不講更待何時？故此假口於媒人，說出這種神奇不測之事，預先攝住芳魂，使他疑鬼疑神，將來轉動不得。

及至媒人轉來回覆，便知道這段奇功，果然出在千里鏡上，就一面央人作伐，一面攜了這位功臣，又去登高而望。只見他倚了危欄，不住作點頭之狀。又有一副筆硯，一幅詩箋，擺在桌上，是個做詩的光景。料想在頃刻之間就要寫出來了。「待我把這位神仙索性假充到底，等他一面落稿，我一面和將出來，

❹ 夏楚：古代扑責之具。這裡指扑撻犯禮者。夏，音ㄐㄧㄚˇ。通檟，木名，即楸。

❺ 南容公治：意謂弟子。南容，係孔子弟子南宮容。公治，係孔子弟子公治長，孔子妻以女。

即刻央人送去，不怕此女見了不驚斷香魂，吐翻絳舌。這頭親事，就是真正神仙也爭奪不去了，何況世上的凡人？」想到此處，又怕媒婆腳散，猝急尋他不著，遲了一時三刻然後送去，雖則稀奇，還不見十分可駭；就預先叫人呼喚，使他在書房坐等，自己仍上寶塔去，去偷和新詩。起先眺望還在第四五層，只要平平望去，看得分明就罷了。此番道：「他寫來的字不過放在桌上，使雲箋一幅仰首朝天，決不肯懸在壁間，使人得以窺覷。非置身天半❻，不能俯眺人間，窺見赤文綠字。」就上了一層又上一層，直到無可再上的去處，方才立定腳跟。擺定千里眼，對著夏宜樓，把嫻嫻小姐仔細一看，只見五條玉筍捏著一管霜毫，正在那邊謄寫。其詩云：

重門深鎖覺春遲，盼得花開蝶便知。
不使花魂沾蝶影，何來蝶夢到花枝？

謄寫到此，不知為甚麼原故，忽地張惶起來，把詩箋團做一把塞入袖中，卻像知道半空之中有人偷覷的模樣。倒把這位假神仙驚個半死，說：「我在這邊偷覷，他何由知道，就忽然收拾起來？」正在那邊疑慮，只見一人步上危樓，葛巾野服，道貌森然，就是嫻嫻小姐之父。才知道他驚慌失色，把詩稿藏入袖中，就是為此。起先未到面前，聽見父親的腳步，所以預先收拾，省得敗露於臨時。半天所立之人相去甚遠，止能見貌，不得聞聲，所以錯認至此，也是心虛膽怯的原故。心上思量道：「看這光景，還是一首未了之詩，不像四句就歇的口氣。我起先原要和韻，不想機緣湊巧，恰好有個人走來打斷他的詩興，

❻ 天半：半空中。

我何不代他之勞，就續成一首，把訂婚的意思寓在其中？往常是『夫唱婦隨』，如今倒翻一局，做個『夫隨婦唱』。只說見他吃了虛驚，把詩魂隔斷，所以題完送去，替他聯續起來，何等自然，何等詫異！不像次韻❼和去，雖然可駭，還覺得出於有心。」想到此處，就手舞足蹈起來，如飛轉到書房，拈起兔毫，一揮而就。其詩云：

止因蝶欠花前債，引得花生蝶後思。
好向東風酬夙願，免教花蝶兩參差。

寫入花箋，就交付媒婆，叫他急急的送去，一步也不可遲緩。

怎奈走路之人倒急，做小說者偏要故意遲遲，分做一回另說。猶如詹小姐做詩，被人隔了一隔，然後聯續起來，比一口氣做成的又好看多少。

❼ 次韻：亦稱步韻。即依照所和詩中的韻及其用韻的先後次序寫詩。

第三回　賺奇緣新詩半首　原妙謊密疏一篇

媒婆走到夏宜樓，只見詹公與小姐二人還坐在一處講話。媒婆等了一會，直待詹公下樓沒人聽見的時節，方纔對著小姐道：「瞿相公多多致意，說小姐方才做詩只寫得一半，被老爺闖上樓來吃了一個虛驚，小姐是抱恙的人，未免有傷貴體，叫我再來看看，不知今日的身子比昨日略好些麼？」嫻嫻聽見，聽得毛骨悚然，心上雖然服他，口裡只是不認，說：「我並不曾做詩；這幾間樓上是老爺不時走動的，有甚麼虛驚吃得？」媒婆道：「做詩不做詩，吃驚不吃驚，我都不知道。他叫這等講，我就是這等講。又說你後面半首不曾做得完，恐怕你才吃虛驚，又要勞神思索，特地續了半首叫我送來，但未知好與不好，還求你自家改政。」嫻嫻聽到此處，一發驚上加驚，九分說是神仙，只有一分不信了，就叫取出來看。及至見了四句新詩，驚出一身冷汗。果然不出吉人所料，竟把絳舌一條吐出在朱唇之外；香魂半縷，直飛到碧漢之間。呆了半個時辰，不曾說話。直到收魂定魄之後，方才對著媒婆講出幾句奇話，道：「這等看起來，竟是個真仙無疑了。丟了仙人不嫁，還嫁誰來？只是一件，恐怕他這個身子還是偶然現出來的，未必是真形實像，不要等我許親之後，他又飛上天去，叫人沒處尋他，這就使不得了！」媒婆道：「決無此事。他原說是神仙轉世，不曾說竟是神仙。或者替你做了夫妻，到百年以後，一同化了原身，飛上天去，也未可知。」嫻嫻道：「既然如此，把我這半幅詩箋寄去與他，留下他的半幅，各人做個符驗。叫他及早說親，不可遲延時日。我這一生一世若有二心到他，叫他自做閻羅王勾攝我的魂靈，任憑處治就是了。」

媒婆得了這些言語，就轉身過去回覆。又多了半幅詩箋，吉人得了，比前更加跳躍，只等同偕連理。怎奈好事多磨，雖是吉人，不蒙天相。議親的過來回覆說：「詹公推托如初，要待京中信來方才定議。分明是不嫁舉人，要嫁進士的聲口。」吉人要往都門會試，恐怕事有變更，又叫媒婆過去與小姐商量，只道是媒婆自家的主意，說：「瞿相公一到京師，自然去拜二位老爺，就一面央人作伐。只是一件，萬一二位老爺也像這般勢利，要等春闈放榜，倘或榜上無名，竟許了別個新貴，卻怎麼處？須要想個訣竅，預先傳授他才好。」嫻嫻道：「不消慮得。一來他有必售之才，舉人拿得定，進士也拿得定；二來又是神仙轉世，憑著這樣法術，有甚麼事體做不來？況且二位老爺又是極信仙佛的，叫他顯些小小神通，使二位老爺知道，他要趨吉避凶，自然肯許。我之所以傾心服他，肯把終身相託者，也就是為此。難道做神仙的人，婚姻一事都不能自保，倒被凡人奪了去不成？」媒婆道：「也說得是。」就把這些說話回覆了吉人。連媒婆也不知就裡，只說他果是真仙，回覆之後他自有神通會顯，不消憂慮。吉人怕露馬腳，也只得糊塗應他，心上思量道：「這樁親事有些不穩了。我與他兩位令兄都是一樣的人，有甚麼神通顯得？只好憑著人力，央人去說親，他若許得更好，他若不許，我再憑著自己的力量，去掙他一名進士來，料想這件東西，是他喬梓❶三人所好之物，見了紗帽自然應允。若還時運不利，偶落孫山❷，這頭婚姻

❶ 喬梓：亦作橋梓。儒家以為父權不可侵犯，似喬木高聳；兒子應似梓樹低俯，後因稱父子為喬梓。語本尚書大傳梓材。

只索丟手了。難道還好充做假神仙，去賴人家親事不成？」

立定主意，走到京中，拜過二詹之後，即便央人議婚。果然不出所料，只以「榜後定議」為詞。吉人就去奮志青雲，到了場屋之中，竭盡生平之力。真個是文章有用，天地無私，掛出榜來，巍然中在二甲。此番再去說親，料想是滿口應承，萬無一失的了。不想他還有回覆，說：「這一榜之上，同鄉未娶者共有三人，都在求親之列。因有家嚴在堂，不敢擅定去取。已曾把三位的姓字都寫在家報之中，請命家嚴，待他自己枚卜❸。」吉人聽了這句話，又重新害怕起來，說：「這三個之中，萬一卜著了別個，卻怎麼處？我在家中還好與小姐商議，設些機謀，以圖萬一之幸。如今隔在兩處，如何照應得來？」就不等選館❹，竟自告假還鄉。西廂記上有兩句曲子，正合著他的事情，求看官代唱一遍：

只為著翠眉紅粉一佳人，誤了他玉堂金馬三學士。

丟了翰林不做，趕回家去求親，不過是為情所使，這頭親事自然該上手了。不想到了家中，又合著古語二句：「莫道君行早，便有早行人。」

原來那兩名新貴，都在未曾掛榜之先，就束裝歸里。因他臨行之際，曾央人轉達二詹，說：「此番

---

❷落孫山：孫山，古代人名，素有「滑稽才子」之稱。一次偕鄉人子赴考，孫中末名，鄉人子落榜。鄉人問先回的孫山，山答：「解名盡處是孫山，賢郎更在孫山外。」後因稱考試不中為名落孫山。事見范公偁過庭錄。

❸枚卜：占卜。古代以占卜法選官，因泛指選用官員為枚卜。語出書大禹謨。此處則以之擇婚。

❹選館：清制，進士殿試後被選為庶吉士的，由特派的翰林官教習三年，其學習之地稱庶常館，故曰選館。

下第就罷，萬一僥倖，望在宅報之中代為緩頰❺，求訂朱陳之好。」所以吉人未到，他已先在家中。個個都央人死訂，把嫻嫻小姐驚得手忙腳亂，聞得吉人一到，就叫媒婆再四叮嚀：「求他速顯神通，遂了初議。若被凡人佔了去，使我莫知死所，然後來攝魄勾魂，也是不中用的事了！」吉人聽在耳中，茫無主意，也只得央人力懇。知道此翁勢利，即以勢利動之，說：「我現中二甲，即日補官。那兩位不曾殿試，如飛做起官來，也要遲我三年。若還同選京職，我比他多做一任；萬一中在三甲，補了外官，只怕他做到白頭，還趕我不上。」那兩個新貴也有一番誇誕之詞，說：「殿試過了的人，雖未授官，品級已定。況又未曾選館，極高也不過部屬。我們不曾殿試，將來中了鼎甲，也未可知。況且有三年讀書，不怕不是館職，好歹要上他一乘。」

詹公聽了，都不回言。只因家報之中，曾有「枚卜」二字，此老勢利別人，又不如勢利兒子，就拿來奉為號令。定了某時某日，把三個姓名都寫做紙鬮，叫女兒自家拈取，省得議論紛紛，難於決斷。嫻嫻聞得此信，歡笑不已，說：「他是個仙人，我這邊一舉一動、一步一趨，他都有神眼照瞭，何況枚卜新郎是他切己的大事，不來顯些法術，使我拈著他人之理？」就一面使人知會，叫他快顯神通；一面抖擻精神，好待臨時鬮取。

到了那一日，詹公把三個名字上了紙鬮，放在金瓶之內，就像朝廷卜相一般，對了天地祖宗，自己拜了四拜。又叫女兒也拜四拜，然後取一雙玉箸，交付與他，叫他向瓶內揭取。嫻嫻是膽壯的人，到手就揭，絕無畏縮之形。誰知事不湊巧，神仙拈不著，倒拈著一個凡人。就把這位小姐驚得柳眉直豎，星

❺緩頰：緩言勸解或代人講情。語本漢書高帝紀上。

眼頻睃❻，說：「他往日的神通都到哪裡去了！」正在那邊愁悶，詹公又道：「鬮取已定，叫他去拜謝神鬮。」嫻嫻方怪神道無靈，怨恨不了，哪裡還肯拜謝？虧得他自己聰明，有隨機應變之略，就跪在詹公面前，正顏厲聲的稟道：「孩兒有句說話，要奉告爹爹，又不敢啟齒；欲待不說，又怕誤了終身。」詹公道：「父母面前，有甚麼難說的話，快些講來。」嫻嫻就立起身道：「孩兒昨夜得一夢，夢見亡過的母親對孩兒說道：『聞得有三個貴人來說親事，內中只有一個該是你的姻緣，其餘並無干涉。』孩兒問是哪一個，母親只道其姓，不道其名，說出一個『瞿』字，叫孩兒緊記在心，以待後驗。不想到了如今，反鬮著別個，不是此人，故此猶豫未決，不敢拜謝神明。」有個「期期❼不奉詔」之意。詹公想了一會，道：「豈有此理！既是母親有靈，為甚麼不託夢與我，倒對你說起來？既有此說，到了這枚卜之時，就該顯些神力，前來護祐他了，為何又拈著別人？這句邪話，我斷然不信！」嫻嫻道：「信與不信，但憑爹爹。只是孩兒以母命為重，除了姓瞿的，斷然不嫁。」詹公聽了這一句，就大怒起來，道：「在生的父命倒不依從，反把亡過的母命來抵制我！況你這句說話甚是荒唐，焉知不是另有私情，故意造為此說？既然如此，待我對著他的神座禱祝一番，問他果有此說否。若果有此說，速來託夢與我；倘若三夜無夢，就可見是捏造之詞，不但不許瞿家，還要查訪根由，究你那不端之罪。」說了這句話，頭也不回，竟走開去了。

嫻嫻滿肚驚疑，又受了這番凌辱，哪裡憤激得了，就寫一封密札，叫媒婆送與吉人。前半段是怨恨

---

❻ 頻睃：看個不停。睃，音ㄐㄩㄣˋ。看。

❼ 期期：口吃，說話蹇澀（語出史記張丞相列傳）。此處猶言不予認可卻又難言。

之詞，後半段是永訣之意。吉人拆開一看，就大笑來，道：「這種情節，我早已知道了。煩你去回覆小姐，說包他三日之內，老爺必定回心，這頭親事斷然歸我。我也有密札在此，煩你帶去，叫小姐依計而行，決然不錯就是了。」媒婆道：「你既有這樣神通，為甚麼不早些顯應，成就姻緣，又等他鬮著別個？」吉人道：「那是我的妙用。一來要試小姐之心，看他鬮著別人改節不改節；二來氣他的父親不過，故意用些巧術，要愚弄他一番；三來神仙做事，全要變幻不測，若還一拈就著，又覺得過於平常，一些奇趣都沒有了。」媒婆只說是真，捏了這封密札去回覆嫻嫻。嫻嫻正在痛哭之際，忽然得了此書，拆開一看，不但破涕為笑，竟拜天謝地起來，說：「有了此法，何愁親事不成！」媒婆問他：「甚麼法子？」他只是笑而不答。

到了三日之後，詹公把他叫到面前，厲言厲色的問道：「我已禱告母親，問其來歷，叫他託夢與我，如今已是三日，並無一毫影響，可見你的說話都是誑言！既然捏此虛情，其中必有原故，快些說來我聽！」嫻嫻道：「爹爹所祈之夢，又是孩兒替做過了。母親對孩兒說，爹爹與姬妾同眠，他不屑走來親近，只是跟著孩兒說：『你爹爹既然不信，我有個憑據到他，只怕你說出口來，竟要把他嚇倒。』故此孩兒不敢輕說，恐怕驚壞了爹爹。」詹公道：「甚麼情由，就說得這等厲害？既然如此，你就講來。」嫻嫻道：「母親說爹爹禱告之時，不但口中問他，還有一道疏文燒去，可是真的麼？」詹公點點頭道：「這是真的。」嫻嫻道：「要問親事的話確與不確，但看疏上的字差與不差。他說這篇疏文是爹爹瞞著孩兒做的，旋做旋燒，不曾有人看見。他親口說與孩兒，叫孩兒記在心頭。若還爹爹問及，也好念將出來，做個憑據。」詹公道：「不信有這等奇事，難道疏上的話，你竟念得出來？」嫻嫻道：「不但念得出，還可以一字不差。若差了一字，依舊是捏造之言，爹爹不信就是了。」說過這一句，就輕啟朱唇，慢開玉齒，試梁間之燕語，學柳外之鶯聲，背將出來，果然不差一字。詹公聽了，不怕他不毛骨悚然，驚詫了一番，就對嫻嫻道：「這等看來，鬼神之事並不荒唐，百世姻緣果由前定。這頭親事竟許瞿家就是了。」當日就吩咐媒婆，叫他不必行禮，擇了吉日，竟過來贅親。恰好成親的時節又遇著夏天，就把授徒的去處做了洞房，與才子佳人同偕伉儷。

嫻嫻初近新郎，還是一團畏敬之意，說他是個神仙，不敢十分褻狎。及至睡到半夜，見他慾心太重，道氣全無，枕邊所說的言語都是些尤雲殢雨之情，並沒有餐霞吸露之意，就知道不是仙人，把以前那些事情件件要查問到底。吉人騙了親事上手，知道這位假神仙也做到功成行滿的時候了，若不把直言稟告，等他試出破綻來，倒是樁沒趣的事，就把從前的底裡和盤托出。

原來那一道疏文，是他得了枚卜之信，日夜憂煎，並無計策，終日對著千里鏡長吁短嘆，再四哀求，說：「這個媒人原是你做起的，如今弄得不上不下，如何是好？還求你再顯威靈，做完了這樁奇事，庶不致半途而廢，埋沒了這段奇功，使人不知愛重你。」說了這幾句，就拿來懸在中堂，志志誠誠拜了幾拜。拜完之後，又攜到浮屠之上，注目而觀。只見詹老坐在中堂，研起墨來，正在那邊寫字。吉人只說也是做詩，要把騙小姐的法則又拿去哄騙丈人，也等他疑鬼疑神，好許這頭親事。及至仔細一看，才曉得是篇疏文。聰明之人不消傳說，看見這篇文字就知道那種情由，所以急急謄寫出來，加上一封密札，正要央人轉送，不想遇著便雁，就託他將去。誰料機緣湊巧，果然收了這段奇功。

嫻嫻待他說完之後，詫異了一番，就說：「這些情節雖是人謀，也原有幾分天意，不要十分說假了。」

明日起來，就把這件法寶供在夏宜樓，做了家堂香火，夫妻二人不時禮拜。後來凡有疑事，就去卜問他，取來一照，就覺得眼目之前，定有些奇奇怪怪，所見之物，就當了一首籤詩，做出事來，無不奇驗。可見精神所聚之處，泥土草木皆能效靈，從來拜神拜佛，都是自拜其心，不是真有神仙，真有菩薩也。

他這一家之人，只有嫻嫻小姐的尊軀，直到做親之後才能暢覽；其餘那些女伴，都是當年現體之人，不須解帶寬裳，盡可窮其底裡。吉人瞞著小姐，與他背後調情，說著下身的事，一毫不錯。那些女伴都替他上個徽號，叫做「賊眼官人」。既已出乖露醜，少不得把「靈犀一點」託付與他。吉人既佔花王，又收盡了群芳眾艷。當初刻意求親，也就為此，不是單羨牡丹，置水面荷花於不問也。

可見做婦人的，不但有人之處露不得身體，就是空房冷室之中、邃閣幽居之內，那「袒裼裸裎」❽四個字，也斷然是用不著的。古語云：「慢藏誨盜，冶容誨淫。」露了標緻的面容，還可以完名全節；露了雪白的身體，就保不住玉潔冰清，終久要被人玷污也。

---

❽ 袒裼裸裎：音ㄊㄢˇ ㄒㄧˊ ㄌㄨㄛˇ ㄔㄥˊ。赤身露體。語出孟子公孫丑上。

歸正樓

第一回　發利市財食兼收　恃精詳金銀兩失

詩云：

為人有志學山丘，莫作卑污水下流。
山到盡頭猶返顧，水甘濁死不回頭。
砥瀾須用山為柱，載石難憑水作舟。
畫幅單條懸壁上，好將山水助潛修。

這首新詩，要勸世上的人個個自求上達，不可安於下流。上達之人就如登山陟嶺一般，步步求高，時時怕墜，這片勇往之心自不可少。至於下流之人，當初偶然失足，墮在罪孽坑中，也要及早回頭，想個自新之計。切不可以流水為心，高山作戒，說：「我的身子業已做了不肖之人，就像三峽的流泉，匡廬的瀑布，流出洞來，料想回不轉去，索性等他流入深淵，卑污到底。」這點念頭，作惡之人雖未必個個都有，只是不想回頭，少不得到這般地步。要曉得水流不返，還有滄海可歸；人惡不悛，只怕沒有桃源可避。到了水窮山盡之處，惡又惡不去，善又善不來，纔知道綠水誤人，黃泉招客，悔不曾遇得正人君子，做個中流砥柱，早早激我回頭也。

四書上有兩句云：「雖有惡人，齋戒沐浴，亦可以事上帝。」「齋戒沐浴」四個字，就是說的回頭。為甚麼惡人回頭就可以事上帝？我有個絕妙的比方：為善好似天晴，作惡就如下雨。譬如終日晴明，見了明星朗月，不見一毫可喜；及至苦雨連朝，落得人心厭倦，忽然見了日色，就與祥雲瑞靄一般，人人快樂，個個歡欣，何曾怪他出得稍遲，把太陽推下海去？所以善人為善，倒不覺得稀奇，因他一向如此，只當是久晴的日色，雖然可喜，也還喜得平常。惡人為善，分外覺得奇特，因他一向不然，忽地如此，竟是積陰之後，陡遇太陽，不但可親，又還親得炎熱。故此惡人回頭，更為上帝所寵，得福最易。就像改邪歸正的盜賊，見官常蒙獎譽；比不得無罪之人要求旌獎，非有奇德異行，不能得隻字之褒也。

近日有個殺豬屠狗的人，住在持齋念佛的隔壁。忽然一日，遇了回祿❶之災，把持齋念佛的房產燒得罄盡，單留下幾間破屋，倒是殺豬屠狗的住房。眾人都說：「天道無知，報應相反。」及至走去一看，那破屋裡面有幾行小字，貼在家堂面前。其字云：

屠宰半生，罪孽深重。今特昭告神明，以某月某日為始，改從別業，誓不殺生。違戒者天誅地滅。

眾人替他算一算，那立誓的日子，比失火之期只早得三日，就一齊驚異道：「難道你一念回頭，就有這

❶ 回祿：傳說中的火神。語出左傳昭公十八年。後用作火災代稱。

般顯應？既然如此，為甚麼持齋念佛的人修行了半世，反不如你？」那殺豬屠狗的應道：「也有些原故。聞得此老近日得了個生財的妙方，三分銀子可以傾做一錢，竟與真紋無異。用慣了手，終日閉戶傾煎，所以失起火來，把房產燒得罄盡。」眾人聽了，愈加警省。古語云：「一善可以蓋百惡。」這等看來，一惡也可以掩百善了。可見「回頭」二字，為善者切不可有，為惡者斷不可無。善人回頭就是惡，惡人回頭就是善。東西南北，各是一方，走路的人，不必定要自東至西，由南抵北，方才叫做回頭，只須掉過臉來，就不是從前之路了。這回野史，說一個拐子回頭，後來登了道岸，與世間不肖的人做個樣子。省得他錯了主意，只說罪深孽重，懺悔不來，索性往錯處走也。

明朝永樂年間，出了個神奇不測的拐子，訪不出他姓名，查不著他鄉里，認不出他面貌。只見四方之人，東家又說被拐，西家又道著騙。才說這個神棍近日去在南方，不想那個奸人早已來到北路。百姓受了害，告張緝批拿他，搜不出一件真贓，就對面也不敢動手。官府吃了虧，差些捕快捉他，審不出一毫實據，就拿住也不好加刑。他又有個改頭換面之法，今日被他騙了，明日相逢就認他不出。都說是個「攪世的魔王」，把一座清平世界弄得鬼怕神愁，刻刻防奸，人人慮詐。越防得緊，他越要去打攪；偏慮得慌，他偏要來「照顧」。被他攪了三十餘年，天下的人都沒法處治。直到他賊星退命，驛馬離宮，安心住在一處，改邪歸正起來，自己說出姓名，敘出鄉里，露出本來面目；又把生平所做之事時常敘說一番，叫人以此為戒，不可學他。所以遠近之人把他無窮的惡跡倒做了美談，傳到如今，方才知道來歷。不然，叫編野史的人從何處說起？

這個拐子是廣東肇慶府高安縣人，姓貝，名喜，並無表字，只有一個別號，叫做貝去戎。為甚麼有這個別號？只因此人之交，原以偷摸治生，是穿窬❷中的名手；人見他來，就說個暗號，道：「貝戎來了，大家謹慎。」「貝戎」二字合起來是個「賊」字，又與他姓氏相符，故此做了暗號。及至到他手裡，忽然要改弦易轍，做起跨竈❸的事來，說：「大丈夫要弄銀子，須是明取民財，想個光明正大的法子弄些用用，為甚麼背明趨暗，夜起晝眠，做那鼠竊狗偷之事？」所以把「人俞」改做「馬扁」，「才莫」翻為「才另」，暗施譎詐，明肆詼諧，做了這樁營業。人見他別創家聲，不仍故轍，也算個亢宗❹之子，所以加他這個美稱，其實也是褒中寓刺：上下兩個字眼，究竟不曾離了「貝戎」。但與乃父較之，則有異耳。

做孩子的時節，父母勸他道：「拐子這碗飯，不是容易吃的。須有孫、龐❺之智，賁、育❻之勇，蘇、張❼之辯，又要隨機應變，料事如神，方才騙得錢財到手。一著不到，就要弄出事來。比不得我傳家的勾當，是背著人做的，夜去明來，還可以藏拙。勸你不要更張，還是守舊的好。」他拿定主意，只是不肯，說：「我乃天授之才，不假人力。隨甚麼好漢，少不得要墮人計中，還你不錯就是。」父母道：「既然如此，就試你一試。我如今立在樓上，你若騙得下來，就見手段。」貝去戎搖搖頭道：「若在樓下，還騙得上去；立在上面，如何騙得下來？」父母道：「既然如此，我就下來，且看用甚麼騙法。」

❷ 穿窬：指竊盜。語本論語陽貨。
❸ 跨竈：比喻兒子勝過父親。語出蘇軾答陳季常書。
❹ 亢宗：光宗耀祖的意思。
❺ 孫龐：指戰國時的軍事家孫臏、龐涓。
❻ 賁育：指古勇士孟賁、夏育。見漢書司馬相如傳。
❼ 蘇張：指戰國時縱橫家蘇秦、張儀。

及至走到樓下，叫他騙上去，貝去戎道：「業已騙下來了，何須再騙！」這句舊話傳流至今，人人識得；但不辨是誰人所做的事，如今才揭出姓名。父母大喜，說：「他果然勝祖強宗，將來畢竟要恢宏舊業。」就選一個吉日，叫他出門，要發個小小利市，只不要落空就好。

誰想他走出門去，不及兩三個時辰，竟領著兩名腳夫，抬了一桌酒席，又有幾兩席儀，連臺盞杯箸，色色俱全，都是金鑲銀造的，抬進大門，秤了幾分腳錢，打發來人轉去。父母大驚，問他得來的原故。貝去戎道：「今日乃開市吉期，不比尋常日子。若但是腰裡撒撒，口裡不見嗒嗒，也還不為稀罕；連一家所吃的喜酒都出在別人身上，這個拐子才做得神奇。如今都請坐下，待我一面吃，一面說，還你們聽了都大笑一場就是。」父母歡喜不過，就坐下席來，捏著酒杯，聽他細說。

原來這桌酒席，是兩門至戚，初次會親，吃到半席的時節，女家叫人撤了送到男家去的。未經撤席之際，貝去戎隨了眾人立在旁邊看戲，見他吃桌之外，另有看桌，料想終席之後，定要撤去送他，少不得是家人引領，就想個計較出來。知道戲文鬧熱，兩處的管家都立在旁邊看戲，決不提防。又知道只會男親，不會女眷，連新婦也不曾回來。就裝做男家的小廝，闖進女家的內室。丫鬟看見，問他是誰家孩子。他說：「我是某姓家僮，跟老爺來赴席的。新娘有句說話，叫我瞞了眾人，說與老安人知道，故此悄悄進來，煩你引我一見。」丫鬟只說是真，果然引見主母。貝去戎道：「新娘致意老安人，叫你自家保重，不要想念他。有一句說話，雖然沒要緊，也關係府上的體面，料想母子之間決不見笑，所以叫我來傳言。他說我家的伴當，個個生得嘴饞，慣要偷酒偷食，少刻送桌面過去，路上決要抽分，每碗取出幾塊。雖然所值不多，我家老安人看見，只說酒席不齊整，要譏誚他。求你到換桌的時節，差兩個的當用人，把食籮封好，瞞了我家伴當，預先挑送過門，省得他弄手腳。至於抬酒之人，不必太多，只消兩個就夠了，連帖子也交付與他，省得嘈嘈雜雜，不好款待。」那位家主婆見他說得近情，就一一依從。瞞了家人，把酒席送去。臨送的時節，貝去戎又立在旁邊，與家主婆唧唧噥噥說了幾句私語，使抬酒的看見，知道是男家得用之人。等酒席抬了出門，約去半里之地，就如飛趕上去道：「你們且立住，老安人說，還有好些菜蔬，裝滿一替食籮，方才遺落了，不曾加在擔上，叫我趕來看守，喚你們速速轉去抬了出來。」家人聽見，只說是真，一齊趕了回去。貝去戎張得不見，另雇兩名腳夫，抬了竟走。所以抬到家中，不但沒人追趕，亦且永不敗露。這是他初出茅廬第一樁燥脾❽之事。

父母聽見，稱贊不了，說他是個神人。從此之後，今日拐東，明日騙西，開門七件事，樣樣不須錢買，都是些倘來之物。把那位穿窬老子，竟封了太上皇，不許他出門偷摸，止靠一雙快手，養活了八口之家，還終朝飲酒食肉，不但是無飢而已。做上幾年，聲名大著，就有許多後輩慕他手段高強，都來及門受業。他有了幫手，又分外做得事來，遠近數百里，沒有一處的人不被他拐到騙到。家家門首貼了一行字云：

知會地方，協拿騙賊。

有個徽州當鋪，開在府前，那管當的人是個積年的老手，再不曾被人騙過。鄰舍對他道：「近來出個拐子，變幻異常，家家防備。以後所當之物，須要看仔細些，不要著他的手。」那管當的道：「若還

❽ 燥脾：方言，猶謂痛快。

騙得我動，就算他是個神仙。只怕遇了區區，把機關識破，以後的拐子就做不成了。」說話的時節，恰好貝去戎有個徒弟立在面前，回來對他說了。貝去戎道：「既然如此，就與他試試手段！」

偶然一日，那個管當的人立在櫃臺之內，有人拿一錠金子，重十餘兩，要當五換。管當的仔細一看，知有十成，就兌銀五十兩，連當票交付與他。此人竟自去了。旁邊立著一人，也拿了幾件首飾要當銀子，管當的看了又看，磨了又磨。那人見他仔細不過，就對他笑道：「老朝奉，這幾件首飾所值不多，就當錯了也有限。方才那錠金子，倒求你仔細看看，只怕有些蹊蹺。」管當的道：「那是一錠赤金，並無低假，何須看得？」那人道：「低假不低假，我雖不知道，只是來當的人，我卻有些認得，是個有名的拐子，從來不做好事的。」管當的聽了，就疑心起來，取出那錠金子，重新看了一遍，就遞與他道：「你看這樣金子，有甚麼疑心？」那人接了，走到明亮之處，替他仔細一看，就大笑起來，道：「好一錠赤金，準準值八兩銀子！你拿去遞與眾人，大家驗一驗，且看我的眼力，比你的何如。」那店內之人接了進去，磨的磨，看的看，果然試出破綻來。原來外面是真，裡面是假。只有一膜金皮，約有八錢多重，裡面的骨子都是精銅。管當的著起忙來，要想追趕，又不知去向。那人道：「他的蹤跡瞞不得區區。若肯許我相酬，包你一尋就見。」管當的聽了，連忙許他謝儀，就帶了原金，同去追趕。趕到一處，恰好那當金之人同著幾個朋友在茶館內吃茶。那人指了，叫他：「上前扭住，喊叫地方，自然有人來接應。只是一件，你是一個，他是幾人，雙拳不敵四手，萬一這錠金子被他搶奪過去，把甚麼贓證弄他？」管當的道：「極說得是。」就把金子遞與此人，叫他立在門外：「待我喊叫地方，有了見證之後，你拿進來質對。」此人收了，管當的直闖進去，一把扭住當金之人，高聲大叫起來。果然有許多地方走來接應，問他何故。管當的說出情由，眾人就討贓物來看。管當的連聲呼喚，叫取贓物進來，並不見有人答應。及至出去抓尋，那典守贓物之人又不知走到何方去了。當金的道：「我好好一錠赤金，你倒遇了拐子被他拐去，反要弄起我來！如今沒得說，當票現存，原銀也未動，速速還我原物，省得驚官動府。」倒把他交與地方，討個下落。地方之人都說他自不小心，被人騙去，少不得要賠還。不然，他豈有干休之理？管當的聽了，氣得眼睛直豎，想了半日，無計脫身，只得認了賠還，同到店中，兌了一百兩真紋，方才打發得去。

這個拐法，又是甚麼情由？只因他要顯手段，一模一樣做成兩錠赤金，一真一假。起先所當，原是真的。預先叫個徒弟，帶著那一錠立在旁邊，等他去後，故意說些巧話，好動他的疑心。及至取出原金，徒弟接上了手，就將假的換去，仍遞與他。眾人試驗出來，自然央他追趕。後來那些關竅，一發是容易做的，不愁他不入局了。你說這些智謀奇也不奇，巧也不巧？

起先還在近處掏摸，聲名雖著，還不出東西兩粵之間。及至父母俱亡，無有掛礙，就領了徒弟往各處橫行。做來的事一樁奇似一樁，一件巧似一件，索性把惡事講盡，才好說他回頭。做小說的本意原在下面幾回，以前所敘之事，示戒非示勸也。

第二回　斂眾怨惡貫將盈　散多金善心陡發

貝去戎領了徒弟，周流四方，遇物即拐，逢人就騙。知道不義之財豈能久聚，料想做不起人家，落得將來撒漫。凡是有名的妓婦，知趣的龍陽❶，沒有一個不與他相處。贈人財物，動以百計，再沒有論十的嫖錢，論兩的表記。所以風月場中，要數他第一個大老。只是到了一處，就改換一次姓名，那些嫖過的婊子，枉害相思，再沒有尋訪之處。貝去戎游了幾年，十三個省城差不多被他走遍，所未到者只有南北兩京，心上想量道：「若使輦轂之下❷，沒有一位神出鬼沒的拐子，也不成個京師地面，畢竟要去走走，替朝廷長些氣概。況且，拐百姓的方法都做厭了，只有官府不曾騙過，也不要便宜了他。就使京官沒錢，出手不大，薦書也拐他幾封，往各處走走，做個『馬扁游客』，也使人耳目一新。」就收拾行李，雇了極大的浪船，先入燕都，後往白下❸。

有個湖州筆客，要搭船進京，徒弟見他揹著空囊，並無可騙之物，不肯承攬。貝去戎道：「世上沒窮人，天下無棄物。就在叫化子身上騙得一件衲頭，也好備逃難之用。只要招得下船，騙得上手，終有

❶ 龍陽：指男寵。語本戰國策魏策。
❷ 輦轂之下：謂帝都。
❸ 白下：南京的別稱。

用著的去處。」就請筆客下艙，把好酒好食不時款待。筆客問他進京何事，寓在哪裡。貝去戎假借一位當道認做父親，說一到就進衙署，不在外面停泊。筆客道：「原來是某公子。令尊大人是我定筆主顧，他一向所用之筆都是我的，少不得要進衙賣筆，就帶便相訪。」貝去戎道：「這等極好。既然如此，你的主顧決不止家父一人，想是五府六部，翰林科道諸官，都用你的寶貨。此番進去，一定要送遍的了？」筆客道：「那不待言。」貝去戎道：「是哪些人？你說來我聽。」筆客就向夾袋之中取出一個經摺❹，凡是買筆的主顧都開列姓名。又有一篇帳目，寫某人定做某筆幾帖，議定價銀若干，一項一項，開得清清楚楚，好待進京分送。貝去戎看在肚裡，過了一兩日，又問他道：「我看，你進京一次也費好些盤纏，有心置貨，索性多置幾箱，為甚麼不尷不尬，止帶這些？」筆客道：「限於資本，故此不能多置。」貝去戎道：「可惜你會我遲了，若還在家，我有的是銀子，就借你幾百兩，多置些貨物，帶到京師，賣出來還我，也不是甚麼難事。」筆客聽了此言，不覺利心大動，翻來覆去，想了一晚。第二日起來，道：「公子昨日之言，甚是有理。在下想來，此間去府上也還不遠，公子若有盛意，何不寫封書信，待我趕到貴鄉，領了資本，再做幾箱好筆，趕進來也未遲。這些貨物先煩公子帶進去，借重一位尊使分與各家，待我來取帳有何不可？」貝去戎見他說到此處，知道已入計中，就慨然應許，寫下一張諭帖，著管事家人速付元寶若干錠，與某客置貨進京，不得違誤。筆客領了，千稱萬謝而去。

貝去戎得了這些貨，一到京師扮做筆客，照他單上的姓名，竟往各家分送，說：「某人是嫡親舍弟，因臥病在家不能遠出，恐怕老爺等筆用，特著我賫送前來，任憑作價。所該的帳目，若在便中，就付些

❹ 經摺：可以摺疊的小摺子。

帶去，以為養病之資；萬一不便，等他自家來領。只有一句話要稟上各位老爺，舍弟說：連年生意淡薄，靠不得北京一處，要往南京走走。凡是由南至北經過的地方，或是貴門人，或是貴同年，或是令親盛友，求賜幾封書札。薦人賣筆是椿雅事，沒有甚麼嫌疑，料想各位老爺不惜齒頰之芬❺，自然應許。」那些當道見他說得近情，料想沒有他意，就一面寫薦書，一面兌銀子，當下交付與他。書中的話不過首敘寒溫，次談衷曲，把賣筆之事倒做了餘文。隨他買也得，不買也得，哪裡知道醉翁之意原不在酒，單要看他柬帖上面該用甚麼稱呼，書啟之中當敘甚麼情節，知道這番委曲，就可以另寫薦書。至於圖書筆跡，都可以摹仿得來，不是甚麼難事。出京數十里，就做游客起頭，自北而南，沒有一處的抽豐不被他打到。只因書札上面所敘的寒溫，所談的衷曲，一字不差，自然信殺無疑，用情惟恐不到。甚至有送事之外，又復捐囊；捐囊之外，又託他攜帶禮物，轉致此公，所得的錢財，不止一項。至於經過的地方，凡有可做之事，可得之財，他又不肯放過一件，不單為抽豐而已。

一日，看見許多船隻都貼了紙條，寫著幾行大字道：

某司、某道衙門吏書皂快人等，迎接新任老爺某上任。

他見了此字，就縮回數十里，即用本官的職銜刻起封條印板，印上許多，把船艙外面及扶手、拜匣之類各貼一張，對著來船，揚帆帶縴而走。那些衙役見了，都說就是本官，走上船來一齊謁見。貝去戎受之不辭，把屬官賫到的文書都拆開封筒，打了到日。少不得各有夫儀，接到就送，預先上手，做了他的見

❺ 齒頰之芬：猶言稱道推薦。

面錢。

過上一兩日，就把書吏喚進官艙，輕輕的吩咐道：「我老爺有句私話對你們講，你們須要體心，不可負我相託之意。」書吏一齊跪倒，問有甚麼吩咐。貝去戎道：「我老爺出京之日，借一主急債用了，原說到任三日就要湊還，他如今跟在身邊不離一刻。我想到任之初哪裡就有，況且此人跟到地方，一定要招搖生事。不如在未到之先設處起來，打發他轉去，才是一個長策。自古道：『眾擎易舉，獨力難成。』煩你們眾人大家攢湊攢湊，替我擔上一肩。我到任之後，就設處出來還你。」那些書吏巴不得要奉承新官，哪一個肯說沒有？就如飛趕上前去，不上三日，都取了回來。個個爭多，人人慮少，竟收上一主橫財。到了夜深人靜之後，把銀子併做一箱，輕輕丟下水去，自己逃避上岸，不露蹤影。躲上一兩日，看見接官的船隻都去遠了，就叫徒弟下水把銀子掏摸起來，又是一樁生意。到了南京，將所得的財物估算起來，竟以萬計。心上思量道：「財物到盈千滿萬之後，若不散些出去，就要作禍生災。不若尋些好事做做，一來免他作祟，二來借此蓋愆，三來也等世上的人受我些拐騙之福。俗語道得好：『趕我十年運，有病早來醫。』焉知我得意一生，沒有個倒運的日子？萬一賊星退命，拐騙不來，要做打劫修行之事也不能夠了。」就立定主意，停了歹事不做，終日在大街小巷走來走去，做個沒事尋事的人。

一日，清晨起來，吃了些早飯，獨自一個往街上閑走。忽然走到一處，遇著四五個大漢，一齊圍住了他，都說：「往常尋你不著，如今從哪裡出來？今日相逢，料想不肯放過，一定要下顧下顧的了。」說完之後，扯了竟走。問他甚麼原故，又不肯講。都說：「你見了冤家，自然明白。」貝去戎甚是驚慌，心上思量道：「看這光景，一定是些捕快。所謂冤家者，就是受害之人，被他緝訪出來，如今拿去送官的了。難道我一向作惡，反沒有半毫災晦，方才起了善念，倒把從前之事敗露出來，拿我去了命不成？」正在疑惑之際，只見扯到一處，把他關在空屋之中，一齊去號召冤家，好來與他作對。貝去戎坐了一會，想出個不遁自遁之法，好拐騙脫身。只見門環一響，擁進許多人來，不是受害之人，反是受恩之輩。原來都是嫖過的姊妹，從各處搬到南京，做了歌院中的名妓，終日思念他，各人吩咐蒼頭❻，叫在路上遇著之時，千萬不可放過。故此一見了面，就拉他回來。所謂冤家者，乃是俏冤家，並不是取命索債的冤家。作對的「對」字，乃是配對之對，不是抵對質對之對也。只見進門之際，大家堆著笑容，走近身來相見。及至一見之後，又驚疑錯愕起來，大家走了開去，卻像認不得的一般。三三兩兩立在一處，說上許多私話，絕不見有好意到他。這是甚麼原故？只因貝去戎身邊有的是奇方妙藥，只消一時半刻就可以改變容顏。起先被眾人扯到，關在空房之中，只說是禍事到了，乘眾人不在，正好變形，就把臉上眉間略加點綴，卻像個雜腳戲子，在外、末、丑、淨之間，不覺體態依然，容顏迥別，那些姊妹看見，自然疑惑起來。這個才說有些相似，那個又道甚麼相干。有的說：「他面上無疤，為甚麼忽生紫印？」有的道：「他眉邊沒痣，為甚麼陡起黑星？」「當日的面皮卻像嫩中帶老，此時的顏色又在媸裡生妍。」大家唧唧噥噥，猜不住口。

貝去戎口中不說，心上思量說：「我這樁生意與為商做客的不同。為商做客最怕人欺生，越要認得的多，方才立得腳住；我這樁生意不怕欺生，倒怕欺熟。妓婦認得出，就要傳播開來，豈是一樁好事？雖比受害的不同，也只是不認的好。」就別換一樣聲口，倒把他盤問起來，說：「扯進來者何心，避轉

❻ 蒼頭：僕隸。語出漢書鮑宣傳。

去者何意？」那些妓婦道：「有一個故人，與你面貌相似，多年不見，甚是想念他，故此吩咐家人不時尋覓。方才扯你進來，只說與故人相會，不想又是初交，所以驚疑未定，不好遽然近身。」貝去戎道：「那人有甚麼好處，這等思念他？」妓婦道：「不但慷慨，又且溫存，贈我們的東西不一而足。如今看了一件，就想念他一番，故此丟撇不下。」說話的時節，竟有個少年姊妹掉下淚來。知道不是情人，與他閑講也無益，就掩著啼痕，別了眾人先走。管教這數行情淚，哭出千載的奇聞。有詩為據：

從來妓女善裝愁，不必傷心淚始流。
獨有蘇娘懷客淚，行行滴出自心頭。

第三回　顯神機字添一畫　施妙術殿起雙層

貝去戎嫖過的婊子盈千累百，哪裡記得許多？見了那少年姊妹雖覺得有些面善，究竟不知姓名。見他掩著啼痕別了眾人先走，必非無故而然，就把他姓名居址與失身為妓的來歷細細問了一遍，才知道那些眼淚是流得不錯的。這個姊妹叫做蘇一娘，原是蘇州城內一個隱名接客的私窠子。只因丈夫不肖，習於下流，把家產蕩盡，要硬逼他接人。頭一次接著的就是貝去戎。貝去戎見他體態端莊，不像私窠的舉止，又且羞澀太甚，就問其來歷，才知道為貧所使，不是出於本心。止嫖得一夜，竟以數百金贈之，叫他依舊關門，不可接客。誰想丈夫得了銀子，未及兩月，又賭得精光，竟把他賣入娼門，光明較著的接客，求為私窠子而不能。故此想念舊恩，不時流涕。起先見說是他，歡喜不了，故踴躍而來。如今看見不是，又覺得面貌相同，有個睹物傷情之意，故此掉下淚來。又怕立在面前愈加難忍，故此含淚而別。

貝去戎見了這些光景，不勝悽惻，就把幾句巧話騙脫了身子，備下許多禮物，竟去拜訪蘇一娘。蘇一娘才見了面，又重新哭起。貝去戎佯作不知，問其端的。蘇一娘就把從前的話細述一番，述完之後，依舊啼哭起來，再也勸他不住。貝去戎道：「你如今定要見他，是個甚麼意思？不妨對我講一講，難道普天下的好事，只許一個人做，就沒有第二個暢漢趕得他上不成？」蘇一娘道：「我要見他有兩個意思：一來因他嫖得一夜，破費了許多銀子，所得不償所失，要與他盡情歡樂一番，以補從前之缺；二來因我墮落煙花，原非得已，因他是個仗義之人，或者替我贖出身來，早作從良之計也未見得。故此終日想念，再丟他不開。」貝去戎道：「你若要單補前情，倒未必能夠；若要贖身從良，這是甚麼難事？在下薄有錢財，盡可以擔當得起。只是一件，區區是個東西南北之人，今日在此，明日在彼，沒有一定的住居，不便娶妻買妾。只好替你贖身出來，送還原主，做個昆侖、押衙❶之輩倒還使得。」蘇一娘道：「若是交還原主，少不得重落火坑，倒多了一番進退；若得隨你終身，固所願也。萬一不能，倒尋個僻靜的庵堂，使我祝髮為尼，皈依三寶❷，倒是一樁美事。」貝去戎道：「只怕你這些說話還是託詞，若果有急流勇退之心，要做這撒手登岸之事，還你今朝作妓，明日從良，後日就好剃度。不但你的衣食之費，香火之資，出在區區身上；連那如來打坐之室，伽藍入定之鄉，四大金剛護法之門，一十八尊羅漢參禪之地，也都是區區建造。只要你守得到頭，不使他日還俗之心，背了今日從良之志，就是個好尼僧，真菩薩，不枉我一番救度也。你可能夠如此麼？」蘇一娘道：「你果能踐得此言，我就從今日立誓：倘有為善不終，到出家之後再起凡心者，叫我身遭慘禍而死，墮落最深的地獄。」說了這一句，就走進房中，半晌不出。

貝去戎只說他去小解，等了一會，不想走出房來，將一位血性佳人已變做肉身菩薩，竟把一頭黑髮，兩鬢烏雲，剪得根根到底。又在桃腮香頰上刺了幾刀，以示破釜焚舟，決不回頭之意。貝去戎見了，驚

---

❶ 昆侖押衙：昆侖，唐傳奇中俠客昆侖奴。押衙，指唐德宗建中時俠客古押衙。

❷ 皈依三寶：皈依，佛教名詞。一作歸依。信仰佛教人的入教儀式，表示歸順依附。三寶，佛教名詞。佛家以佛（釋迦牟尼及一切佛）、法（佛教教義）、僧（繼承宣揚佛教教義的僧眾）為三寶。

得毛骨悚然。正要與他說話，不想烏龜、鴇婦一齊喧嚷進來，說他誘人出家，希圖拐騙，閉他生意之門，絕人糊口之計，揪住了貝去戎，竟要與他拚命。貝去戎道：「你那生意之門，糊口之計，不過為『錢財』二字罷了。不是我誇嘴說，世上的財錢都聚在區區家裡，隨你論百論千，都取得出。若要結起訟來，只怕我處得你死，你弄我不窮。不如做樁好事，放他出家，待我取些銀子，還你當日賣身之費，倒是個本等。」烏龜、鴇母聽了，就問他索取身錢，還要償還使費。貝去戎並不短少，一一算還，領了蘇一娘權到寓中住下。當晚就分別嫌疑，並不同床宿歇，竟有「秉燭待旦」之風。

到了次日，央些房產中人，俗名叫做「白螞蟻」，慣替人賣房買居，趁些居間錢過活的，叫他各處抓尋，要買所極大的房子改造庵堂，其價不拘多少。又要於一宅之中，可以分為兩院，使彼此不相混雜的。過了三朝五日，就有幾個中人走來回話，說：「一位世宦人家有兩座園亭，中分外合，極是幽雅。又有許多餘地，可以建造庵堂，要五千金現物方可成交，少一兩也不賣。」貝去戎隨了中人走去一看，果然好一座園亭，就照數兌了五千，做成這主交易。把右邊一所改了庵堂，塑上幾尊佛像，叫蘇一娘在裡面修行。又替他取個法號，叫做「淨蓮」。因他由青樓出家，有出污泥而不染之意，故此把蓮花相比。左邊一所依舊做了園亭，好等自己往來，當個歇腳之地。裡面有三間大樓，極深極邃，四面俱有夾牆，以後拐來的贓物都好貯在其中，省得人來搜取，要做個聚寶盆的意思。樓上有個舊匾，題著「歸止樓」三字。因原主是個仕宦，當日解組歸來，不想復出，故此題匾示意，見得他歸止於此，永不出山。

誰想到了這一日，那件四方傢伙竟會作怪起來，「止」字頭上忽然添了一畫，變做「歸正樓」。貝去戎看屋的時節還是「歸止」，及至選了吉日，搬進樓房，擡起頭來一看，覺得毫厘之差，竟有霄壤之別，與當日命名之意大不相同，心上思量道：「『正』字與『邪』字相反，邪念不改，正路難歸。莫非是神仙有靈，見我做了一樁善事，要索性勸我回頭，故此加上一畫，要我改邪歸正的意思麼？」仔細看了一會，只見所添的筆跡又與原字不同。原字是凹下去的，這一畫是凸起來的，黑又不黑，青又不青，另是一種顏色。貝去戎取了梯子爬上去仔細一看，原來是些濕土，乃燕子銜泥簇新疊上去的。貝去戎道：「禽鳥無知，哪裡會增添筆畫，不消說是天地神祇假手於他的了！」就從此斷了邪念，也學蘇一娘厭棄紅塵，竟要逃之方外。因自己所行之事絕類神仙，凡人不能測識，知道學仙容易，作佛艱難，要從他性之所近，就把左邊的房子改了道院，與淨蓮同修各業，要做個仙佛同歸，就把「歸正」二字做了道號。只當神道替他命名，也好顧名思義，省得又起邪心。

一日，對淨蓮道：「我們這座房子有心改做道場，索性起他兩層大殿，一邊奉事三清❸，一邊供養三寶，方才像個局面。不然，你那一邊止有觀音閣、羅漢堂，沒有如來釋迦的坐位，成個甚麼體統？我這邊道場狹窄，院宇蕭條，又在改創之初，略而未備，一發不消說了。」淨蓮道：「造殿之費動以千計，你既然出家，就斷了生財之路，縱有些須積蓄，也還要防備將來，豈有仍前浪用之理？」歸正道：「不妨。待我用些法術感動世人，還你一年半載，定有人來捐造。不但不要我費錢，又且不要我費力，才見得法術高強。」淨蓮道：「你方才學仙起頭，並不曾得道，有甚麼法術就能感動世人，使他捐得這般容易？」歸正道：「你不要管。我如今回去葬親，將有一年之別，來歲此時方能聚首。包你回來之日，大

---

❸ 奉事三清：意謂歸入道教。奉事，信仰奉持。三清，道教所尊的三位神，即太清太上老君、玉清元始天尊、上清靈寶道君。

殿已成，連三清、三寶的法像，都塑得齊齊整整，只等我袖手而來，做個現成法主就是。」淨蓮不解其故，還說是誕妄之詞。過了幾日，又說十八尊羅漢之中有一尊塑得不好，要趁他在家另喚名手塑過，才好出門。淨蓮勸他將就，他只是不肯，果然換了法身，方纔出去。臨去之際，止留一位高徒看守道院，其餘弟子都帶了隨身。

淨蓮獨守禪關，將近半載。忽有一位仕宦、一位富商，兩下不約而同一齊來做善事。那位仕宦說從湖廣來的，帶了一二千金，要替他起造大殿，安置三清；那位富商說從山西來的，也帶了一二千金，要替他建造佛堂，供養三寶。這兩位檀越❹不知何所見聞，忽有此舉；歸正的法術，為甚麼這等高強？看到下回，自然了悟。

❹ 檀越：佛教名詞。梵文意譯施主。僧人對施捨財物給寺院者的尊稱。

第四回　僥天倖拐子成功　墮人謀檀那得福

仕宦、富商走到，淨蓮驚詫不已，問他甚麼來由，忽然舉此善念；況且湖廣、山西相距甚遠，為甚麼不曾相約，恰好同日光臨，其中必有原故。那位仕宦道：「有一樁極奇的事，說來也覺得耳目一新。下官平日極好神仙，終日講究的都是延年益壽之事，不想精誠之念感格上清，竟有一位神仙下降，親口對我說道：『某處地方新建一所道院，規模已具，只少大殿一層。那位觀主乃是真仙謫降，不久就要飛昇。你既有慕道之心，速去做了這樁善事，後來使你長生者，未必不是此人之力。』下官敬信不過，就求他限了日期，要在今月某日起工，次月某日豎造，某月某日告成。告成之日，觀主方來，與他見得一面就是因緣，不怕後來不成正果。故此應期而來，不敢違了仙限。」那位富商雖然與他齊到，卻是萍水相逢，不曾見面過的，聽他說畢，甚是疑心，就盤問他道：「神仙乃是虛幻之事，畢竟有些徵驗才信得他，怎見得是真仙下降？焉知不是本觀之人，要你替他造殿，假作這番誑語也未可知。」仕宦道：「若沒有徵驗，如何肯信服他？只因所見所聞都是神奇不測之事，明明是個真仙，所以不敢不信。」富商道：「何所見聞，可好略說一說？」仕宦道：「他頭一日來拜，說是天上的真人，小价❶不信，說他言語怪誕，不肯代傳。他就大門之上寫了四個字，云：

❶ 小价：俗稱僕役。

回道人拜。

臨行之際，又對小价道：『我是他的故人，他見了拜帖，自然知道。我明日此時，依舊來拜訪，你們就不傳，他也會出來的了，不勞如此相拒。』小价等他去後，將一盆熱水洗刷大門，誰想費盡氣力，只是洗刷不去，方才說與下官知道。下官不信，及至看他洗刷，果如其言。只得喚個木匠，叫他用推刨刨去。誰想刨去一層，也是如此；刨去兩層，也是如此，把兩扇大門都刨穿了，那幾個字跡依然還在。下官心上才有一二分信他。曉得『回道人』三字，是呂純陽的別號，就吩咐小价道：『明日再來，不可拒絕，我定要見他。』及至第二日果來，下官連忙出接。見他脊背之上負了一口寶劍，鋒鋩耀日，快不可當；腰間繫個小小葫蘆，約有三寸多長，一寸多大。下官隔了一段路，先對他道：『你既是真仙，求把寶劍脫下，暫放在一邊，才好相會。如今有利器在身，焉知不是刺客？就要接見也不敢接見了。』他聽了這句話，就不慌不忙把寶劍脫下，也不放在桌上，也不付與別人，竟拿來對著葫蘆緩緩的插將進去。不消半刻，竟把三尺龍泉歸之烏有，止剩得一個劍把塞在葫蘆口內，卻像個壺頂盒蓋一般。你說這種光景，叫我如何不信？況且所說的話，又沒有一毫私心，錢財並不經手，叫下官自來起造，無非要安置三清。這是眼見的功德，為甚麼不肯依他？」說完之後，又問那位富商：「你是何所見而來，也有甚麼徵驗否？」富商道：「在下並無徵驗，是本庵一個長老募緣募到敝鄉，對著舍下的門終日參禪打坐，不言不語。只有一塊粉板倒放在面前，寫著幾行字，道：

募起大殿三間，不煩二位施主。錢糧並不經手，即求檀越就往監臨，功德自在眼前，果報不須身後。

在下見他坐了許久，聲色不動，知道是個禪僧，就問他寶山何處，他方才說出地方。在下頗有家資，並無子息。原有好善之名，又見他不化錢財，單求造殿，也知道是眼見的功德，故此寫了緣簿，打發他先來。他臨行的時節，也限一個日期，要在某日起工，某日建造，某日落成，與方才所說的不差一日。難道這個長老與神仙約會的不成？叫他出來一問就明白了。」淨蓮道：「本庵並無僧人在外面抄化，或者他說的地方不是這一處，老善人記錯了。這一位宰官既然遇了真仙，要他來做善事，此番盛事自當樂從。至於老善人所帶之物，原不是本庵募化來的，如何輒敢冒認？況且尼姑造殿，還該是尼姑募緣，豈有假手僧人之理？清淨法門，不當有此嫌疑之事，尊意決不敢當，請善人賫了原金，往別處去訪問。」富商聽了甚是狐疑，道：「他所說的話，與本處印證起來一毫不錯，如何又說無干？」只得請教於仕宦。仕宦道：「既發善心，不當中止。即使募化之事不出於他，就此地做個檀越，也不叫做燒香塑佛。」富商道：「也說得是。」

兩個宿了一晚，到第二日起來，同往前後左右踱了一會，要替他選擇基址，估算材料，好興土木之工。不想走到一個去處，見了一座法身，又取出一件東西，仔細看了一會，就驚天動地起來，把那位富商嚇得毛髮俱豎，口中不住的念道：「奉勸世人休碌碌，舉頭三尺有神明。」你說走到哪一處，看見哪一座法身，取出一件甚麼東西，就這等驚異？原來羅漢堂中，十八尊法像裡面，有一尊的面貌竟與募化的僧人纖毫無異。富商遠遠望見，就吃了一驚。及至走到近處，又越看越像起來。懷中抱了一本簿子，與當日募緣之疏又有些相同。取下來一看，雖然是泥做的，卻有一條紅紙，寫了一個姓名夾在其中，就是富商所題的親筆。你說看到此處，叫他驚也不驚，駭也不駭，信服不信服？就對了仕宦道：「這等看起來，仙也是真仙，佛也是真佛，我們兩個喜得與仙佛有緣，只要造得殿成，將來的果報竟不問可知了。」仕宦見其所見，聞其所聞，一發敬信起來。

兩個刻日興工，晝夜催督，果然不越限期，到了某月某日，同時告竣。連一座法像，都裝塑起來。正在落成，忽有一位方士走到。富商仕宦見他飄飄欲仙，不像凡人的舉動，就問：「是哪一位道友？」淨蓮道：「就是本觀的觀主，道號歸正。回去葬了二親，好來死心塌地做修真悟道之事的。」仕宦見說是他，低倒頭來，就是四拜，竟把他當了真仙。說話之間，一字也不敢褻狎，求他取個法名，收為弟子，好回去遙相頂戴。歸正一一依從。富商也把淨蓮當做活佛頂禮，也求他取個法名，備而不用；萬一佛天保佑，生個兒子出來，就以此名相喚，只當是蓮花座下之人，好使他增福延壽。淨蓮也一一依從。兩下備了素齋，把仕宦、富商款待了幾日，方才送他回去。

這一尼一道，從此以後，就認真修煉起來，不上十年，都成了氣候。俗語道得好：「浪子回頭金不換。」但凡走過邪路的人，歸到正經路上，更比自幼學好的不同，叫做大悟之後，永不再迷，哪裡還肯回頭，做那不端不正之事？淨蓮與歸正隔了一牆，修行十載，還不知這位道友是個拐子出身。直等他悟道之後，不肯把誑語欺人，說出以前的醜態，才知道他素行不端，比青樓出身更加污穢，所幸回頭得早，不曾犯出事來。改邪歸正的去處，就是變禍為祥的去處。

淨蓮問歸正道：「你以前所做的事，都曾講過，十件之中，我已知道八九，只是造殿一事，我至今不解。為甚麼半年之前，就拿定有人捐助，到後來果應其言？難道你學仙未成，就有這般的妙術？」歸正道：「不瞞賢弟講，那些勾當依然是拐子營生。只因賊星將退，還不曾離卻命宮，正在交運接運之時，所以不知不覺又做出兩件事來，去拐騙施主。還喜得所拐所騙之人都還拐騙得起，叫他做的又都是作福之事，還不十分罪過。不然，竟做了個出乖露醜的馮婦❷，打虎不死，枉被人笑罵一生。」淨蓮道：「那是甚麼騙法？難道一痕的字跡，寫穿了兩扇大門；寸許的葫蘆，攝回了三尺寶劍；與那役鬼驅神、使羅漢帶緣簿出門替人募化的事，也是拐子做得來的？」歸正道：「都有原故。那些事情做來覺得奇異，說破不值半文。總是做賊的人都有一番賊智，使人測度不來；又覺得我的聰明，比別人更勝幾倍。只因要起大殿，捨不得破費己資，故此想出法來，去賺人作福。知道那位仕宦平日極信神仙，又知道那位富商生來極肯施捨，所以做定圈套，帶兩個徒弟出門，一個喬扮神仙，一個假裝羅漢，遣他往湖廣、山西各行其道。自己回家葬親，完了身背之事。不想神明呵護，到我轉來之日，果應奇謀。這叫做『人有善願，天必從之』。天也助一半，人也助一半，不必盡是誆騙之功。」就把從前秘密之事一齊吐露出來，不覺使人絕倒。原來門上所題之字，是龜溺寫的。龜尿入木，直鑽到底，隨你水洗刀削，再弄他不去。背上所負之劍，是鉛錫造的，又是空心之物。葫蘆裡面預先貯了水銀，水銀遇著鉛錫，能使立刻銷融，所以插入葫蘆，登時不見。至於羅漢的法身，就是徒弟的小像，臨行之際定要改塑一尊，就是為此。寫了緣簿，就寄轉來，叫守院之人裹上些泥土，塞在胸前。所以富商一見，信殺無疑，做了這樁善事。淨蓮聽到此處，就張眼吐舌，驚羨不已，說他有如此聰明，為甚麼不做正事？若把這些妙計用在兵機將略之中，分

❷ 馮婦：人名。見孟子盡心下。世稱重操舊業的人為馮婦。

明是陳平再出，諸葛復生，怕不替朝廷建功立業，為甚麼將來誤用了？可見國家用人，不可拘限資格，穿窬草竊之內，儘有英雄，雞鳴狗盜之中，不無義士。惡人回頭，不但是惡人之福，也是朝廷當世之福也。

後來歸正、淨蓮一齊成了正果，飛升的飛升，坐化的坐化。但不知東西二天，把他安插何處，做了第幾等的神仙，第幾尊的菩薩？想來也在不上不下之間。最可怪者：山西那位富商，自從造殿之後，回到家中，就連生三子；湖廣那位仕宦，果然得了養生之術，直活到九十餘歲，纔終天年。窮究起來，竟不知是甚麼原故。可見做善事的，只要自盡其心，終須得福，不必問他是真是假，果有果無。不但受欺受騙原有裝聾做啞的陰功，就是被劫被偷也有失財得福的好處。世間沒有溫飽之家，何處養活飢寒之輩？失盜與施捨總是一般，不過有心無心之別耳！

萃雅樓

第一回　賣花郎不賣後庭花　買貨人慣買無錢貨

詩云：

豈是河陽縣，還疑碎錦坊。
販來常帶蕊，賣去尚餘香。
價逐蜂叢踴，人隨蝶翅忙。
王孫休惜費，難買是春光。

這首詩乃覺世稗官二十年前所作。因到虎丘山下賣花市中，看見五彩陸離，眾香芬馥，低回留之不能去。有個不居奇貨、喜得名言的老叟，取出筆硯來索詩，所以就他粉壁之上題此一律。市廛乃極俗之地，花卉有至雅之名，「雅俗」二字從來不得相兼，不想被賣花之人趁了這主肥錢，又享了這段清福，所以詩中的意思極贊羨他。生意之可羨者不止這一樁，還有兩件貿易與他相似。哪兩件？書鋪，香鋪。這幾種貿易，合而言之，叫做「俗中三雅」。開這些鋪面的人，前世都有些因果。只因是些飛蟲走獸託生，所以如此，不是偶然學就的營業。是哪些飛蟲走獸？開花鋪者，乃蜜蜂化身。開書鋪者，乃蠹魚❶轉世。開香鋪者，乃香麝❷投胎。

還有一件生意最雅，為甚麼不列在其中？開古董鋪的，叫做「市廛清客」，帽子文人，豈不在三種之上？只因古董鋪中也有古書，也有名花，也有沉檀、速降，說此三件，古董就在其中，不肯以高文典冊、異卉名香作時物觀也。說便這等說，生意之雅俗也要存乎其人。儘有生意最雅，其人極俗，在書史花香裡面過了一生，不但不得其趣，倒厭花香之觸鼻，書史之悶人者。豈不為書史花香之累哉？這樣人的前身一般也是飛蟲走獸，只因他止變形骸，不變性格，所以如此。蜜蜂但知採花，不識花中之趣，勞碌一生，徒為他人辛苦。蠹魚但知蝕書，不得書中之味，老死其中，止為殘編殉葬。香麝滿身是香，自己聞來不覺，雖有芬臍馥體可以媚人，究竟是他累身之具。這樣的人不是「俗中三雅」，還該叫他做「雅中三俗」。

如今說幾個變得完全、能得此中之趣的，只當替斯文交易掛個招牌，好等人去下顧。只是一件，另有個美色招牌，切不可掛；若還一掛，就要惹出事來。奉勸世間標緻店官，全要以謹慎為主。

明朝嘉靖年間，北京順天府宛平縣有兩個少年，一姓金，字仲雨；一姓劉，字敏叔。兩人同學攻書，最相契厚。只因把雜技分心，不肯專心舉業，所以讀不成功。到二十歲外，都出了學門，要做貿易之事。

---

❶ 蠹魚：亦稱衣魚，蛀蝕書籍衣服等物的小蟲。蠹，音ㄉㄨˋ。

❷ 麝：動物名。亦稱香獐。臍與生殖孔之間有麝香腺，分泌麝香，可作藥用和香料用。

又有個少而更少的朋友，是揚州人，姓權字汝修，生得面似何郎❸，腰同沈約❹，雖是男子，還賽過美貌的婦人，與金、劉二君，都有後庭❺之好。金、劉二君只以交情為重，略去一切嫌疑，兩個朋友合著一個龍陽，不但醋念不生，反借他為聯絡形骸之具。人只說他兩個增為三個，卻不知道三人併作一人。大家商議道：「我們都是讀書朋友，雖然棄了舉業，也還要擇術而行，尋些斯文交易做做，才不失文人之體。」就把三十六行的生意件件都想到，沒有幾樣中意的。只有書鋪、香鋪、花鋪、古董鋪四種，個個說通，人人道好，就要兼併而為之。竟到西河沿上賃了三間店面，打通了併做一間。中間開書鋪，是金仲雨掌管；左邊開香鋪，是權汝修掌管；右邊開花鋪，又搭著古董，是劉敏叔掌管。後面有進大樓，題上一個匾額，叫做「萃雅樓」。結構之精，鋪設之雅，自不待說。每到風清月朗之夜，一同聚嘯其中，彈的彈，吹的吹，唱的唱，都是絕頂的技藝，聞者無不消魂。沒有一部奇書不是他看起，沒有一種異香不是他燒起，沒有一本奇花異卉不是他賞玩起。手中摩弄的，沒有秦漢以下之物，壁間懸掛的，盡是宋唐以上之人。受用過了，又還賣出錢來，越用得舊，越賣得多，只當普天下人出了銀子，買他這三位清客在那邊受享。

金、劉二人各有家小，都另在一處。獨有權汝修未娶，常宿店中，當了兩人的家小，各人輪伴一夜，名為守店，實是賞玩後庭花。日間趁錢，夜間行樂，你說普天之下哪有這兩位神仙？合京師的少年，沒

❸ 何郎：指三國魏何晏，美姿儀，時有「傅粉何郎」之稱。
❹ 沈約：南朝梁人，丰神俊美。
❺ 後庭：猶後房。這裡代稱同性情愛。

有一個不慕，沒有一個不妒。慕者慕其清福，妒者妒其奇歡。他做生意之法，又與別個不同。雖然為著錢財，卻處處存些雅道。收販的時節有三不買，出脫的時節有三不賣。哪三不買？低貨不買，假貨不買，來歷不明之貨不買。他說：「這幾椿生意都是雅事，若還收了低假之貨，不但賣壞名頭，還使人退上門來，有多少沒趣？至於來歷不明之貨，或是盜賊劫來，或是家人竊出，貪賤收了，所趁之錢不多，弄出官府口舌，不但折本，還把體面喪盡。麻繩套頸之事，豈是雅人清客所為？」所以把這三不買，塞了忍氣受辱之源。哪三不賣？太賤不賣，太貴不賣，買主信不過不賣。「貨真價實」四個字，原是開店的虛文，他竟當了實事做。所講的數目雖不是一口價，十分之內也只虛得一二分。莫說還到七分他斷然不肯，就有相熟的主顧見他說這些，就還這些，他接到手內也稱出一二分還他，以見自家的信行。或有不曾交易過的認貨不確，疑真作假，就兌足了銀子，他也不肯發貨，說：「將錢買疑惑，有甚麼要緊，不如別家去看！」他立定這些規矩，始終不變。初開店的時節，也覺得生意寥寥，及至做到後來，三間鋪面的人都挨擠不去。由平民以至仕宦，由仕宦以至官僚，沒有一種人不來下顧。就是皇帝身邊的宮女，要買名花異香，都吩咐太監，叫到萃雅樓上去。其馳名一至於此。凡有官僚仕宦往來，都請他樓上坐了，待茶已畢，然後取貨上去，待他評選。那些官僚仕宦見他樓房精雅，店主是文人，都肯破格相待。也有叫他立談的，也有與他對坐的。大約金、劉二人立談得多，對坐得少；獨有權汝修一個雖是平民，卻像有職分的一般，次次與貴人同坐。這是甚麼原故？只因他年紀幼少，面龐生得可愛，上門買貨的仕宦料想沒有腐儒之人，個個有龍陽之好。見他走到面前，恨不得把膝頭做了交椅，摟在懷中說話，豈忍叫他側身而立，與自己漠不相關？所以對坐得多，立談得少。

彼時，有嚴嵩相國之子嚴世蕃，別號東樓者，官居太史❻，威權赫奕。偶然坐在朝房，與同僚之人說起書畫古董的事。那些同僚之人，都說萃雅樓上的貨物件件都精，不但貨好，賣貨之人也不俗。又有幾個道：「最可愛者，是那小店官，生得冰清玉潤。只消他坐在面前，就是名香，就是異卉，就是古董書籍了，何須看甚麼貨！」東樓道：「蓮子胡同裡面少了標緻龍陽，要到櫃臺裡面去取？不信市井之中，竟有這般的尤物❼。」講話的道：「口說無憑，你若有興，同去看就是了。」東樓道：「既然如此，等退朝之後，大家同去走一遭。」

只因東樓口中說了這一句，那些講話的人一來要趨奉要津，使自己說好的他也說好，才見得氣味相投；二來要在鋪面上討好，使他知道權貴上門，預先料理；若還奉承得到這一位主顧，就抵得幾十個貴人，將來的生意不小。自己再去買貨，不怕不讓些價錢。所以都吩咐家人，預先走去知會，說：「嚴老爺要來看貨，你可預先料理。這位仕宦不比別個，是輕慢不得的，莫說茶湯要好，就是送茶陪坐的人也要收拾收拾，把身材面貌打扮齊整些。他若肯說個『好』字，就是你的時運到了。難道一個嚴府，抵不得半個朝廷？莫說趁錢，就要做官做吏也容易。」

金、劉二人聽到這句說話，甚是驚駭，說：「叫我準備茶湯，這是本等，為甚麼說到陪坐之人，也叫他收拾起來？他又不是跟官的門子，獻曲的小唱，不過因官府上樓沒人陪話，叫他點點貨物，說說價錢。誰知習以成風，竟要看覷他起來！照他方才的話，不是看貨，分明是看人了。想是那些仕宦在老嚴

❻ 太史：翰林別稱。

❼ 尤物：特出的人物，多指美貌女子。語出左傳昭公二十八年。

面前極口形容，所以引他上門，要做『借花獻佛』之事。此老不比別個，最是敢作敢為。他若看得中意，不是隔靴搔癢、夾被摩疼就可以了得事的，畢竟要認真舞弄。難道我們兩個家醋不吃，連野醋也不吃不成？」私自商議了一會，又把汝修喚到面前，叫他自定主意。汝修道：「這有何難。待我預先走了出去，等他進門，只說不在就是了。做官的人只好逢場作戲，在同僚面前逞逞高興罷了，難道好認真做事，來追拿訪緝我不成？」金、劉二人道：「也說得是。」就把他藏過一邊，準備茶湯伺候。

不上一刻，就有三四個仕宦隨著東樓進來，僕從多人，個個如狼似虎。東樓跨進大門，就一眼覷著店內，不見有個小官，只說他上樓去了。及至走到樓上又不見面，就對眾人道：「小店官在哪裡？」眾人道：「少不得就來。沒有我輩到此尚且出來陪話，天上掉下一位福星，倒避了開去之理。」東樓是個奸雄，分外有些詭智，就曉得未到之先有人走漏消息，預先打發開去了，對著眾人道：「據小弟看來，此人今日決不出來見我。」眾人心上都說：「知會過的，又不是無心走到，他巴不得招攬生意，豈肯避人？」哪裡知道，市井之中一般有奇人怪士，倒比紗帽不同，勢利有時而輕，交情有時而重，寧可得罪權要，不肯得罪朋友的。眾人因為拿得穩，所以個個肯包，都說：「此人不來，我們願輸東道，請賭一賭。」東樓就與眾人賭下，只等他送茶上來。

誰想送茶之人不是小店官，卻是個跎背的老僕。問他小主人在哪裡，老僕回話道：「不知眾位老爺按臨，預先走出去了。」眾人聽見，個個失色起來，說：「嚴老爺不比別位，難得見面的，快去尋他回來，不可誤事。」老僕答應一聲，走了下去。不多一會，金、劉二人走上樓來，見過了禮，就問：「嚴老爺要看的是哪幾種貨物？好取上來。」東樓道：「是貨都要看，不論哪一種，只把價高難得、別人買不起的，取來看就是了。」二人得了這句話，就如飛趕下樓去，把一應奇珍寶玩、異卉名香，連幾本書目一齊搬了上來，擺在面前，任憑他取閱。東樓意在看人，買貨原是末著。如今見人不在，雖有滿懷怒氣，卻不放一毫上臉。只把值錢的貨物都揀在一邊，連聲贊好，絕口不提「小店官」三字。揀完之後，就說：「這些貨物，我件件要買。聞得你鋪中所說之價不十分虛誆，待我取回去，你開個實價送來，我照數給還就是了。」金、劉二人只怕他為人而來，決不肯捨人而去，定有幾時坐守，守到長久的時節，自家不好意思。誰想他起身得快，又一毫不惱，反買了許多貨物，心上十分感激他，就連聲答應道：「只愁老爺不用，若用得著，只管取去就是了。」東樓吩咐家人收取貨物，入袖的入袖，上肩的上肩，都隨了主人，一齊搬運出去。東樓上轎之際，還說幾聲「打攪」，歡歡喜喜而去。

只有那些陪客甚覺無顏，不愁輸了東道，只怕東樓不喜，因這小事料不著，連以後的大事都不肯信任他。這是患得患失的常態。

作者說到此處，不得不停一停，因後面話長，一時講不斷也。

第二回　保後件失去前件　結恩人遇著仇人

金、劉二人等東樓起身之後，把取去的貨物開出一篇帳來，總算一算，恰好有千金之數。第二三日不好就去領價，直到五日之後，才送貨單上門。管家傳了進去，不多一會，就出來回覆說：「老爺知道了。」金、劉二人曉得官府的心性比眾人不同，取貨取得急，發價發得緩，不是一次就有的，只得走了回去。過上三五日，又來領價。他回覆的話，仍照前番。從此以後，伙計二人輪班來取，或是三日一至，或是五日一來，莫說銀子不見一兩，清茶沒有一杯，連回覆的說話也貴重不過。除「知道了」三字之外，不曾增出半句話來。心上思量道：「小錢不去，大錢不來。領官府的銀子，就像燒丹煉汞一般，畢竟得些銀母❶才變化得出，沒有空燒白煉之理。門上不用個紙包，他如何肯替你著力？」就秤出五兩銀子，送與管事家人，叫他用心傳稟，領出之後還許抽分，只要數目不虧，就是加一扣除也情願。家人見他知竅，就露出本心話來，說：「這主銀子不是二位領得出的。聞得另有一位店官，生得又小又好，老爺但聞其名，未識其面。要把這宗貨物做了當頭，引他上門來相見的。只消此人一到，銀子就會出來。你們二位都是有竅的人，為甚麼丟了鑰匙不拿來開鎖，倒用鐵絲去捺？萬一捺擰了簧，卻怎麼處？」二人聽了這些話，猶如大夢初醒，倒驚出一身汗來，走到旁邊去商議說：「我們兩個反是弄巧成拙了。那日等

❶ 銀母：鍊金術中投放冶煉的母銀。

他見一面，倒未必取貨回來。誰知道貨者，禍也。如今得了貨就要丟了人，得了人就要丟了貨。少不得有一樣要丟，還是丟貨的是，丟人的是？」想了一會，又發起狠來道：「千金易得，美色難求，還是丟貨的是！」定了主意，過去回覆管家說：「那位敝伙計還是個小孩子，乃舊家子弟，送在店中學生意的，從來不放出門，恐怕他父母計較。如今這主銀子，隨老爺發也得，不發也得，決不把別人家兒女，拿來換銀子用。況且又是將本求利，應該得的。我們自今以後，再不來了。萬一有意外之事，偶然發了出來，只求你知會一聲，好待我們來取。」管家笑一笑道：「請問二位，你這銀子不領，寶店還要開麼？」二人道：「怎麼不開？」管家道：「何如！既在京師開店，如何惡識得當路之人？古語道得好：『窮不與富敵，賤不與貴爭。』你若不來領價，明明是仇恨他、羞辱他了。這個主子可是仇恨得、羞辱得的？他若要睡人妻子，這就怪你不得，自然拚了性命要拒絕他；如今所說的不過是一位朋友，就送上門來與他賞鑒賞鑒，也像古董書畫一般，弄壞了些也不十分減價，為甚麼丟了上千銀子去換一杯醋吃？況且丟去之後，還有別事出來，決不使你安穩。這樣有損無益的事，我勸你莫做。」二人聽到此處，就幡然自悔起來，道他講得極是。

回到家中，先對汝修哭了一場，然後說出傷心之語，要他同去領價。汝修斷然不肯，說：「烈女不更二夫，貞男豈易三主？除你二位之外，決不再去濫交一人。寧可把這些貨物算在我帳裡，決不去做無恥之事！」金、劉二人又把利害諫他，說：「你若不去，不但生意折本，連這店也難開，將來定有不測之禍。」汝修立意雖堅，當不得二人苦勸，只得勉強依從，隨了二人同去。管門的見了，喜歡不過，如飛進去傳稟。東樓就叫快傳進來。金、劉二友送進儀門，方纔轉去。東樓見了汝修，把他渾身上下仔細一看，果然是北京城內第一個美童，心上十分歡喜，就問他道：「你是個韻友，我也是個趣人，為甚麼別官都肯見，單單要迴避我？」汝修道：「實是無心偶出，怎麼敢迴避老爺？」東樓道：「我聞得你琴棋簫管樣樣都精，又會葺理花木，收拾古董。至於燒香制茗之事，一發是你的本行，不消試驗的了。我在這書房裡面少一個做伴的人，要屈你常住此間，當做一房外妾，又省得我別請陪堂，極是一樁便事。你心上可情願麼？」汝修道：「父母年老，家計貧寒，要覓些微利養親，恐怕不能久離膝下。」東樓道：「我聞得你是孤身，並無父母，為甚麼騙起我來？你的意思，不過同那兩個光棍相與熟了，一時撇他不下，所以託故推辭。難道我做官的人反不如兩個鋪戶？他請得你起，我倒沒有束脩❷麼？」汝修道：「那兩個是結義的朋友，同事的伙計，並沒有一毫苟且。老爺不要多疑。」東樓聽了這些話，明曉得是掩飾之詞，耳朵雖聽，心上一毫不理。還說與他未曾到手，情義甚疏，他如何肯撇了舊人來親熱我？就把他留在書房，一連宿了三夜。

東樓素有男風之癖。北京城內，不但有姿色的龍陽不曾漏網一個，就是下僚裡面頂冠束帶之人，若是青年有貌，肯以身事上臺的，他也要破格垂青，留在後庭相見。閱歷既多，自然知道好歹。看見汝修肌滑如油，豚白於雪，雖是兩夫之婦，竟與處子一般，所以心上愛他不過，定要相留。這三夜之中，不知費了幾許調停，指望把「溫柔軟款」四個字買他身子過來。不想這位少年竟老練不過，自恃心如鐵石，不怕你口墜天花。這般講來，他這般回覆；那樣說去，他那樣推辭。東樓見說他不轉，只得權時打發。

❷束脩：亦作束修。脩，乾肉。十條乾肉為束脩。論語述而：「自行束脩以上，吾未嘗無誨焉。」朱熹集注：「古者相見，必執贄以為禮，束脩其至薄者。」後指致送教師的酬金。

到第四日上，就把一應貨物取到面前，又從頭細閱一遍，揀最好的留下幾件，不中意的盡數發還。除貨價之外，又封十二兩銀子，送他做遮羞錢。汝修不好辭得，暫放袖中，到出門之際，就送與他的家人，以見「恥食周粟」❸之意。回到店中，見了金、劉二友，滿面羞慚，只想要去尋死。金、劉再三勸慰，才得瓦全。

從此以後，看見東樓的轎子從店前經過，就趨避不遑，惟恐他進來纏擾。有時嚴府差人呼喚，只以病辭。等他喚過多遭，難以峻絕，就揀他出門的日子，去空走一遭，好等門簿上記個名字。瞰亡往拜，分明以陽貨❹待之。東樓恨他不過，心上思量道：「我這樣一位顯者，心腹滿朝，何求不得，就是千金小姐，絕世佳人，我要娶他，也不敢回個『不』字。何況百姓裡面一個孤身無靠的龍陽，我要親熱他，他偏要冷落我，雖是光棍不好，預先鉤搭住他，所以不肯改適，卻也氣恨不過，少不得生個法子弄他進來。只是一件，這樣標緻後生放在家裡，使姬妾們看見未免動心，就不做出事來，也要彼此相形，愈加見得我老醜。除非得個兩全之法，止受其益，不受其損，然後招他進來，實為長便。」想了一會，並沒有半點機謀。

❸ 恥食周粟：指伯夷、叔齊兄弟反對周武王伐商，在其滅商後避居首陽山，不食周粟而死之事。見史記伯夷列傳。

❹ 陽貨：春秋魯人，名虎，字貨，乃季孫氏專橫家臣。他欲結納孔子，遭到拒絕，於是致禮品給孔子。按禮儀孔子必須回拜，孔子俟其外出回訪，既不失禮，又避免與他交往（見論語陽貨）。這裡「以陽貨待之」，即指此。

彼時有個用事的太監，姓沙，名玉成，一向與嚴氏父子表裡為奸勢同狼狽的，甚得官家之寵。因他有痰濕病，早間入宮侍駕，一到巳刻就回私宅調理。雖有內相❺之名，其實與外官無異。原是個清客出身，最喜栽培花竹，收藏古董，東樓雖務虛名，其實是個假清客，反不如他實實在行。一日，東樓過去相訪，見他收拾器玩，澆溉花卉，雖不是自家動手，卻不住的呼僮叱僕，口不絕聲，自家不以為煩。東樓聽了，倒替他吃力，就說：「這些事情原為取樂而設，若像如此費心，反是一樁苦事了。」沙太監道：「孩子沒用，不由你不費心。我尋了一世館僮❻，不曾遇著一個。嚴老爺府上若有勤力孩子，知道這些事的，肯見惠一個也好。」東樓聽了這句話，就觸起心頭之事，想個計較出來，回覆他道：「敝衙的人，比府上更加不濟。近來北京城裡出了個清客少年，不但這些事情件件曉得，連琴棋簫管之類都是精妙不過的。有許多仕宦要圖在身邊做孩子，只是弄他不去。除非公公呼喚，他或者肯來。只是一件，此人情竇已開，他一心要弄婦人，就勉強留他，也不能長久。須是與公公一樣，也替他淨了下身，使他只想進來，不想出去，才是個長久之計。」沙太監道：「這有何難？待我弄個法子去哄他進來，若肯淨身就罷，萬一不肯，待我把幾杯藥酒灌醉了他，輕輕割去此道，到醒來知覺的時節，他就不肯做太監，也長不出人道來了。」東樓大喜，叫他及早圖之，不要被人弄了去。臨行之際，又叮囑一句道：「公公自己用他，不消說得；萬一到百年以後用不著的時節，求你交還薦主，切不可送與別人。」沙太監道：「那何待說？我是個殘疾之人，知道有幾年過？做內相的料想沒有兒子，你竟來領去就是。」東樓設計之意原是為此，

❺ 內相：對宦者的尊稱。

❻ 館僮：猶言書僮。

料他是個殘疾之人，沒有三年五載，身後自然歸我，落得假手於他。一來報了見卻之仇，二來做了可常之計。見他說著心事，就大笑起來。兩個弄盞傳杯，盡歡而別。

到了次日，沙太監著人去喚汝修，說：「舊時買些盆景，原是你鋪上的，一向沒人剪剔，漸漸長繁冗了，央你這位小店官過去修葺修葺。宮裡的人又開出一篇帳來，大半是雲油香皂之類，要當面交付與你，好帶出來點貨。」金、劉二人聽了這句話，就連聲招攬，叫汝修快些進去。一來因他是個太監，就留汝修過宿，也沒有甚麼疑心；二來因為得罪東樓，怕他有懷恨之意，知道沙太監與他相好，萬一有事，也好做一支救兵，所以招接不遑，惟恐服事不到。

汝修跟進內府，見過沙太監，少不得敘敘寒暄，然後問他有何使令。沙太監道：「修理花卉與點貨入宮的話都是小事，只因一向慕你高名，不曾識面，要借此盤桓一番，以為後日相與之地。聞得你清課裡面極是留心，又且長於音律，是京師裡面第一個雅人，今日到此，件件都要相煩，切不可吝教。」汝修正有納交之意，巴不得借此進身，求他護法。不但不肯謙遜，又且極力誇張，惟恐說了一件不能，要塞他後來召見之路。沙太監聞之甚喜，就吩咐孩子把琵琶、弦管、笙簫、鼓板之屬，件件取到面前，擺下席來，叫他一面飲酒，一面敷陳技藝。汝修一一遵從，都竭盡生平之力。沙太監耳中聽了，心上思量說：「小嚴的言語果然不錯。這樣孩子若不替他淨身，如何肯服事我？與他明說，料想不肯，不若便宜行事的是。」就對侍從之人眨一眨眼。侍從的換上藥酒，斟在他杯中。汝修吃了下去，不上一刻，漸漸的綿軟起來，垂頭欹頸，靠在交椅之上，做了個大睡不醒的陳摶❼。沙太監大笑一聲，就叫：「孩子們！

❼陳摶：宋真源人，字圖南，自號扶遙子，生於唐末，五代時居華山修道，服氣辟穀，寢處往往百餘日不起。

快些動手。」原來未飲之先，把閹割的人都埋伏在假山之後，此時一喚，就到面前。先替他脫去裩衣，把人道捏在手上，輕輕一割，就丟下地來與獅狖狗兒吃了。等他流去些紅水，就把止血的末藥帶熱掞上，然後替他抹去猩紅，依舊穿上褲子，竟像不曾動褲的一般。

汝修睡了半個時辰，忽然驚醒，還在藥氣未盡之時，但覺得身上有些痛楚，卻不知在哪一處。睜開眼來，把沙太監相了一相，倒說：「晚生貪杯太過，放肆得緊，得罪公公了。」沙太監道：「看你這光景，身子有些困乏，不若請到書房安歇了罷。」汝修道：「正要如此。」沙太監就喚侍從之人，扶他進去。汝修才上牙床，倒了就睡，總是藥氣未盡的緣故。

正不知這個長覺睡到幾時纔醒，醒後可覺無聊？看官們看到此時，可能夠硬了心腸，不替小店官疼痛否？

宋太宗時賜號希夷先生。

第三回　權貴失便宜棄頭顱而換卵　閹人圖報復遺尿溺以酬涎

汝修倒在牙床，又昏昏的睡去。直睡到半夜之後，藥氣散盡，方才疼痛起來，從夢中喊叫而醒。舉手一摸，竟少了一件東西。摸著的地方，又分外疼痛不過。再把日間之事追想一追想，就豁然大悟，才曉得結識的恩人倒做了仇家敵國。昨日那番賣弄，就是取禍之由。思想到此，不由他不號啕痛哭，從四更哭起，直哭到天明不曾住口。

只見到巳牌時候，有兩個小內相走進來，替他道喜，說：「從今以後，就是朝廷家裡的人了。還有甚麼官兒管得你著？還有甚麼男人敢來戲弄得你？」汝修聽到此處，愈覺傷心。不但今生今世不能夠娶妻，連兩位尊夫都要生離死別，不能夠再效鸞鳳了。正在悽惶之際，又有一個小內相走進來喚他，說：「公公起來了，快出去參見。」汝修道：「我和他是賓主，為甚麼參見起來？」那些內相道：「昨日淨了身，今日就在他管下，怕你不參！」說過這一聲，大家都走了開去。汝修思量道：「我就不參見，少不得要辭他一辭才好出去。難道不㑼不倸，他就肯放你出門？」只得爬下床來，一步一步的掙將出去。掙到沙太監面前，將要行禮，他就正顏厲色吩咐起來，既不是昨日的面容，也不像以前的聲口，說：「你如今刀瘡未好，且免了磕頭，到五日之後，出來參見。從今以後，派你看守書房，一應古董書籍都是你掌管，再撥兩個孩子幫你葺理花木。若肯體心服事，我自然另眼相看；稍有不到之處，莫怪我沒有面情。割去膫子的人，除了我內相家中，不怕你走上天去！」汝修聽了這些話，甚覺寒心，就曲著身子稟道：

「既然淨過身，自然要服事公公。只是眼下刀瘡未好，難以服役，求公公暫時寬假，放回去將養幾日，待收口之後，進來服事也未遲。」沙太監道：「既然如此，許你去將養十日。」叫：「孩子們，領他出去，交與萃雅樓主人，叫他好生調理，若還死了這一個，就把那兩名伙計割去膫子來賠我，我也未必要他。」幾個小內相一齊答應過了，就扶他出門。

卻說金、劉二人見他被沙公喚去，慶幸不了，巴不得他多住幾日，多顯些本事出來，等沙公賞鑒賞鑒，好借他的大樹遮陰。故此放心落意，再不去接他。比不得在東樓府中，睡了三夜，使他三夜不曾合眼，等不到天明，就騎了頭口去接，到不得日暮，就點著火把相迎。只因沙府無射獵之資，嚴家有攻伐之具。誰料常拚有事，止不過後隊消亡；到如今自恃無虞，反使前軍覆沒。只見幾名內相扶著汝修進門，滿面俱是愁容，偏體皆無血色。只說他酒量不濟，既經隔宿，還倚人扶醉而歸；誰知他色運告終，未及新婚，早已作無聊之嘆。說出被閹的情節，就放聲大哭起來。引得這兩位情哥淚雨盆傾，幾乎把全身淹沒。送來的內相等不得他哭完，就催促金、劉二人快寫一張領狀，好帶去回覆公公，若有半點差池，少不得是苦主償命。金、劉二人怕有干係，不肯就寫。眾人就拉了汝修，要依舊押他轉去。二人出於無奈，只得具張甘結❶與他：「倘有疏虞，願將身抵。」金、劉打發眾人去後，又從頭哭了一場。遍訪神醫替他療治，方才醫得收口。這十日之內，只以救命為主，料想圖不得歡娛。直等收口之後，正要敘敘舊情，以為永別之計，不想許多內相擁進門來，都說：「限期已滿，快些進去服役。若遲一刻，連具甘結的人都要拿進府去，照他一般閹割也未可知。」二人嚇得魂飛魄散，各人含了眼淚，送他出門。

❶ 甘結：向官府出具言行真實，否則甘願受罰的字據，猶今之切結書。

汝修進府之後，知道身已被閹，料想別無去路，落得輸心服意，替他做事。或者命裡該做中貴❷，將來還有個進身。凡是分所當為，沒有一件不盡心竭力。沙太監甚是得意，竟當做嫡親兒子看待他。汝修起初被閹還不知來歷，後來細問同伴之人，才曉得是奸雄所使。從此以後，就切齒腐心，力圖報復。只恐怕機心一露，被他覺察出來，不但自身難保，還帶累那兩位情哥，必有喪家亡命之事。所以裝聾做啞，只當不知。但見東樓走到，就竭力奉承，說：「以前為生意窮忙，不能夠常來陪伴，如今身在此處，就像在老爺府上一般，凡有用著之處，就差人來呼喚。只要公公肯放，就是三日之中過來兩日，也是情願的。」東樓聽了此言，十分歡喜，常借修花移竹為名，接他過去相伴。沙太監是無膫之人，日裡使得他著，夜間無所用之，落得公諸同好。

汝修一到他家，就留心伺察，把他所行的事、所說的話，凡有不利朝廷、妨礙軍國者，都記在一本經摺之上，以備不時之需。沙太監自從閹割汝修，不曾用得半載，就被痰濕交攻，日甚一日，到經年之後，就沉頓而死。臨死之際，少不得要踐生前之約，把汝修贈與東樓。汝修專事仇人，反加得意，不上一年，把他父子二人一生所做之事，訪得明明白白，不曾漏了一樁。也是他惡貫滿盈，該當敗露，到奸跡訪完之日，恰好就弄出事來。

自從楊繼盛❸出疏劾奏嚴嵩十罪五奸，皇上不聽，倒把繼盛處斬。從此以後，忠臣不服，求去的求去，復參的復參，弄得皇上沒有主意，只得暫示威嚴，吩咐叫嚴嵩致仕，其子嚴世蕃、孫嚴鵠等，俱發

❷ 中貴：即中貴人，有權勢的太監。

❸ 楊繼盛：明兵部武選員外郎，因劾權相嚴嵩十大罪，下獄受酷刑，被殺。

煙瘴❹充軍。這些法度，原是被群臣聒絮❺不過，權且疏他一疏，待人言稍息之後依舊召還，仍前寵用的意思。不想倒被個小小忠臣塞住了這番私念，不但不用，還把他肆諸市朝❻，做了一樁痛快人心之事。東樓被遣之後，少不得把他隨從之人都發在府縣衙門，討一個收管，好待事定之後，或是入官，或是發還原主。汝修到唱名之際，就高聲喊叫起來，說：「我不是嚴姓家僮，乃沙府中的內監。沙公公既死，自然該獻與朝廷，豈有轉發私家之理？求老爺速備文書申報，待我到皇爺面前自去分理。若還隱匿不申，只怕查檢出來，連該管衙門都有些不便。」府縣官聽了，自然不敢隱蔽，就把他申報上司，上司又轉文達部，直到奏過朝廷，收他入宮之後，才結了這宗公案。

汝修入禁之後，看見宮娥彩女所用的雲油香皂，及腰間佩帶之物，都有「萃雅樓」三字，就對宮人道：「此我家物也。物到此處，人也歸到此處，可謂有緣。」那些宮人道：「既然如此，你就是萃雅樓的店官了，為甚麼好好一個男人不去娶妻生子，倒反閹割起來？」汝修道：「其中有故，如今不便細講，恐怕傳出禁外，又為奸黨所知，我這種冤情，就不能夠伸雪了。直等皇爺問我，我方才好說。」那些宮人聽了，個個走到世宗面前，搬嘴學舌，說：「新進來的內監，乃是個生意之人，因被權奸所害，逼他至此。有甚麼冤情要訴，不肯對人亂講，直要到萬歲跟前方才肯說。」

世宗皇帝聽了這句話，就叫近身侍御把他傳到面前，再三訊問。汝修把被閹的情節，從頭至尾備細

❹ 煙瘴：謂瘴氣，指南荒偏遠之地。

❺ 聒絮：嘮嘮叨叨地講個不休。

❻ 肆諸市朝：肆，古時處死刑後，陳屍於市。市朝，指人眾集中之處。語出孟子公孫丑。

說來，一句也不增，一字也不減。說得世宗皇帝大怒起來，就對汝修道：「人說他倚勢虐民，所行之事沒有一件在情理之中，朕還不信。這等看來，竟是個真正權奸，一毫不謬的了！既然如此，你在他家立腳多時，他平日所作所為定然知道幾件，除此一事之外，還有甚麼奸款，將來不利於朝廷、有誤於軍國的麼？」汝修叩頭不已，連呼萬歲，說：「陛下垂問及此，乃四海蒼生之福，祖宗社稷之靈也。此人奸跡多端，擢髮莫數。奴輩也曾繫念朝廷，留心伺察。他所行的事雖記不全，卻也十件之中知道他三兩件。有個小小經摺在此，都是親眼所見，親耳所聞，才敢記在上面。若有一字不確，就不敢妄瀆聽聞，以蹈欺君之罪。」世宗皇帝取來一看，就不覺大震雷霆，重開天日，把御案一拍，高叫起來道：「好一個楊繼盛，真是比干❼復出，箕子❽再生！所奏之事，果然一字不差。寡人誤殺忠臣，貽譏萬世，真亡國之主也。朕起先的意思還要暫震雷霆，終加雨露，待人心稍懈之後，還要用他。這等看來，『遣配』二字不足以盡其辜，定該取他回來，戮於市朝之上，才足以雪忠臣之憤，快蒼生赤子之心。若還一日不死，就放他在煙瘴地方，也還要替朝廷造禍。焉知他不號召蠻夷，思想謀叛！」正在躊躇之際，也是他命該慘死，又有人在火上添油，忽有幾位忠臣封了密疏進來，說：「倭夷入寇，乃嚴世蕃所使，賄賂交通者已非一日，朝野無不盡知。只因他勢焰熏天，不敢啟口。自蒙發遣之後，民間首發者紛紛而起，乞陛下早正國法，以絕禍萌。」世宗見了，正合著悔恨之意，就傳下密旨，差校尉速拿進京，依擬正法。

汝修等他拿到京師將斬未斬的時節，自己走到法場之上，指定了他，痛罵一頓。又做一首好詩贈他，

---

❼ 比干：商代貴族。紂王的叔父，官少師。相傳因屢次勸諫紂王，被剖心而死。

❽ 箕子：商代貴族。紂王的諸父，官太師。曾勸諫紂王，紂王不聽，把他囚禁。

一來發洩胸中的壘塊❾；二來使世上聞之，知道為惡之報其速如此，凡有勢焰者切不可學他。既殺之後，又把他的頭顱製做溺器，因他當日垂涎自己，做了這樁惡事，後來取樂的時節，唾沫又用得多，故此償以小便，使他不致虧本。臨死所贈之詩，是一首長短句的古風❿，大有益於風教。其詩云：

汝割我卯，我去汝頭；以上易下，死有餘羞。汝戲我豚，我溺汝口；以淨易穢，死多遺臭。奉勸世間人，莫施刻毒心；刻毒後來終有報，八兩機謀換一觔。

❾ 壘塊：亦作塊壘、磈磊。比喻鬱積在心胸中的不平之氣。

❿ 古風：詩體名。即古詩、古體詩。

拂雲樓

第一回　洗脂粉嬌女增嬌　弄娉婷醜妻出醜

詩云：

閨中隱禍自誰萌？狡婢從來易惹情。
代送秋波留去客，慣傳春信學流鶯。
只因出閣梅香細，引得窺園蝶翅輕。
不是紅娘通線索，鶯鶯何處覓張生。

這首詩與這回小說，都極道婢子之刁頑，梅香之狡獪，要使治家的人知道這種利害，好去提防覺察他，庶不致內外交通，閨門受玷，乃維持風教之書，並不是宣淫敗化之論也。

從古及今，都把「梅香」二字做了丫鬟的通號，習而不察者都說是個美稱，殊不知這兩個字眼，古人原有深意：梅者媒也，香者向也。梅傳春信，香惹遊蜂，春信在內，遊蜂在外，若不是他向裡向外牽合起來，如何得在一處？以此相呼，全要人顧名思義，刻刻防閑。一有不察，就要做出事來，及至玷污清名，梅香而主臭矣。若不是這種意思，丫鬟的名目甚多，哪一種花卉，哪一件器皿，不曾取過喚過？為何別樣不傳，獨有「梅香」二字，千古相因而不變也？

明朝有個嫠婦❶，從二八之年守寡，守到四十餘歲，通族迫之不嫁，父母勸之不轉，真是心如鐵石，還做出許多激烈事來。忽然一夜在睡夢之中，受了奸人的玷污，將醒未醒之際，覺得身上有個男子，只說還在良人未死之時，摟了奸夫盡情歡悅。直到事畢之後，忽然警醒，才曉得男子是個奸人，自家是個寡婦。問他何人引進，忽然到此？奸夫見她身已受染，料無他意，就把真情說出來。原來是此婦之婢一向與他私通，進房宿歇者已非一朝，誠恐主母知覺要難為他，故此教導奸夫索性一網打盡，好圖個長久歡娛，說：「主母平日喜睡，非大呼不醒。乘他春夢未斷，悄悄過去行奸，只要三寸落肉，大事已成，就醒轉來，也不好喊叫地方再來捉獲你了。」奸夫聽了此話，不覺色膽如天，故此爬上床來，做了這樁歹事。此婦乍聞此言，雖然懊恨，還要顧惜名聲，不敢發作。及至奸夫去後，思想二十餘年的苦節，一旦壞於丫鬟之手，豈肯甘心？忍又忍不住，說又說不出，只把丫鬟叫到面前，咬上幾口，自己長嘆數聲，自縊而斃。後來家人知覺，告到官司，將奸夫處斬，丫鬟問了淩遲。那爰書❷上面有四句云：

仇恨雖雪於死後，聲名已玷於生前；難免守身不固之愆，可為御下不嚴之戒。

❶ 嫠婦：寡婦。語出左傳昭公十九年。

❷ 爰書：古時記錄囚犯的文書。語出漢書張湯傳。

另有一個梅香，做出許多奇事，成就了一對佳人才子費盡死力撮不攏的姻緣，與一味貪淫壞事者有別。看官們見了，一定要侈為美談，說：「與前面之人，不該同年而語。」卻不知做小說者，頗諳春秋之義，世上的月老人人做得，獨有丫鬟做不得；丫鬟做媒，送小姐出閣，就如奸臣賣國，以君父予人，同是一種道理。故此這回小說，原為垂戒而作，非示勸也。

宋朝元祐年間，有個青年秀士，姓裴名遠，字子到。因他排行第七，人都喚做裴七郎。住在臨安城內，生得俊雅不凡，又且才高學富，常以一第自許。早年娶妻封氏，乃本郡富室之女，奩豐而貌嗇❸，行卑而性高，七郎深以為恥。未聘封氏之先，七郎之父曾與韋姓有約，許結婚姻。彼時七郎幼小，聲名未著。及至到弱冠之歲，才名大噪於里中，素封之家，人人欲得以為婿，封氏之父就央媒妁來議親。裴翁見說他的妝奩較韋家不止十倍，狃於世俗之見，決不肯取少而棄多，所以撇卻韋家，定了封氏。

七郎做親之後，見他狀貌稀奇，又不自知其醜，偏要艷妝麗服，在人前賣弄，說他是臨安城內數得著的佳人。一月之中，定要約了女伴到西湖上遊玩幾次。只因自幼嬌養，習慣嬉遊，不肯為人所制。七郎是個風流少年，未娶之先，曾對朋友說了大話，定要娶個絕世佳人，不然，寧可終身獨處。誰想弄到其間，得了東施、嫫姆❹，恐怕為人恥笑，任他妻子遊玩，自己再不相陪，連朋友認得的家僮，也不許他跟隨出去，貼身服事者，俱以內家之人，要使朋友遇見，認不出是誰家之女，哪姓之妻，就使他笑罵幾聲，批評幾句，也說不到自己身上。

---

❸ 貌嗇：猶言其貌不揚。

❹ 東施嫫姆：東施，西施同里醜女。本自莊子天運。嫫姆，亦作嫫母。古之醜婦，傳為黃帝妃。本自列女傳。

一日，偶值端陽佳節，闔郡的男女，都到湖上看競龍舟，七郎也隨了眾人夾在男子裡面。正看到熱鬧之處，不想颶風大作，浪聲如雷，竟把五月五日的西湖水，變做八月十八日的錢塘江，潮頭準有五尺多高，盈舟滿載的遊女，都打得渾身透濕。搖船之人把捺不定，都叫他及早上岸，再遲一刻就要翻下水了。那些女眷們聽見，哪一個不想逃生？幾百船的婦人一齊走上岸去，竟把蘇堤立滿，幾乎踏沉了六橋❺。男子裡面有幾個輕薄少年，倡為一說道：「看這光景，今日的風潮是斷然不住的了，這些內客料想不得上船，只好步行回去。我們立在總路頭上，大家領略一番，且看這一郡之中有幾名國色。從來有句舊話，說杭州城內有脂粉而無佳人，今日這場大雨，分明是天公好事，要我們考試真才，特地降此甘霖，替他們洗脂滌粉，露出本來面目，好待我輩文人品題高下的意思，不可負了天心，大家趕上前去！」眾人聽了，都道他是不易之論，連平日說過大話、不能應嘴的裴七郎，也說眼力甚高，竟以總裁自命。大家一齊趕去，立在西泠橋，又各人取些石塊墊了腳跟，才好居高而臨下。方才站立得定，只見那些女眷如蜂似蟻而來，也有擎傘的，也有遮扇的，也有摘張荷葉蓋在頭上，像一朵落水芙蓉隨風吹倒的，又有傘也不擎、扇也不遮、荷葉也不蓋，像一樹雨打梨花，沒人遮蔽的。眾人細觀容貌，都是些中下之材，並沒有殊姿絕色。看過幾百隊，都是如此。大家嘆息幾聲，各念四書一句，道：「才難，不其然乎！」

正在嗟嘆之際，只見一個朋友從後面趕來，對著眾人道：「有個絕世佳人來了，大家請看！」眾人睜著眼睛一齊觀望，只見許多婢僕簇擁著一個婦人，走到面前。果然不是尋常姿色，莫說他自己一笑，可以傾國傾城；就是眾人見了，也都要一笑傾城、再笑傾國起來。有西江月一詞為證：

❺六橋：指杭州蘇堤上的六座橋。即跨虹橋、東浦橋、壓堤橋、望山橋、鎖瀾橋、映波橋。

面似退光黑漆，肌生冰裂玄紋。腮邊頰上有奇痕，彷彿湘妃淚印。　指露幾條碧玉，牙開兩片烏銀。秋波一轉更消魂，驚得才郎倒褪！

你道這婦人是誰？原來不是別個，就是封員外的嫡親小姐——裴七郎的結髮夫人。一向怕人知道，丈夫不敢追隨，任親戚朋友在背後批評，自家以眼不見為淨的。誰想到了今日，竟要當場出醜，回避不及起來。起先那人看見，知道是個醜婦，故意走向前來把左話右說，要使人辨眼看神仙、忽地逢魑魅，好吃驚發笑的意思。及至走到面前，人人掩口，個個低頭，都說：「青天白日見了鬼，不是一樁好事。」大家閉了眼睛，待他過去。裴七郎聽見，羞得滿面通紅，措身無地。還虧得預先識竅，遠遠望見他來，就躲在眾人背後，又縮短了幾寸，使他從面前走過，認不出自己丈夫，省得叫喚出來被人識破。走到的時節，巴不得他腳底騰雲，快快的走將過去，省得延捱時刻，多聽許多惡聲。誰想那三寸金蓮有些駝背，勉強曲在其中，到急忙要走的時節，被弓鞋束縛住了，一時伸他不直，要快也快不來的。若還信意走去，雖然不快，還只消半刻時辰。當不得他賣弄妖嬈，但是人多的去處，就要扭捏扭捏，弄些態度出來，要使人贊好，任你大雨盆傾，他決不肯疾趨而過。誰想腳下的爛泥與橋邊的石塊，都是些冤家對頭，不替他長艷助嬌，偏使人出乖露醜。正在扭捏之際，被石塊撞了腳尖，爛泥糊住高底，一交跌倒，不覺四體朝天。到這倉皇失措的時節，自然扭捏不來，少不得搶地呼天，倩人扶救，沒有一般醜態不露在眾人面前，幾乎把上百個少年一齊笑死。起先的裴七郎雖然縮了身子，還只短得幾寸；及至到了此時，竟把頭腦手足，縮做一團，假裝個原壤夷俟❻玩世不恭的光景，好掩飾耳目。

正在嘩噪之時，又有一隊婦人走到，看見封氏吃跌，個個走來相扶。內中有好有歹，媸妍不一。獨有兩位佳人，年紀在二八上下，生得奇嬌異艷，光彩奪人，被幾層濕透的羅衫粘在玉體之上，把兩個豐似多肌、柔若無骨的身子透露得明明白白，連那酥胸玉乳也不在若隱若現之間。眾人見了，就齊聲讚嘆，都說：「狀元有了，榜眼也有了，只可惜沒有探花，湊不完鼎甲，只好虛席以待，等新歲端陽，再來收錄遺才罷了。」裴七郎聽見這句話，就漸漸伸出頭來，又怕妻子看見，帶累自家出醜，取出一把扇子遮住面容，只從扇骨中間露出一雙餓眼，把那兩位佳人細細的領略一遍，果然是天下無雙、世間少二的女子。看了一會，眾人已把封氏扶起。隨身的伴當見他衣裳污穢，不便行走，只得送入寺中，暫坐一會，去喚轎子來接他。

這一班輕薄少年遇了絕色，竟像餓鷹見兔，飢犬聞腥，哪裡還丟得下他？就成群結隊，尾著女伴而行。裴七郎怕露行藏，只得丟了妻子，隨著眾人同去。只見那兩位佳人合擎著一把雨蓋，緩行幾步，急行幾步，緩又緩得可愛，急又急得可憐，雖在張皇急遽之時，不見一毫醜態，可見純是天姿，絕無粉飾，若不是颶風狂雨，怎顯得出絕世佳人？及至走過斷橋，那些女伴都借人家躲雨，好等轎子出來迎接。這班少年跟不到人家裡面去，只得割愛而行。

那兩位佳人雖中了狀元、榜眼，究竟不知姓名，曾否許配，後來歸與何人。奉屈看官權且朦朧一刻，待下回細訪。

❻ 原壤夷俟：原壤，春秋魯人，乃孔子故人，為人放浪於禮法之外。夷俟，以輕慢態度對待人。見論語憲問。

第二回　溫舊好數致殷勤　失新歡三遭叱辱

裴七郎自從端陽之日，見妻子在眾人面前露出許多醜態，令自己無處藏身，刻刻羞慚欲死。眾人都說：「這樣醜婦在家裡坐上罷了，為甚麼也來遊湖，弄出這般笑話？總是男子不是，不肯替婦人藏拙，以致如此。可惜不知姓名，若還知道姓名，倒有幾齣戲文好做。婦人是丑，少不得男子是淨，這兩個花面❶，自然是拆不開的。況且有兩位佳人做了旦腳，沒有東施、嫫姆，顯不出西子、王嬙，借重這位功臣點綴點綴也好。」內中有幾個道：「有了正旦、小旦，少不得要用正生、小生，拼得費些心機，去查訪姓字，兼問他所許之人。我們肯做戲文，不愁他的丈夫不來潤筆！這樁有興的事是落得做的。」又有一個道：「若要查訪，連花面的名字也要查訪出來，好等流芳者流芳，貽臭者貽臭。」七郎聞了此言，不但羞慚，又且驚怕，惟恐兩筆水粉要送上臉來，所以百般掩飾，不但不露羞容，倒反隨了眾人，也說他丈夫不是。被眾人笑罵不足為奇，連自己也笑罵自己！及至回到家中，思想起來，終日痛恨，對了封氏雖然不好說出，卻懷了一點異心，時時默禱神明，但願他早生早化。

不想醜到極處的婦人，一般也犯造物之忌，不消丈夫咒得，那些魑魅魍魎要尋他去做伴侶，早已送

❶花面：也叫花臉。傳統戲曲腳色行當。淨的俗稱。大都扮演性格、品質或像貌上有特異之點的男性人物，如張飛、曹操、嚴嵩等。

下邀帖了。只因遊湖之日遇了疾風暴雨，激出個感寒症來。況且平日喜裝標緻，慣弄妖嬈，只說遇見的男子沒有一個不稱羨他，要使美麗之名揚於通國。誰想無心吃跌，聽見許多惡聲，才曉得自己尊容原不十分美麗。我在急遽之中，露出本相，別人也在倉卒之頃，吐出真言；平日那些扭捏工夫，都用在無益之地。所以鬱悶填胸，病上加病，不曾睡得幾日，就嗚呼了。起先要為悅己者容，不意反為憎己者死。

七郎歿了醜妻，只當眼中去屑，哪裡暢快得了，少不得把以前的大話又重新說起。思想：「這一次續弦，定要娶個傾城絕色，使通國之人贊美，方才洗得前羞。通國所贊者，只有那兩位女子，若想不能全得，也要娶他一位，也就可以誇示眾人。不但應了如今的口，連以前的大話都不致落空。那戲文上面的正生，自然要讓我做，豈止不填花面而已哉！」算計定了，就隨著朋友去查訪佳人的姓字，訪了幾日，並無音耗。不想在無心之際遇著一個轎夫，是那日抬他回去的，方才說出姓名。原來不是別個，就是裴七郎未娶之先，與他許過婚議的，一個是韋家小姐，一個是侍妾能紅，都還不曾許嫁。

說話的，你以前敘事都敘得入情，獨有這句說話，講脫節了，既是梅香、小姐，那日湖邊相遇，眾人都有眼睛，就該識出來了；為何彼時不覺，都說是一班遊女，兩位佳人，直到此時方才查訪得出？看官有所不知，那一日湖邊遇雨，都在張皇急遽之時，論不得尊卑上下，總是並肩而行。況且兩雙玉手同執了一把雨蓋，你靠著我，我挨著你，竟像一朵並頭蓮，辨不出誰花誰葉。所以眾人看了，竟像同行姊妹一般，及至查問起來，那說話的人決不肯朦朧答應，自然要分別尊卑，說明就裡。眾人知道，就愈加贊羨起來，都說：「一分人家生出這兩件至寶，況是一主一婢，可謂奇而又奇！」這個梅香反大小姐二歲，小姐二八，他已二九，原名叫做桃花，因與小姐同學讀書，先生見他資穎出眾，相貌可觀，將來必有良遇，恐怕以「桃花」二字見輕於人，說他是個婢子，故此告過主人，替他改了名字，叫做「能紅」，依舊不失桃花之意，所謂「桃花能紅李能白」也。

七郎訪著根蒂，就不覺顛狂起來，說：「我這頭親事若做得成，不但娶了嬌妻，又且得了美妾。圖一得二，何等便宜！這頭親事又不是劈空說起，當日原有成議的。如今要復前約，料想沒甚疑難。」就對父母說知，叫他重溫舊好。裴翁因前面的媳婦娶得不妥，大傷兒子之心；這番續弦，但憑他自家做主，並不相拗，原央舊時的媒妁過去說親。韋翁聽見個「裴」字，就高聲發作起來，說：「他當日愛富嫌貧，背了前議，這樣負心之輩，我恨不得立斬其頭，剜出心肝五臟，拿來下酒，還肯把親事許他！他有財主做了親翁，佳人做了媳婦，這一生一世用不著貧賤之交，糟糠之婦❷了，為甚麼又來尋我？莫說我這樣女兒，不愁沒有嫁處；就是折腳爛腿、耳聾眼瞎，沒有人要的，我也拼得養他一世，決不肯折了餓氣，嫁與仇人，落得不要講起！」媒人見他所說的話是一團道理，沒有半句回他，只得賠罪出門，轉到裴家，以前言奉覆。

裴翁知道不可挽回，就勸兒子別娶。七郎道：「今生今世若不得與韋小姐成親，寧可守義而死。就是守義而死，也不敢盡其天年，只好等一年半載。若還執意到底，不肯許諾，就當死於非命，以贖前愆！」父母聽了此言，激得口呆目定，又向媒人下跪，求他勉力周全。媒人無可奈何，只得又去傳說。韋翁不見，只叫妻子回覆他。婦人的口氣更比男子不同，竟帶講帶罵，說：「從來慕富嫌貧，是女家所做之事。哪一本戲文小說，不是男家守義，女家背盟？他如今倒做轉來，卻像他家兒子是天下沒有的人，我家女

❷ 糟糠之婦：指曾經共患難的妻子。語本後漢書宋弘傳。

兒是世間無用之物，如今做親幾年，也不曾見他帶挈丈人、丈母做了皇親國戚！我這個沒用女兒，倒常有舉人進士央人來說親，只因年貌不對，我不肯就許。像他這樣才郎，還選得出，叫他醒一醒春夢，不要思量！」說過這些話，就指名道姓咒罵起來，比王婆罵雞更加鬧熱。媒人不好意思，只得告別而行，就絕口回覆裴翁，叫他斷卻痴想。

七郎聽了這些話，一發愁悶不已，反覆思量道：「難道眼見的佳人，許過的親事，就肯罷了不成！照媒人說來，他父母的主意是立定不移了，但不知小姐心上喜怒若何？或者父母不曾讀書，但拘小忿，不顧大體，所以這般決裂。他是個讀書明理之人，知道從一而終是婦人家一定之理，當初許過一番，就有夫妻之義，矢節不嫁，要歸原夫，也未可料。待我用心打聽，看有甚麼婦人常在他家走動，拼得辦些禮物去結識他，求他在小姐跟前探一探動靜。若不十分見絕，就把『節義』二字去歆動他。小姐肯許，不怕父母不從。死灰復燃，也是或有之事。」主意定了，就終日出門打聽。聞得有個女工師父叫做俞阿媽，韋小姐與能紅的繡作，是他自小教會的，住在相近之處，不時往來。其夫乃學中門斗❸，七郎入泮之年，恰好派著他管路，一向原是相熟的。七郎問著此人，就說有三分機會了，即時備下盛禮，因其夫而謁其妻，求他收了禮物，方才啟口，把當日改娶的苦衷，與此時求親的至意備細陳述一番，要他瞞了二人達之閨閣。俞阿媽道：「韋家小姐是端莊不過的人，非禮之言無由入耳，別樣的話我斷然不敢代傳，獨有『節義』二字是喜聞樂聽的，待我就去傳說。」七郎甚喜，當日不肯回家，只在就近之處坐了半日，好聽回音。

❸ 門斗：清代儒學中的公役。見徐珂清稗類鈔胥役類。

俞阿媽走入韋家，見了小姐先說幾句閑言，然後引歸正路，照依七郎的話一字不改，只把圖謀之意變做攛掇之詞。小姐回覆道：「阿媽說錯了。『節義』二字原是分拆不開的，有了義夫，才有節婦。沒有男子不義，責婦人以守節之禮。他既然立心娶我，就不該慕富嫌貧，悔了前議，既悔前議，就是恩斷義絕之人了，還有甚麼瓜葛！他這些說話，都是支離矯強之詞，沒有一分道理。阿媽是個正人，也不該替他傳說。」俞阿媽道：「悔盟別娶之事，是父母迫他做的，不干自己之事，也該原宥他一分。」韋小姐道：「父母相迫也要他肯從。同是一樣天倫，難道他的父母就該遵依，我的父母就該違拗不成？四德三從❹之禮，原為女子而設，不曾說及男人。如今做男子的倒要在家從父，難道叫我做婦人的反要未嫁從夫不成？一發說得好笑！」俞阿媽道：「婚姻之事，執不得古板，要隨緣法轉的。他起初原要娶你，後來惑於媒妁之言，改娶封氏。如今成親不久，依舊做了鰥夫❺。你又在閨中待字，不曾許嫁別姓。可見封家女子與他無緣，裴姓郎君該你有分的了。況且這位郎君又有絕美的姿貌，是臨安城內數一數二的才子，我家男人現在學里做齋夫❻，難道不知秀才好歹？我這番攛掇原為你終身起見，不是圖他的謝禮。」韋小姐道：「緣法之有無，繫於人心之向背，我如今一心不願，就是與他無緣了，如何強得人生一世，

❹ 四德三從：中國古代有關婦女的禮教。四德，指婦德、婦言、婦容、婦功（見周禮天官九嬪）。三從，指未嫁從父、既嫁從夫、夫死從子（見儀禮喪服子夏傳）。即要求婦女屈從男權，謹守所謂品德辭令、儀態、和手藝的閨範。

❺ 鰥夫：無妻的人，或特指喪偶的老人。語出書堯典與孟子梁惠王下。

❻ 齋夫：謂學校之差役。語出賦役全書。

貴賤窮通，都有一定之數，不是強得來的，總是聽天由命，但憑父母主張罷了。」

俞阿媽見他堅執不允，就改轉口來，倒把他稱贊一番，方才出去。走到自己門前，恰好遇著七郎來討回覆。俞阿媽留到家中，把小姐的話對他細述一番，說：「這頭親事是斷門絕路的了，及早他圖，不可誤了婚姻大事。」七郎呆想一會，又對他道：「既然如此，我另有一樁心事，望你周全。小姐自己不願，也不敢再強。聞得他家有個侍妾，喚做能紅，姿貌才情不在小姐之下，如今小姐沒分，只得想到梅香，求你勸他主人把能紅當了小姐，嫁與卑人續弦。一來踐他前言；二來絕我痴想；三來使眾人知道，說他志氣高強，不屑以親生之女嫁與有隙之人，但以梅香塞責，只當羞辱我一場，豈不是一樁便事？若還他依舊執意，不肯通融，求你瞞了主人，把這番情節傳與能紅知道，說我在湖邊一見，驀地銷魂，不意芝草無根，竟出在平原下土。求他鑒我這點誠心，想出一條門路，與我同效鸞凰，豈不是樁美事？」說了這些話，又具一副厚禮，親獻與他。不是錢財，也不是幣帛，有詩為證：

錢媒薄酒不堪斟，別有程儀表寸心。
非是手頭無白鏹，愛從膝下獻黃金。

七郎一邊說話，一邊把七尺多長的身子漸漸矮將下去，說到話完的時節，不知不覺就跪在此婦面前，等他伸手相扶，已做矮人一會了。

俞阿媽見他禮意殷勤，情詞哀切，就不覺動了婆心，回覆他道：「小姐的事，我決不敢應承，在他主人面前也不好說得。他既不許小姐，如何又許梅香？說起梅香，倒要愈增其怒了。獨有能紅這個女子，是乖巧不過的人，算計又多，口嘴又來得，竟把一家之人都放不在眼裡，只有小姐一個，他還忌憚幾分。若還看得你上，他自有妙計出來，或者會駕馭主人，做了這頭親事也未見得。你如今且別，待我緩緩的說他，一有好音，就遣人來相覆。」

七郎聽到此處，真個是死灰復燃，不覺眉歡眼笑起來，感謝不已。起先丟了小姐，只想梅香，還圖不到手，如今未曾得隴，已先望蜀，依舊要藉能紅之力，希冀兩全。只是講不出口，恐怕俞阿媽說他志願太奢，不肯任事。只唱幾個肥喏，叮嚀致謝而去。但不知後事如何，略止清談，再擎麈尾❼。

❼ 麈尾：拂麈。魏晉人清談時常執的一種拂麈，用麈的尾毛製成。見世說新語容止。麈，音ㄓㄨˇ。鹿屬，俗稱四不像，亦稱駝鹿。

第三回 破疑人片言成二美 癡情客一跪得雙嬌

俞阿媽受託之後，把七郎這樁心事刻刻放在心頭。一日，走到韋家，背了小姐正要與能紅說話，不想這個妮子竟有先見之明，不等他開口，就預先阻住道：「師父今日到此，莫非替人做說客麼？只怕能紅的耳朵比小姐還硬幾分，不肯聽非禮之言，替人做曖昧之事，你落得不要開口。受人一跪，少不得要加利還他，我笑你這樁生意做折本了。」俞阿媽聽見這些話，嚇得毛骨悚然，說：「他就是神仙，也沒有這等靈異！為甚麼我家的事，他件件得知？連受人一跪也瞞他不得，難道是有千里眼、順風耳的不成？既被他識破機關，倒不好支吾掩飾。」就回他道：「我果然來做說客，要使你這位佳人，配個絕世的才子。我受他一跪，原是真的，但不知你坐在家中何由知道？」能紅道：「豈不聞人間的私語，天聞若雷。暗室虧心，神目如電？我是個神仙轉世，你與他商議的事，我哪一件不知？只揀要緊的話說幾句罷了。只說一件：他託你圖謀原是為著小姐，如今丟了小姐不說，反說到我身上來，卻是為何？莫非借我為由，好做假途滅虢❶之事麼！」俞阿媽道：「起先的話句句被你講著，獨有這一句卻是亂猜。他下跪之意原是為你，並不曾講起『小姐』二字，為甚麼屈起人來？」能紅聽了這句話，就低頭不語，想了一會，又

❶ 假途滅虢：春秋時晉國向虞國借道滅了虢國，返回時順帶滅虞。後指以向對方借道為名，行消滅對方之實的詭計。假，借。事見左傳僖公二年。

問他道：「既然如此，他為我這般人，尚且下跪；起先為著小姐，還不知怎麼樣哀求，不是磕碎頭皮，就是跪傷腳骨了。」俞阿媽道：「這樣看起來，你還是個假神仙，起先那些說話，並沒有真知灼見，都是偶然撞著。他說小姐的時節，不但不曾下跪，連諾也不唱一聲，後來因小姐不許，絕了指望，就想到你身上來。要央我作伐，又怕我畏難不許，故此深深屈了一膝。這段真切的意思，你也負不得他。」

能紅聽到此處，方才說出真情。原來韋家的宅子，就在俞阿媽前面，兩家相對，止隔一牆。韋宅後園之中，有危樓一座，名曰「拂雲樓」，樓窗外面又有一座露臺，原為曬衣而設，四面有笆籬圍著，裡面看見外面，外面之人卻看不見裡面的。那日俞阿媽過去說親，早被能紅所料，知道俞家門內定有裴姓之人，就預先走上露臺，等他回去，好看來人的動靜。不想俞阿媽走到，果然同著男子進門，裴七郎的相貌丰姿，已被他一覽而盡。及至看到後來，見七郎忽然下跪，只道是為小姐，要他設計圖謀，不但求親，還有希圖苟合之意，就時時刻刻防備他。這一日見他走來，特地背著小姐，要與自己講話，只說這個老狗自己受人之託，反要我代做紅娘，哪有這等便宜事！所以不等開口，就預先說破。他正顏厲色之中，原帶了三分醋意，如今知道那番屈膝全是為著自己，就不覺改酸為甜，釀醋成蜜，要與他親熱起來，好商量做事。既把真情說了一遍，又對他道：「這位郎君果然生得俊雅，他既肯俯就，我做侍妾的人豈不願仰攀？只是一件：恐怕他醉翁之意終不在酒，要預先娶了梅香，好招致小姐的意思。招致得去，未免得魚忘筌❷，『寵愛』二字輪我不著。若還招致不去，一發以廢物相看，不但無恩，又且生怨，如何使得？你如今對我直說，他跪求之意還是真為能紅，還是要圖小姐？」俞阿媽道：「青天在上，不可冤屈了人！

---

❷ 得魚忘筌：比喻功成而忘其所憑藉。筌，捕魚竹器。語本莊子外物。

他實實為你自己。你若肯許，他少不得央媒說合，用花燈四轎擡你過門。豈有把梅香做了正妻，再娶小姐為妾之理！」能紅聽了這一句，就大笑起來道：「被你這一句，說破了我滿肚疑心。這等看來，他是個情種無疑了。做名士的人哪裡尋不出妻子？千金小姐也易得，何況梅香？竟肯下跪起來！你去對他說，他若單為小姐，連能紅也不得進門；既然要娶能紅，只怕連小姐也不會絕望。我與小姐其勢相連，沒有我東他西，我前他後之理。這兩姓之人已做了仇家敵國，若要仗媒人之力，從外面說進裡面來，這是必無之事，終身不得的了。虧得一家之人知道我平日有些見識，做事的時節雖不服氣問我，卻常在無意之中探聽我的口氣。我說該做，他就去做；我說不該做，就是議定之事也到底做不成。莫說別樣，就是他家這頭親事，也吃虧我平日之間替小姐氣忿不過，說他許多不是，所以一家三口都聽了先入之言，恨他入骨。故此媒人見不得面，親事開不得口。若還這句說話講在下跪之先，我肯替他做個內應，只怕此時的親事都好娶過門了。如今叫我改口說好，勸他去做，其實有些煩難，若要去了小姐，替自己說話，一發是難上加難，神仙做不來的事了。只好隨機應變，生出個法子來，依舊把小姐為名，只當替他畫策。公事若做得就，連私事也會成，豈不是一舉兩得？」俞阿媽聽了這些話，喜歡不了。問他計將安出。能紅道：「這個計較不是一時三刻想得來的，叫他安心等待。一有機會，我就叫人請你，等你去知會他，大家商議做事。不是我誇嘴說，這頭親事只怕能紅不許；若還許出了口，莫說平等人家圖我們不去，就是皇帝要選妃，地方報了名字，擡到官府堂上，憑著我一張利嘴也騙得脫身，何況別樣的事！」俞阿媽道：「但願如此，且看你的手段。」

當日別了回去，把七郎請到家中，將能紅所說的話細細述了一遍。七郎驚喜欲狂，知道這番好事都由屈膝而來，就索性謙恭到底，對著拂雲樓深深拜了四拜，做個望闕謝恩。能紅見了，一發憐上加憐，惜中添惜。恨不得寅時說親，卯時就許，辰時就偕花燭。把入門的好事，就像官府擺頭踏一般，各役在先，本官在後，先從二夫人做起，才是他的心事。當不得事勢艱難，卒急不能到手，就終日在主人面前窺察動靜，心上思量道：「說壞的事，要重新說他好來，容易開不得口。畢竟要使旁邊的人忽然挑動，然後乘機而入，方才有些頭腦。」怎奈一家之人絕口不提「裴」字，又當不得說親的媒人接踵而至，一日裡面極少也有三四起，所說的才郎，家聲門第，都在七郎之上；又有許多縉紳大老願出重聘，要娶能紅做小，都不肯羈延時日，說過之後到別處轉一轉，就來坐索回音，卻像遲了一刻就輪不著自己，要被人搶去的一般。

為甚麼這一主一婢都長到及笄之年，以前除了七郎，並無一家說起，到這時候，兩個的婚姻就一齊發動起來？要曉得韋翁夫婦是一分老實人家，家中藏著窈窕女兒、娉婷侍妾，不肯使人見面。這兩位佳人就像璞中的美玉、蚌內的明珠，外面之人何從知道？就是端陽這一日，偶然出去遊湖，雜在那脂粉叢中、綺羅隊裡，人人面白，個個唇紅，那些喜看婦人的男子料想不得攏身，極近便的也在十步之外，縱有傾城美色，哪裡辨得出來？虧了那幾陣怪風，一天狂雨，替這兩位女子做了個大大媒人，所以傾國的才郎都動了求婚之念。知道裴七郎以前沒福，坐失良緣，所謂「秦失其鹿」❸，非高才捷足者不能得之。故此急急相求，不肯錯過機會。

能紅見了這些光景，不但不怕，倒說裴七郎的機會就在此中。知道一家三口都是極信命的，故意在

❸ 秦失其鹿：比喻群起爭奪。語本漢書蒯通傳：「秦失其鹿（帝位），天下共逐之。」

韋翁夫婦面前假傳聖旨，說：「小姐有個隱情，不好對爹娘說得，只在我面前講。他說婚姻是樁大事，切不可輕易許人，定要把年紀生日預先討來，請個有意思的先生推算一推算，推算得好的，然後與他合婚，合得著的就許；若有一毫合不著，就要回絕了他。不可又像裴家的故事，當初只因不曾推合，開口便許，哪裡知道不是婚姻；還虧得在未娶之先，就變了卦，萬一娶過門去，兩下不和，又要更變起來，怎麼了得？」韋翁夫婦道：「婚姻大事豈有不去推合之理？我在外面推合，他哪裡得知？」能紅道：「小姐也曾說過，婚姻是他的婚姻，外面人說好，他耳朵不曾聽見，哪裡知道？以後推算，都要請到家裡來，就是他自己害羞，不好出來聽得，也好叫能紅代職，做個過耳過目的人。」又說：「推算的先生不要東請西請，只要認定一個，隨他判定，不必改移，省得推算的多，說話不一，倒要疑惑起來。」韋翁夫婦道：「這個不難，我平日極信服的是個江右先生，叫做張鐵嘴，以後推算，只去請他就是。」

能紅得了這一句，就叫俞阿媽傳語七郎：「叫他去見張鐵嘴，廣行賄賂，一託了他。須是如此如此，這般這般，方才說到七郎身上。有我在裡面，不怕不倒央媒人過去說合。初說的時節，也不可就許，還要他如此如此，這般這般，方才可以允諾。」七郎得了此信，不但奉為聖旨，又且敬若神言，一一遵從，不敢違了一字。能紅在小姐面前又說：「兩位高堂恐蹈覆轍，今後只以聽命為主，推命合婚的時節，要小姐自家過耳，省得後來埋怨。」小姐甚喜，再不疑是能紅愚弄他。

且等推命合婚的時節，看張鐵嘴怎生開口，用甚麼過文，才轉到七郎身上。這番情節雖是相連的事，也要略斷一斷，說來分外好聽。就如講謎一般，若還信口說出，不等人猜，反覺得索然無味也。

第四回　圖私事設計賺高堂　假公言謀差相佳婿

韋翁夫婦聽了能紅的說話，只道果是出自女兒之口，從此以後，凡任人說親，就討他年庚來合。聚上幾十張，就把張鐵嘴請來，先叫他推算，推算之後，然後合婚。張鐵嘴見了一個，就說不好。配做一處，就說不合。一連來上五、六次，一次判上幾十張，不曾說出一個「好」字。韋翁道：「豈有此理，難道許多八字裡面，就沒有一個看得的？這等說起來，小女這一生一世竟嫁不成了！還求你細看一看，只要夫星略透幾分，但無刑傷相克，與妻宮無礙的，就等我許他罷了。」張鐵嘴道：「男命裡面不是沒有看得的，倒因他刑傷不重，不曾克過妻子，恐於令嬡有妨，故此不敢輕許。若還只求命好，不論刑克，這些八字裡面哪一個配合不來？」韋翁道：「刑傷不重，就是一樁好事了，怎麼倒要求他克妻？」張鐵嘴道：「你莫怪我說。令嬡的八字只帶得半點夫星，不該做人家長婦，倒是娶過一房，頭妻沒了，要求去續弦的，這樣八字才合得著。若還是頭婚初娶，不曾克過長妻，就說成之後也要翻悔。若還嫁過門去，不消三朝五日，就有災晦出來，保不得百年長壽。續弦雖是好事，也不便獨操箕帚❶，定要尋一房姬妾幫助一幫助，才可以白髮相守。若還獨自一個坐在中宮，合不著半點夫星，倒犯了幾重關煞，就是壽算極長，也過不到二十之外。這是傾心唾膽的話，除了我這張鐵嘴，沒有第二個人敢說的。」

❶ 獨操箕帚：猶言獨主家政。

韋翁聽了，驚得眉毛直豎，半句不言。把張鐵嘴權送出門，夫妻兩口自家商議。韋翁道：「照他講來，竟是個續弦的命了。娶了續弦的男子，年紀決然不小，難道這等一個女兒，肯嫁個半老不少的女婿，又是重婚再娶的不成？」韋母道：「便是如此。方才聽見他說，若還是頭婚初娶，不曾克過長妻的，就說成之後也要翻悔。這一句話，竟被他講著了！當初裴家說親，豈不是頭婚初娶？誰想說成之後，忽然中變起來！我們只說那邊不是，哪裡知道是命中所招。」韋翁道：「這等說起來，他如今娶過一房，新近死了，恰好是克過頭妻的人，年紀又不甚大，與女兒正配得來。早知如此，前日央人來議親，不該拒絕他才是。」韋母道：「只怕我家不允，若還主意定了，放些口風出去，怕他不來再求？」韋翁道：「也說得是，待我在原媒面前微示其意，且看他來也不來。」

說到此處，恰好能紅走到面前，韋翁對了妻子做一個眼勢，故意走開，好等妻子同他商議。韋母就把從前的話對他述了一番，道：「丫頭，你是曉事的人，替我想一想看，還是該許他不該許他？」能紅變下臉來，假裝個不喜的模樣，說：「有了女兒怕沒人許，定要嫁與仇人？據我看來，除了此人不嫁，就配個三四十齡的男人，也不折這口餓氣。只是這句說話，使小姐聽見不得，他聽見了，一定要傷心。還該到少年裡面去取，若有小似他的便好，若還沒有，也要討他八字過來，與張鐵嘴推合一推合。若有十分好處，便折了餓氣嫁他；若還是個秀才，終身沒有甚麼出息，只是另嫁的好。」韋母道：「也說得是。」就與韋翁相議，叫他吩咐媒人：「但有續娶之家、才郎不滿二十者，就送八字來看，只是不可假借。若還以老作少，就是推合得好，查問出來依舊不許，枉費了他的心機。」又說：「一面也使裴家知道，好等他送八字過來。」

韋翁依計而行，不上幾日，那些做媒的人寫上許多年庚，走來回覆道：「二十以內的人，其實沒有；只有二十之外、三十之內的。這些八字送不送由他，合不合由你。」韋翁取來一看，約有二十多張，只是裴七郎的不見，倒去問原媒取討。原媒回覆道：「自從你家回絕之後，他已斷了念頭，不想這門親事，所以不發庚帖。況且許親的人家又多不過，他還要揀精揀肥不肯就做，哪裡還來想著舊人？我說八字借看一看，沒有甚麼折本；他說數年之前，曾寫過一次送在你家，比小姐大得三歲，同月同日，只不同時。一個是午末未初，一個是申初未末，叫你想就是了。」

韋翁聽了這句話，回來說與妻子。韋母道：「講得不差，果然大女兒三歲，只早一個時辰。去請張鐵嘴來，說與他算就是了。」韋翁又慮口中講出，怕他說有成心，也把七郎的年庚記憶出來寫在紙上，雜在眾八字之中，又去把張鐵嘴請來，央他推合。張鐵嘴也像前番，見一個就說一個不好，才撿著七郎八字就驚駭起來，道：「這個八字是我爛熟的！已替人合過幾次婚姻，他是有主兒的了，為甚麼又來在這邊？」韋翁道：「是哪幾姓人家求你推合，如今就了哪一門？看他這個年庚，將來可有些好處？求你細講一講。」張鐵嘴道：「有好幾姓人家，都是名門閥閱❷，討了他的八字送與我推。我說這樣年庚，生平不曾多見，過了二十歲就留他不住，一定要飛黃騰達，去做官上之官、人上之人了。那些女命裡面也有合得著的，也有合不著的。莫說合得著的，見了這樣八字不肯放手，連那合不著的，都說只要命好，就參差些也不妨。我只說這個男子被人家招去多時了，難道還不曾說妥，又把這個八字送到府上來不成？」韋翁道：「先生這話果然說得不差。聞得有許多鄉紳大老要招他為婿，他想是眼睛太高，不肯娶將就的

❷ 名門閥閱：名門，舊時指有聲名地位的家族。閥閱，舊時稱仕宦人家。語出玉篇門部及徐灝說文解字注箋。

女子，所以延捱至今，還不曾定議。不瞞先生說，這個男子當初原是我女婿，只因他愛富嫌貧，悔了前議，又另娶一家，不上一二年，那婦人就死了。後面依舊來說親，我怪他背盟，堅執不許。只因先生前日指教，說小女命該續弦，故此想到此人身上。這個八字是我自家記出來的，他並不曾寫來送我。」張鐵嘴道：「這就是了。我說他議親的人爭奪不過，哪裡肯送八字上門！」韋翁道：「據先生說來，這個八字是極好的了，但不知小女的年庚與他合與不合？若嫁了此人，果然有些好處麼？」張鐵嘴道：「令嬡的貴造，與他正配得來！若嫁了此人，將來的富貴享用不盡。只是一件，恐怕要他的多，輪不到府上，待我再看令嬡的八字，目下氣運如何，婚姻動與不動，就知道了。」說過這一句，又取八字放在面前，仔細一看，就笑起來道：「恭喜，恭喜！這頭親事決成。只是遲延不得，因有個恩星在命，照著紅鸞，一講便就；若到三日之後，恩星出宮，就有些不穩了。」說完之後，就告別起身。

韋翁夫婦聽了這些說話，就慌張踴躍起來，把往常的氣性丟過一邊，倒去央人說合。連韋小姐心上也擔了一把干係，料他決裝身分，不是一句說話請得來的，恨不得留住恩星，等他多住幾日。獨有能紅一個，倒寬著肚皮，勸小姐不要著慌。說：「該是你的姻緣，隨你甚麼人家搶奪不去。照我的意思，八字雖好，也要相貌合得著。論起理來，還該男子約在一處，等小姐過過眼睛。果然生得齊整，然後央人說合，就折些餓氣與他也還值得。萬一人不像人，鬼不像鬼，倒把個如花似玉的女子搵上門去，送與那醜驢受用，有甚麼甘心？」韋小姐道：「他那邊裝作不過，上門去說尚且未必就許，哪裡還肯與人相？」能紅道：「卻不妨，我有個妙法。俞阿媽的丈夫是學中一個門斗，做秀才的，他個個認得。託他做個引頭，只說請到家中說話，我和你預先過去，躲在暗室之中，細看一看就是了。」小姐道：「要他過來容易，我和你出去煩難。你是做丫鬟的，鄰舍人家還可以走動，我是個閨中的處子，如何出得大門？除非你去替我，還說得通。」能紅道：「小姐既不肯去，我只得代勞。只是一件，恐怕我說得好，你又未必中意，到後面生怨起來，卻怎麼處？」小姐道：「你是識貨的人，你的眼睛料想不低似我，竟去就是。」

看官，你說七郎的人貌，是能紅細看過的，如今事已垂成，只該急急趕人去做，為甚麼倒寬胸大肚，做起沒要緊的事來？要曉得此番舉動，全是為著自己。二夫人的題目，雖然出過在先，七郎雖然口具遵依，卻不曾親投認狀，焉知他事成之後，不妄自尊大起來？屈膝求親之事，不是簇新的家主肯對著梅香做的，萬一把別人所傳的話不肯承認起來，依舊以梅香看待，卻怎麼處？所以又生出這段波瀾，拿定小姐不好出門，定是央他代相，故此設為此法，好脫身去見他，要與他當面訂過，省得後來翻悔。這是他一絲不漏的去處。雖是私情，又當了光明正大的事，故連韋翁夫婦都與他說明，方才來對俞阿媽去約七郎相見。

此番相見，定有好戲做出來，不但把婚姻訂牢，連韋小姐的頭籌都被他佔了去，也未可知。各洗尊眸，看演這齣無聲戲❸。

❸ 無聲戲：李漁對小說的別稱。

第五回　未嫁夫先施號令　防失事面具遵依

能紅約七郎相見，俞阿媽許便許了，卻擔著許多干係，說：「乾柴烈火，豈是見得面的？若還是空口調情，弄些眉來眼去的光景，背人遣興，做些捏手捏腳的工夫，這還使得；萬一弄到興高之處，兩邊不顧廉恥，要認真做起事來，我是圖吉利的人家，如何使得？」所以到相見的時節，夫妻兩口著意提防，惟恐他要瞞人做事。哪裡知道，這個作怪女子另是一種心腸。你料他如此，他偏不如此，不但不起淫心，亦且並無笑面，反做起道學先生的事來。七郎一到，就要拜謝恩人。能紅正顏厲色止住他道：「男子漢的腳膝頭，只好跪上兩次，若跪到第三次，就不值錢了。如今好事將成，虧了哪一個？我前日吩咐的話，你還記得麼？」七郎道：「娘子口中的話，我奉作綸音密旨，朝夕拿來溫頌的，哪一個字不記得？」能紅道：「若還記得，須要逐句背來。倘有一字差訛，就可見是假意奉承，沒有真心向我。這兩頭親事依舊撒開，勸你不要痴想。」七郎聽見這句話，又重新害怕起來，只說他有別樣心腸，故意尋事來難我，就把俞阿媽所傳的言語，先在腹中溫理一遍，然後背將出來。果然一字不增，一字不減，連助語詞的字眼，都不曾說差一個。能紅道：「這等看起來，你前半截的心腸，是真心向我的了；只怕後面半截還有些不穩，到過門之後要改變起來。我如今有三樁事情，要同你當面訂過，叫做『約法三章』，你遵與不遵，不妨直說，省得後來翻悔。」七郎問是哪三件。能紅道：「第一件，一進你家門，就不許喚『能紅』二字，無論上下，都要稱我二夫人。若還失口喚出一次，罰你自家掌嘴一遭，就是家人犯法，也要罪坐家主，一般與你算帳。第二件，我看你舉止風流，不是個正經子弟，偷香竊玉之事，一定是做慣了的，從我進門之後，不許你擅偷一人，妄嫖一妓，我若查出蹤跡，與你不得開交。你這付腳膝頭跪過了我，不許再跪別人，除日後做官做吏，叩拜朝廷、參謁上司之外，擅自下人一跪者，罰你自敲腳骨一次，只除小姐一人，不在所禁之中。第三件，你這一生一世，只好娶我兩個婦人，自我之下不許妄添蛇足，任你中了舉人進士，做到尚書閣老，總用不著第三個婦人。如有擅生邪念，說出『娶小』二字者，罰你自己撞頭，直撞到皮破血流才住。萬一我們兩個都不會生子，有礙宗祧，且到四十以後，別開方便之門，也只許納婢，不容娶小。」七郎初次相逢，就見有這許多嚴政，心上頗覺膽寒。因見他姿容態度不是個尋常女子，真可謂之奇嬌絕艷，況且又有撥亂反正之才，移天換日之手，這樣婦人，就是得他一個，也足以歌舞終身，何況自他而上還有人間之至美，就對他滿口招承，不作一毫難色。

俞阿媽夫婦道：「他親口承認過了，料想沒有改移。如今望你及早收功，成就了這樁事罷。」能紅道：「翻雲覆雨之事，他曾做過一遭，親尚悔得，何況其他？口裡說來的話，作不得準，要我收功完事，須是親筆寫一張遵依，著了花押，再屈你公婆二口做兩位保人，日後倘有一差二錯，替他講起話來也還有個見證。」俞阿媽夫婦道：「講得極是。」就取一副筆硯，一張綿紙，放在七郎面前，叫他自具供狀。七郎並不推辭，就提起筆來寫道：

具遵依人裴遠，今因自不輸心，誤受庸媒之惑，棄前妻而不娶，致物議之紛然。猶幸篡位者夭亡，待年者未字重敦舊好。雖經屢致媒言，為易初盟，遂爾頻逢岳怒。賴有如妻某氏，造福閨中，出巧計以回天，能使旭輪西上；造奇謀而縮地，忽教斷壁中連。是用設計酬功，剖肝示信，不止分茅錫土，允宜並位於中宮；行將道寡稱孤，豈得同名於臣妾？虞帝心頭無別寵，三妃難併雙妃；男兒膝下有黃金，一屈豈堪再屈？懸三章而示罰，雖云有挾之求；秉四德以防微，實係無私之奉。永宜恪守，不敢故違。倘有跳梁❶，任從執樸。

能紅看了一遍，甚贊其才，只嫌他開手一句寫得糊塗，律以春秋正名❷之義，殊為不合，叫把「具遵依人」的「人」字加上兩畫，改為「夫」字，又叫俞阿媽夫婦二人著了花押，方才收了。七郎又問他道：「娘子吩咐的話，不敢一字不依。只是一件，我家的人，我便制得他服，不敢呼你的尊名。小姐是新來的人，急切制他不得，萬一我要稱你二夫人，小姐倒不肯起來，偏要呼名道姓，卻怎麼處？這也叫做家人犯法，難道也好罪及我家主不成？」能紅道：「那都在我身上，與你無干。只怕他要我做二夫人，我還不情願做，要等他求上幾次，才肯承受著哩。」說過這一句，就別了七郎起身，並沒有留連顧盼之態。

回到家中，見了韋翁夫婦與小姐三人，極口稱贊其才貌，說：「這樣女婿，真個少有，怪不得人人要他。及早央人去說，就賠些下賤，也是不折本的。」韋翁聽了，歡喜不過，就去央人說親。韋母對了

---

❶ 跳梁：亦作跳踉。騰躍跳動。語本莊子逍遙遊。後用以比喻跋扈的情狀。

❷ 正名：指辨正名稱、名分。語本論語子路。

能紅又問他道：「我還有一句話，一向要問你，不曾說得，如今遲不得了。有許多仕宦人家要娶你做小，日日央人來說，我因小姐的親事還不曾著落，要留你在家做伴。如今他的親事央人去說，早晚就要成了，他出門之後，少不得就輪著你，但不知做小的事，你情願不情願？」能紅道：「不要提起，我雖是下賤之人，也還略有些志氣，莫說做小的事斷斷不從，就是貧賤人家要娶我為正，我也不情願去。寧可遲些日子，要等個像樣的人家。不是我誇嘴說，有了這三分人才，七分本事，不怕不做個家主婆。老安人不信，辨了眼睛看就是了。」韋母道：「既然如此，小姐嫁出門，你還是隨去不隨去？」能紅道：「但憑小姐。他若怕新到夫家沒有人商量行事，要我做個陪伴的人，我就隨他過去暫住幾時，看看人家的動靜，也不叫做無益於他。若還說他有新郎做伴，不須用得別人，我就住在家中，也沒有甚麼不好。只有一件事，我替他甚不放心，也要在未去之先，定下個主意才好。」

說話的時節，恰好小姐也在面前，見他說了這一句甚是疑心，就同了母親問是哪一件事。能紅道：「張鐵嘴的話，你們記不得麼？他說小姐的八字止帶得半點夫星，定要尋人幫助，不然，恐怕三朝五日之內，就有災晦出來。他嫁將過去，若不叫丈夫娶小，又怕於身命有關；若還竟叫他娶，又是一樁難事。世上有幾個做小的人，肯替大娘一心一意？你不吃他的醋，他要拈你的酸，兩下爭鬧起來，未免要淘些小氣。可憐這位小姐，又是慈善不過的人，我同他過了半生，重話也不曾說我一句。如今沒氣淘的時節，倒有我在身邊，替他消愁解悶；明日有了個淘氣的，偏生沒人勸解，他這個嬌怯身子豈不弄出病來？」

說到此處，就做出一種慘然之態，竟像要啼哭的一般，引得他母子二人悲悲切切，哭個不了。能紅說過這一遍，從此以後，就絕口不提。

卻說韋翁央人說合，裴家故意作難，不肯就許。等他說到至再至三，方才踐了原議，選定吉日，要迎娶過門。韋家母子被能紅幾句說話觸動了心，就時時刻刻以半點夫星為慮。又說能紅痛癢相關，這個女子斷斷離他不得，就不能夠常相倚傍，也權且帶在身邊，過了三朝五日，且看張鐵嘴的說話驗與不驗，再做區處。故此母子二人定下主意，要帶他過門。能紅又說：「我在這邊，自然該做梅香的事，隨到那邊去，只與小姐一個有主婢之分；其餘之人，我與他並無統屬，『能紅』二字是不許別人喚的。至於禮數之間，也不肯十分卑賤，將來也要嫁好人做好事的，要求小姐全些體面。至於擡我的轎子雖比小姐不同，也要與梅香有別。我原不是贈嫁的人，要加上二名轎夫，只當送親的一樣，這才是個道理。不然，我斷斷不去！」韋氏母子見他講得入情，又且難於拋撇，只得件件依從。

到了這一日，兩乘轎子一齊過門，拜堂合巹❸的虛文，雖讓小姐先做，倚翠偎紅的實事到底是他節不過，畢竟佔了頭籌。這是甚麼原故？只因七郎心上原把他當了新人，未曾進門的時節就另設一間洞房，另做一付鋪陳伺候。又說良時吉日不好使他獨守空房，只說叫母親陪伴他，分做兩處宿歇。原要同小姐睡了半夜，到三更以後託故起身，再與二夫人做好事的。不想這位小姐執定成親的古板，不肯趨時脫套，認真做起新婦來，隨七郎勸了又勸，扯了又扯，只是不肯上床。哪裡知道這位新郎是被醜婦惹厭慣的，從不曾親近佳人，忽然遇見這般絕色，就像餓鷹看了肥雞，饞貓對著美食，那裡發急得了！若還沒有退步，也只得耐心忍性，坐在那邊守他。當不得肥雞之旁現有壯鴨，美食之外另放佳肴，為甚麼不

❸ 合巹：古代結婚儀式之一。新婚夫婦各執一片瓢以酒漱口。後因稱結婚為合巹。見禮記昏義。巹，音ㄐㄧㄣˇ。以一瓠分為兩瓢。

去先易而後難，倒反先難而後易？就借個定省爺娘的名色，託故抽身，把三更以後的事情挪在二更以前來做。

能紅見他來得絕早，就知道這位小姐畢竟以虛文誤事，決不肯蹈人的覆轍，使他見所見而來者，又聞所聞而往。一見七郎走到，就以和藹相加，口裡便說好看話兒，叫他轉去，念出詩經兩句道：「雨我公田，遂及我私❹。」心上又怕他當真轉去，隨即用個挽回之法，又念出四書二句道：「既來之，則安之。」七郎正在急頭上，又怕擔擱工夫，一句話也不說，對著牙床扯了就走，所謂忙中不及寫大「壹」字。能紅也肯託熟，隨他解帶寬衣，並無推阻，同入鴛衾，做了第一番好事。據能紅說起來，依舊是尊崇小姐，把他當做本官，自己只當是胥役，向前替他擺了個頭踏。殊不知尊崇裡面，卻失了大大的便宜。世有務虛名而不顧實害者，皆當以韋小姐為前車❺。

❹ 雨我公田二句：意謂願老天下雨給公田，從而澤及自己之私田。語出詩小雅大田。

❺ 前車：喻前事之足資鑒戒者。語本漢書賈誼傳。

第六回　弄巧生疑假夢變為真夢　移奸作蓋虧人改作完人

七郎完事之後，即便轉身，走到新人房內，就與他雍容揖遜起來。那一個要做古時新人，這一個也做古時新人，暫且落套違時，以待精還力復，直陪他坐到三更。這兩位古人都做得不耐煩了，方才變為時局，兩個笑嘻嘻的上床，做了幾次江河日下之事。做完之後，兩個摟在一處，呼呼的睡著了。

不想睡到天明，七郎在將醒未醒之際，忽然大哭起來。越哭得凶，把新人越摟得緊。被小姐喚了十數次，才驚醒轉來，啐了一聲道：「原來是個惡夢！」小姐問他甚麼惡夢，七郎只不肯講，望見天明，就起身出去。小姐看見新郎不在，就把能紅喚進房來，替自己梳頭刷鬢。妝飾已完，兩個坐了一會，只見有個丫鬟走進來問道：「不知新娘昨夜做個甚麼好夢，夢見些甚麼東西？可好對我們說說。」小姐道：「我一夜醒到天明，並不曾合眼，哪有甚麼好夢？」那丫鬟道：「既然如此，相公為甚麼原故，清早就叫人出去，請那圓夢❶的先生？」小姐道：「是了，他自己做個惡夢，睡得好好的忽然哭醒，及至問他又不肯說，去請圓夢先生，想來就是為此。這等，那圓夢先生可曾請到？」丫鬟道：「去請好一會了，想必就來。」小姐道：「既然如此，等他請到的時節，你進來通知一聲，引我到說話的近邊去聽他一聽，且看甚麼要緊，就這等不放心，走下床來就請人圓夢。」

❶ 圓夢：亦作原夢。占夢以決吉凶。見洛中記異錄。

丫鬟應了出去，不上一刻，就趕進房來說：「圓夢先生已到，相公怕人聽見，同他坐在一間房內，把門都關了，還在那邊說閑話，不曾講起夢來。新娘要聽，就趁此時出去。」小姐一心要聽惡夢，把不到三朝不出繡房的舊例全不遵守，自己扯了能紅，走到近邊去竊聽。

原來夜間所做的夢甚是不祥，說七郎摟著新人同睡，忽有許多惡鬼擁進門來，把鐵索鎖了新人，竟要拖他出去。七郎扯住不放說：「我百年夫婦方才做起，為甚麼原故就捉起他來？」那些惡鬼道：「他只有半夫之分，為甚麼摟了個完全丈夫？況且你前面的妻子又在陰間等他，故此央了我們前來捉獲。」說過這幾句，又要扯他同去。七郎心痛不過，對了眾鬼再三哀告道：「寧可拿我，不要捉他。」不想那幾個惡鬼拔出刀來，竟從七郎腦門劈起，劈到腳跟，把一個身子分為兩塊。正在疼痛之際，虧得新人叫喊，才醒轉來。你說這般的惡夢，叫人驚也不驚，怕也不怕？況又是做親頭一夜，比不得往常，定然有些干係，所以接他來詳。

七郎說完之後，又問他道：「這樣夢兆，自然凶多吉少，但不知應在幾時？」那詳夢的道：「凶便極凶，還虧得有個『半』字，可以釋解。是這位令正命裡該有個幫身，不該做專房獨闔❷，所以有這個夢兆。起先既說有半夫之分，後來又把你的尊軀剖為兩塊，又合著一個『半』字。叫把這個身子分一半與人，就不帶他去了。這樣明明白白的夢，有甚麼難解？」七郎道：「這樣好妻子，怎忍得另娶一房，分他的寵愛，寧可怎麼樣，這是斷然使不得的！」那人道：「你若不娶，他就要喪身；疼他的去處，反是害他的去處，不如再娶一房的好。你若不信，不妨再請個算命先生看看他的八字，且看壽算何如，該

❷ 專房獨闔：專房，猶言專寵。語本後漢書安思閻皇后紀。獨闔，意謂獨寵。闔，音ㄎㄨㄣˇ。婦女居室。

有幫助不該有幫助，同我的說話再合一合就是了。」七郎道：「也說得是。」就取一封銀子，謝了詳夢先生，送他出去。

小姐聽過之後，就與能紅兩個悄悄歸房，並不使一人知道，只與能紅商議道：「這個夢兆正合著張鐵嘴之言，一毫也不錯，還要請甚麼先生，看甚麼八字！這等說起來，半點夫星的話是一毫不錯的了。倒不如自家開口，等他再娶一房，一來保全性命，二來也做個人情，省得他自己發心，娶了人來，又不知感激我。」能紅道：「雖則如此，也還要商量，恐怕娶來的人未必十分服貼，只是捱著的好。」小姐聽了這句話，果然捱過一宵，並不開口。

不想天公湊巧，又有催帖送來。古語二句說得不錯：「陰陽無耳，不提不起。」鬼神禍福之事，從來是提起不得的；一經提起，不必在暗處尋鬼神，明中觀禍福，就在本人心上生出鬼神禍福來。一舉一動，一步一趨，無非是可疑可怪之事。韋小姐未嫁以前，已為先入之言所惑，到了這一日，又被許多惡話觸動了疑根；做女兒的人有多少膽量，少不得要怕神怕鬼起來。又有俗語二句道得好：「日之所思，夜之所夢。」裴七郎那些說話，原是成親之夜與能紅睡在一處，到完事之後教導他說的。第二日請人詳夢，預先吩咐丫鬟引他出去竊聽，都是做成的圈套。這叫做「巧婦勾魂」，並不是「癡人說夢」。一到韋小姐耳中，竟把假夢變作真魂，耳聞幻為目擊，連他自己睡去也做起極凶極險的夢來：不是惡鬼要他做替身，就說前妻等他做伴侶。做了鬼夢，少不得就有鬼病上身，懨懨纏纏，口中只說要死。

一日，把能紅叫到面前，與他商議道：「如今捱不去了，我有句要緊的說話，不但同你商量，只怕還要用著你，但不知肯依不肯依？」能紅道：「我與小姐分有尊卑，情無你我。只要做得的事，有甚麼不依！」小姐道：「我如今現要娶小，你目下就要嫁人，何不把兩件事情併作一件做了？我也不消娶，你也不必嫁，竟住在這邊，做了我家第二房，有甚麼不好？」能紅故意回覆道：「這個斷使不得！我服事小姐半生，原要想個出頭日子；若肯替人做小，早早就出去了，為甚麼等到如今？他有了銀子，哪裡尋不出人來，定要苦我一世？還是別娶的好。」小姐道：「你與我相處半生，我的性格，就是你的性格。雖然增了一個，還是同心合膽的人，就是分些寵愛與你，也不是別人。你若生出兒子來，與我自生的一樣，何等甘心。若叫他外面去尋，就合著你的說話，我不吃他的醋，他要拈我的酸，淘起氣來有些甚麼好處？求你看十六年相與之情，不要推辭，成就我這樁心事罷！」能紅見他求告不過，方才應許。應許之後，少不得又有題目出來，要小姐件件依他，方才肯做。小姐要救性命，有甚麼不依？議妥之後，方才說與七郎知道。七郎受過能紅的教誨，少不得初說之際，定要學王莽之虛謙❸，曹瞞之固遜❹，有許多欺世盜名的話說將出來，不到黃袍加身，決不肯輕易即位。小姐與七郎說過，又叫人知會爺娘。韋翁夫婦聞之，一發歡喜不了，又辦一付嫁妝送來與他，擇日成親，做了第二番好事。

能紅初次成親並不妝作；到了這一夜，反從頭做起新婦來，狠推硬扯，再不肯解帶寬衣，不知為甚麼原故。直到一更之後，方才說出真情，要他也像初次一般，先到小姐房中假宿一會，等他催迫幾次，然後過來。名為盡情，其實是還他欠賬。能紅所做之事，大率類此。

成親之後，韋小姐疑心既釋，災晦自然不生。日間飲食照常，夜裡全無惡夢，與能紅的身子一齊粗

❸ 王莽之虛謙：王莽，西漢末漢元帝皇后侄，以外戚專權，篡漢自立為帝，改國號為新。虛謙，虛偽的謙恭。

❹ 曹瞞之固遜：曹瞞，即曹操。其小名阿瞞，故稱曹瞞。固遜，猶言別有用心的退讓。

大起來，未及一年，各生一子。夫妻三口恩愛異常。後來七郎聯掇高魁，由縣令起家，屢遷至京兆❺之職。受了能紅約束，終身不敢娶小。

能紅之待小姐，雖有欺誑在先，一到成親之後，就輸心服意，畏若嚴君，愛同慈母，不敢以半字相欺，做了一世功臣，替他任怨任勞，不費主母纖毫氣力。世固有以操、莽之才，而行伊、周之事❻者，但觀其晚節何如耳！

❺ 京兆：即京兆尹，官名。職掌相當於郡太守。

❻ 伊周之事：猶言輔佐君主幹一番轟轟烈烈的事業。伊，指伊尹，商賢相。周，指周公姬旦。

十卺樓

第一回　不糊塗醉仙題額　難擺布快婿完姻

詞云：

寡女臨妝怨苦，孤男對影嗟窮。孟光難得遇梁鴻，只為婚姻不動。　久曠纔知妻好，多歡反覺夫庸。甘霖不向旱時逢，怎得農人歌頌。

右調西江月

世上人的好事件件該遲，卻又人人願早。更有「富貴婚姻」四個字，又比別樣不同，愈加望得急切。照世上人的心性，竟該在未曾出世之際，先等父母發財；未經讀書之先，便使朝廷授職；揀世上絕標緻的婦人，極聰明的男子，都要在未曾出幼之時，取來放在一處，等他慾心一動，就合攏來，連做親的日子，都不消揀得，才合著他的初心，卻一件也不能夠如此！陶朱公❶到棄官泛湖之後，才發得幾主大財；

❶ 陶朱公：春秋時越國大夫范蠡的別號。越滅吳後，到陶（今山東定陶西北），改名陶朱公，以經商致富。見史

姜太公到髮白齒動之年，方受得一番顯職。想他兩個少年時節，也不曾丟了錢財不要，棄了官職不取，總是因他財星不旺，祿運未交，所以得來的銀錢散而不聚，做出的事業塞而不通，以致淹淹纏纏，直等到該富該貴之年，就像火起水發的一般，要止也止他不住。梁鴻是個遲鈍男子，孟光是個偃蹇❷婦人，這邊說親也不成，那邊締好也不就。不想這一男一女都等到許大年紀，方才說合攏來，遲鈍遇著偃蹇，恰好湊成一對。兩個舉案齊眉，十分恩愛，做了千古上下第一對和合的夫妻。雖是有德之人原該如此，卻也因他等得心煩，望得意躁，一旦遂了心願，所以分外有情。世上反目的夫妻，大半都是早婚易娶，內中沒有幾個是艱難遲鈍而得的。古語云：「若將容易得，便作等閑看。」事事如此，不獨婚姻一節為然也。

冒頭❸說完，如今說到正話。明朝永樂初年，浙江溫州府永嘉縣，有個不識字的愚民，叫做郭酒痴，到大醉之後，就能請仙判事，其應如響。最可怪者，他生平不能舉筆，到了請仙判事的時節，那懸筆寫來的字，比法帖更強幾分。只因請到之仙，都是些書顛草聖，所以如此。從不曾請著一位淳化帖❹上沒有名字的。因此合郡之人略有疑事，就辦幾壺美酒，請他吃醉了請仙。一來判定吉凶，以便趨避；二來

記貨殖列傳。

❷ 偃蹇：驕傲。語本左傳哀公六年。

❸ 冒頭：猶言起頭。

❹ 淳化帖：即淳化閣帖。簡稱閣帖。歷來稱之為法帖之祖。此帖於淳化年間由宋太宗將秘閣（帝王藏圖書之所）所藏歷代法書，命侍書學士王著編次、摹刻，拓賜大臣。

裱做單條冊頁供在家中，取名叫做「仙帖」。還有起房造屋的人家，置了對聯匾額，或求大仙命名，或望真人留句。他題來的字眼，不但合於人心，切著景緻，連後來的吉凶禍福都寓在其中。當時不覺，到應驗之後，始贊神奇。

彼時學中有個秀才，姓姚名戩，字子穀，髫齡入泮，大有才名。父親是本縣的庫吏，發了數千金，極是心高志大。見兒子是個名士，不肯容易就婚，定要娶個天姿國色。直到十八歲上，才替他定了婚姻，係屠姓之女；聞得眾人傳說，是溫州城內第一個美貌佳人。下聘之後，重新造起三間大樓，好待兒子婚娶。造完之後，又置一座堂匾，辦下筵席去請郭酒痴來，要求他降仙題詠，一來壯觀，二來好問休咎。郭酒痴來到席上，手也不拱，箸也不拈，只叫要大碗斟酒：「真仙已降，等不得多時，快些叫人來斟酒。」姚家父子聽見，知道請來的神仙就附在他身上，巴不得替神仙潤筆，就親手執壺，一連斟上數十碗與郭酒痴吃下肚去。他一醉之後，就捫口不言，提起筆來，竟像拂塵掃地一般，在匾額之上題了三個大字、六個小字。其大字云：

十卺樓

小字云：

九日道人醉筆

席間有幾個陪客，都是子穀的社友，知道「九日」二字，合來是個「旭」字，方才知道是張旭❺降臨。

只是一件，十疊的「疊」字，該是景緻的「景」。或者說此樓造得空曠，上有明窗，可以眺遠，看見十樣景緻，故此名為「十景樓」，為何寫做合疊之疊？又有人說：「『合疊』的『疊』字，倒切著新婚，或者是十字錯了，也未可知。凡人到酒醉之後，作事定有訛舛，仙凡總是一理。或者見主人勸得殷勤，方才多用了幾碗，故此有些顛倒錯亂，也未可知。何不問他一問？」姚姓父子就虔誠拜禱說：「『十疊』二字文義不相聯屬，其中必有訛舛，望大仙改而政之。」酒痴又懸起筆來，寫出四句詩道：

十疊原非錯，諸公枉見疑。
他年虛一度，便是醉人迷。

眾人見了，才知道他文義艱深，非淺人可解，就對著姚姓父子一齊拱手稱賀，道：「恭喜恭喜！這等看來，令郎必有一位夫人，九房姬妾，合算起來，共有十次合疊，所以名為『十疊樓』。庶民之家，哪得有此樂事？其為仕宦無疑了。子為仕宦，父即封翁❻，豈不是個極美之兆！」姚姓父子原以封翁仕宦自期，見眾人說到此處，口雖謙讓，心實歡然。說：「將來這個驗法，是一定無疑的了。」當晚留住眾人，預先吃了喜酒，個個盡歡而別。

及至選了吉期，把新人娶進門來，揭起紗籠一看，果然是溫州城內第一個美貌佳人。只見他：

❺ 張旭：唐書法家。精通楷法，草書最為著名。

❻ 封翁：亦稱封君。封建時代子孫貴顯，父、祖因而得受封典，故稱封翁。

月掛雙眉，霞蒸兩靨，膚凝瑞雪，髻挽祥雲。輕盈綽約不為奇，妙在無心入畫；嬝娜端莊皆可詠，絕非有意成詩。地下拾金蓮，誤認作兩條筆管；樽前擎玉腕，錯呼為一盞玻璃。誠哉絕世佳人，允矣出塵仙子！

姚子穀見了，驚喜欲狂，巴不得早散華筵，急歸繡幕，好去親炙溫柔。當不得賀客纏綿，只顧自己貪杯，不管他人好色。直吃到三更以後，方才撤了筵席，放他進去成親。

子穀一入繡房，就勸新人就寢，少不得內致溫存，外施強暴，以綠林豪客之氣概，遂綠衣才子之心情，替他脫去衣裳，拉歸衽席。正要做顛鸞倒鳳之事，不意變出非常，事多莫測，忽以人生之至樂，變為千古之奇驚！這是甚麼原故？有新小令一闋，單寫他昔日的情形，一觀便曉：

好事太稀奇，望巫山，路早迷，遍尋沒塊攜雲地。玉峰太巍，玉溝欠低。五丁惜卻些兒費。漫驚疑，磨盤山好，何事不生臍！

右調黃鶯兒

原來這位新婦面貌雖佳，卻是一個石女❼！子穀一團高興，誰想弄到其間，不但無門可入，亦且無縫可鑽。伸手一摸，就吃驚吃怪起來，捧住他問道：「為甚麼好好一個婦人，竟有這般的痼疾？」屠氏道：「你不知甚麼原故，生出來就是如此。」姚子穀嘆息一聲，就掉過臉來，半晌不言語。新婦對他道：「你

❼ 石女：中醫學名詞。亦稱實女。生理構造特別而不通人道的女子。

這等一位少年，娶著我這個怪物，自然要煩惱。這是前生種下的冤孽，叫我也沒奈何，求你將錯就錯，把我當個廢物看承，留在身邊，做一隻看家之狗。另娶幾房姬妾，與他生兒育女，省得送我還家，出了爺娘的醜，連你家的體面也不好看相。」姚子穀聽了這句話，又掉過臉來道：「我看你這副面容，真是人間少有，就是無用，也捨不得休了你。少不得留在身邊，做一匹看馬。只是看了這樣的容貌，就像美食在前不能入口，叫我如何熬得住？」新婦道：「不但你如此，連我心上也愛你不過，當不得眼飽肚饑，沒福承受，活活的氣死。」說到此處，不覺掉下淚來。

姚子穀正在興發之時，又聽了這些可憐的話，一發愛惜起來，只得與他摟做一團，多方排遣。到那排遣不去的時節，少不得尋條門路出來，發舒狂興。那捨前趨後之事，自然是理所必有、勢不能無的了。新婦要得其歡心，巴不得穿門鑿戶，弄些空隙出來以為容納之地，怎肯愛惜此豚，不為陽貨之獻？這一夜的好事雖不叫做全然落空，究竟是勉強塞責而已。

第二日起來，姚子穀見了爺娘，自然要說明就裡。爺娘怕惱壞兒子，一面託幾個朋友，請他出去遊山解悶；一面把媒人喚來，要究他欺騙之罪。少不得衙門聲勢裝在面前，官府的威風掛在口頭，要迫他過去傳說。欺負那位親翁是個小戶人家，又忠厚不過，從來怕見官府，最好拿捏，說他所生三女，除了這個孽障，還有兩女未嫁，速擡一個來換，萬事都休。不然，叫他吃了官司，還要破家蕩產！

媒人依了此言，過去傳說。不想那位親翁，先有這個主意，因他是個衙門領袖，頗有威權，料想敵他不過，所以留下二女，不敢許親，預先做個退步。他若看容貌分上，不求退親，便是一樁好事。萬一說起話來，就把二女之中，揀一個去替換。見媒人說到此處，正合著自己之心，就滿口應承，並無難色。

只要他或長或幼，自選一人，省得不中意起來，又要翻悔。

姚子穀的父親怕他長女年紀大了，未免過時；幼女只小次女一歲，就是幼女罷了。訂過之後，就乘兒子未歸，密喚一乘轎子，把新婦喚出房來，呵叱一頓，迫他上轎。新婦哭哭啼啼，要等丈夫回來，面別一別了去。公婆不許，立刻打發起身，不容少待。

可憐一個如花似玉的人，又不犯「七出」之條，只因褌襠裡面少了一件東西，到後來三擯於鄉，五黜於里，做了天下的棄物。可見世上憐香惜玉之人，大概都是好淫，非好色也。

第二回　逞雄威檀郎施毒手　忍奇痛石女破天荒

卻說姚家的轎子送了一個回去，就擡了一個轉來。兩家都顧惜名聲，不肯使人知道。只見這個女子與前面那位新人，雖是一母所生，卻有妍媸粗細之別，面容舉止總與阿姊不同。只有一件放心，料想一門之中，生不出兩個石女。姚子穀回家的時節，已是一更多天，又吃得酕醄爛醉，倒在牙床，就昏昏的睡去。睡到半夜還不醒，那女子坐不過，也只得和衣睡倒。姚子穀到酒醒之後，少不得要動彈起來，還只說這位新人就是昨夜的石女，替他脫了衣裳，就去抓尋舊路。當不得這個女子只管掉過身來，一味捨前而顧後。姚子穀伸手一摸，又驚又喜：喜則喜其原該如是，驚則驚其昨夜不然！酒醒興發之際，不暇問其所以然，且做一會楚襄王，只當在夢裡交歡，不管他是真是假。及至到雲收雨散之後，問他這混沌之物忽然開闢的來由。那女子說明就裡，方才知道換了一個。夜深燈滅之後，不知面容好歹，只把他肌膚一摸，覺得粗糙異常，早有三分不中意了。及至天明之後，再把面龐一看，就愈加憎惡起來，說：「昨日那一個雖是廢人，還儘有看相，另娶一房生子，把他留在家中當做個畫中之人，不時看看也好。為甚麼丟了至美，換了個至惡的回來，用又不中用，看又不中看，豈不令人悔死！」終日抱怨父母，聒絮不了。

不想這位女子過了幾日，又露出一樁破相了，更使人容納他不得！姚子穀成親之後，覺得錦衾繡幔之中不時有些穢氣。初到那幾夜，虧他爇麝熏蘭，還掩飾過了，到後來日甚一日，不能禁止。原來這個女子是有小遺病的，醒時再不小解，一到睡去之後，就要撒起尿來。這雖是婦人的賤相，卻也是天意使然，與石女賦形不開混沌者無異。姚子轂睡到半夜，不覺陸地生波，枕席之上忽然長起潮汛來，由淺而深，幾幾乎有中原陸沉之懼。直到他盈科而進，將入鼻孔，聞香泉而溯其源，才曉得是臟山腹海中所出，就狂呼大叫走下床來，喚醒爺娘，埋怨個不了，迫他速速遣回：「依舊取石女來還我！」

爺娘氣憤不過，等到天明，又喚媒人來商議。媒人道：「早說幾日也好，那個石女一向有人要他，因與府上聯姻，所以不敢別許。自你發回之後，不上一二日，就打發出門去了。如今還有個長的在家，與石女的面容大同小異，兩個並在一處，一時辨不出來。你前日只該換長，不該換幼。如今換過一次，難道又好再換不成？」姚子轂的父親道：「那也顧他不得，一鋤頭也是動土，兩鋤頭也是動土，有心行一番霸道，不怕他不依！他若推三阻四，我就除了狀詞不告，也有別樣法子處他，只怕他承當不起！」媒人沒奈何，只得又去傳說。那家再三不肯，說：「他換去之後，少不得又要退來，不如不換的好。」媒人說以利害，又說事不過三，哪有再退之理。那家執拗不過，只得應許。

姚子轂的父母因兒子立定主意只要石女，不要別人。又聞得面貌相似，就在兒子面前不說長女代換的原故，使他初見的時節認不出來，直到上床之後，才知就裡，自然喜出望外。不想果應其言，姚子轂一見此女，只道與故人相會，快樂非常。這位女子又喜得不怕新郎，與他一見如故。所以未寢之先，一毫也認不出來，直到解帶寬裳之後，粘肌貼肉之時，摸著那件東西，又不似從前混沌，方才驚駭起來，問他所以然的原故，此女說出情由，才曉得不是本人，又換了一副形體。就喜歡不過，與他顛鸞倒鳳起來，竭盡生平之樂。此女肌體之溫柔，性情之嫵媚，與石女纖毫無異，盡多了一件至寶。只是行樂的時節，兩下摟抱起來，覺得那副楊柳腰肢，比初次的新人大了一倍；而所御之下體，又與第二番的幼女不同，竟像輕車熟路一般，毫不費力。只說他體隨年長，量逐時寬，所以如此。誰想做女兒的時節，就被人破了元身，不但含苞盡裂，葳鎖重開，連那風流種子已下在女腹之中，進門的時節已有五個月的私孕了。但凡女子懷胎，五月之前還看不出，交到六個月上，就漸漸的粗壯起來，一日大似一日，那裡瞞得到底！

姚子穀知覺之後，一家之人也都看出破綻來。再過幾時，連鄰里鄉黨之中，都傳播開去。姚氏父子都是極做體面的人，平日要開口說人，怎肯留個孽障在家，做了終身的話柄？以前暗中兌換，如今倒要明做出來，使人知道，好洗去這段羞慚。就寫下休書，喚了轎子，將此女發回母家，替兒子別行擇配。

誰想他姻緣蹭蹬，命運乖張，娶來的女子不是前生的孽障，就是今世的冤家，容顏醜陋，性體愚頑，都不必細講。又且一來就病，一病就死，極長壽的也過不到半年之外。只有一位佳人，生得極聰明、極艷麗，是個財主的偏房，大娘吃醋不過，硬遣出門。正在交杯合卺之後，兩個將要上床，不想媒人領著賣主，帶了原聘上門，要取他回去。只因此女出門之後，那財主不能割捨，竟與妻子拚命，被眾人苦勸，許他贖取回去，各宅而居，所以賫聘上門，取回原妾。不然，定要經官告理，說他倚了衙門的勢，強佔民間妻小。姚家無可奈何，只得受了聘金，把原妾交回他去。姚子穀的衣裳已脫，褲帶已解，正要打點行房，不想新人奪了去，急得他慾火如焚，只要尋死。

等到三年之後，已做了九次新郎，不曾有一番著實。他父子二人無所歸咎，只說這座樓房起得不好，被工匠使了暗計，所以如此，要拆去十亝樓，從新造過。姚子穀有個母舅，叫做郭從古，是個積年的老吏，與他父親同在衙門。一日，商量及此，郭從古道：「請問『十亝樓』三字，是何人題寫，你難道忘記了麼？仙人取名之意，眼見得驗在下遭。十次合亝，如今做過九次，再做一次，就完了匾上的數目，自然夫妻偕老，再無意外之事了。」姚氏父子聽了這句說話，不覺豁然大悟，說：「本處的親事都做厭了，這番做親須要他州外縣去娶。」郭從古道：「我如今奉差下省，西子湖頭必多美色。何不教外甥隨我下去，選個中意的回來。」姚子穀道：「此時宗師按臨，正要歲考，做秀才的出去不得。母舅最有眼力，何不替我選擇一個，便船帶回與我成親就是。」郭從古道：「也說得是。」姚厓父子就備了聘禮與釵釧衣服之類，與他帶了隨身。自去之後，就終日盼望佳人，祈求好事。

姚子穀到了此時，也是餓得腸枯、急得火出的時候了。無論娶來的新人才貌俱佳，德容兼美；就遇著個將就女子，只要胯間有縫，肚裡無胎，下得人種進去，生得兒子出來，夜間不遺小便，過得幾年才死，就是一樁好事了。不想郭從古未曾到家，先有書來報喜，說替他娶了一個，竟是天下無雙、人間少二的女子。姚子穀得了此信，驚喜欲狂。及至仙舟已到，把新人擡上岸來，到拜堂合亝之後，揭起紗籠一看，又是一樁詫事！原來這位新人不是別個，就是開手成親的石女。只因少了那件東西，被人推來攮去，沒有一家肯要，直從溫州賣到杭城，換了一二十次的售主。郭從古雖係至親，當日不曾見過，所以看了面容，極其贊賞，替他娶回來，又不曾做爬灰老子，如何知道下面的虛實？姚子穀見了，一喜一憂：喜則喜其得遇故人，不負從前之約，憂則憂其有名無實，究竟於正事無干。姚氏父子與郭從古坐在一處，大家議論道：「這等看起來，醉仙所起之字，依舊不驗了。第十次做親，又遇著這個女子，少不得還要另娶。無論娶來的人好與不好，就使白髮齊眉，也做了十一次新郎，與『十卺』二字不相合了，叫做甚麼神仙，使人那般敬信！」大家猜疑了一會，並無分解。

卻說姚子穀當夜入房，雖然心事不佳，少不得摟了新人，與他重溫舊好。一連過了幾夜，兩下情濃，都有個開交不得之意。男子興發的時節，雖不能大暢懷來，還虧他有條後路，可以暫行寬解。婦人動了慾心，無由發洩，真是求死不得，欲活不能，說不出那種苦楚。不想把滿身的慾火合來聚在一處，竟在兩胯之間生起一個大毒，名為「騎馬癰」，其實是情興變成的膿血。腫了幾日，忽然潰爛起來，任你神方妙藥，再醫不好。

一夜，夫妻兩口，摟做一團，恰好男子的情根，對著婦人的患處，兩下忘其所以，竟把偶然的缺陷，認做生就的空虛，就在毒瘡裡面摩疼擦癢起來。在男子心上，一向見他無門可入，如今喜得天假以緣。況他這場疾痛，原是由此而起，要把玉杵當了刀圭，做個以毒攻毒！在女子心上，一向愛他性情風流，自愧茅塞不開，使英雄無用武之地，也巴不得以竇為門，使他乘虛而入，與其熬癢而生，倒不若忍痛而死。所以任他衝突，並不阻撓。不想這番奇苦倒受得有功，一痛之後，就覺得苦盡甘來，焦頭爛額之中，一般有肆意消魂之樂。

這夫妻兩口得了這一次甜頭，就想時時取樂，刻刻追歡。知道這番舉動是瞞著造物做的，好事無多，佳期有限。一到毒瘡收口之後，依舊閉了元關，陰自陰而陽自陽，再要想做坎離交媾之事，就不能夠了。兩下各許願心，只保佑這個毒瘡多害幾時，急切不要收口。卻也古怪，又不知是天從人願，又不知是人合天心，這個知趣的毒瘡竟替他害了一生，到底不曾合縫。這是甚麼原故？要曉得這個女子原是有人道的，想是因他孽障未消，該受這幾年的磨劫，所以造物弄巧，使他虛其中而實其外，將這件妙物隱在皮肉之中，不能夠出頭露面。到此時魔星將退，忽然生起毒來，只當替他揭去封皮，現出人間的至寶，此世上不求而得，與一求即得的更希罕十倍。這一男一女只因受盡艱難，歷盡困苦，直到心灰意死之後，方才湊合起來。所以夫婦之情，真個是如膠似漆，不但男子畫眉，婦人奉案，到了疾病憂愁的時節，竟把夫妻變為父母，連那割股嘗藥❶、斑衣戲彩❷的事都做出來。

可見天下好事只宜遲得，不宜早得。只該難得，不該易得。古時的人，男子三十而始娶，女子二十而始嫁，不是故意要遲，也只愁他容易到手，把好事看得平常，不能盡琴瑟之歡，效于飛之樂也。

❶ 割股嘗藥：割股，古代社會的一種愚孝行為，割下自己的股肉來治療父母的重病。見宋史選舉志。嘗藥，嘗食病者所服之藥劑。古禮尊貴者所服藥劑，必由卑幼者先嘗而後進服。語本禮記曲禮。

❷ 斑衣戲彩：舊謂人子娛親孝養。古時老萊子為娛悅父母，著五彩斑斕衣，取水上堂，故意跌臥地上，作小兒啼哭狀，博得父母歡笑。事見高士傳。這裡連同「割股」句，意為夫婦間的關切出人意表。

鶴歸樓

第一回　安恬退反致高科　忌風流偏來絕色

詩云：

天河盈盈一水隔，河東美人河西客。耕雲織霧兩相望，一歲綢繆在今夕。雙龍引車鵲作橋，風迴桂渚秋葉飄。拋梭投杼整環珮，金童玉女行相要。兩情好合美如舊，復恐天雞催曉漏。倚屏猶有斷腸言，東方未明少停候。欲渡不渡河之湄，君亦但恨生別離。明年七夕還當期，不見人間死別離，朱顏一去難再歸！

這首古風是元人所作，形容牛女相會之時，纏綿不已的情狀。這個題目好詩最多，為何單舉這一首？只因別人的詩，都講他別離之苦，獨有這一首，偏敘他別離之樂，有個知足守分的意思，與這回小說相近，所以借他發端。

骨肉分離，是人間最慘的事，有何好處倒以「樂」字加之？要曉得「別離」二字雖不足樂，但從別離之下又深入一層，想到那別無可別離不能離的苦處，就覺得天涯海角勝似同堂，枕冷衾寒反為清福。第十八層地獄之人，羨慕十七層的受用，就像三十二天的活佛，想望著三十三天，總是一種道理。

近日有個富民，出門作客，歇在飯店之中。時當酷夏，蚊聲如雷，自己懸了紗帳，臥在其中，但聞轟轟之聲，不見嘬嘬之狀。回想在家的樂處，丫鬟打扇，伴當驅蚊，連這種惡聲也無由入耳，就不覺怨悵起來。另有一個窮人，與他同房宿歇，不但沒有紗帳，連單被也不見一條。睡到半夜，被蚊蟲叮不過，只得起來行走，在他紗帳外面跑來跑去，竟像被人趕逐一般，要使渾身的肌肉動而不靜，省得蚊蟲著體。富民看見此狀，甚有憐憫之心，不想那個窮人不但不叫苦，還自己稱贊說他是個福人，把「快活」二字叫不絕口。富民驚詫不已，問他：「勞苦異常，哪些快樂？」那窮人道：「我起先也曾怨苦，忽然想到一處，就不覺快活起來。」富民問他想到哪一處？窮人道：「想到牢獄之中罪人受苦的形狀，此時上了柙床，渾身的肢體動彈不得，就被蚊蟲叮死，也只好做露筋娘娘❶，要學我這舒展自由、往來無礙的光景，怎得能夠？所以身雖勞碌，心境一毫不苦，不知不覺，就自家得意起來。」富人聽了，不覺通身汗下，才曉得睡在帳裡思念家中的不是。若還世上的苦人都用了這個法子，把地獄認作天堂，逆旅翻為順境，黃連樹下也好彈琴，陋巷之中盡堪行樂，不但容顏不老，鬚髮難皤，連那禍患休嘉也會潛消暗長。方才那首古風，是說天上的生離，勝似人間的死別。我這回野史，又說人間的死別，勝似天上的生離。

❶露筋娘娘：傳說中守節不屈而死的女子。唐代有姑嫂倆行郊外，天晚，附近僅有農夫田舍。其嫂止宿，小姑則說：「吾守死不肯失節！」於是露天坐在草中，天陰蚊盛，致為蚊叮至露筋而亡。後人因號露筋女，為之築祠敬祀。事見高郵州志。

總合著一句四書，要人「素患難行乎患難」的意思。

宋朝政和年間，汴京城中有個舊家之子，姓段名璞，字玉初。自幼聰明，曾噪「神童」之譽。九歲入學，直到十九歲，做了十年秀才，再不出來應舉。人問他何故，他說：「少年登科，是人生不幸之事。萬一考中了，一些世情不諳，一毫艱苦不知，任了痴頑的性子，鹵莽做去，不但上誤朝廷，下誤當世，連自家的性命也要被功名誤了，未必能夠善終。不如多做幾年秀才，遲中幾科進士，學些才術在胸中，這日生月大的利息也還有在裡面。所以安心讀書，不肯躁進。」他不但功名如此，連婚姻之事也是這般，惟恐早完一年，早生一年的子嗣，說：「自家還是孩童，豈可便為人父？」又因自幼喪親，不曾盡得子道，早受他人之奉養，覺得於心不安。故此年將二十，還不肯定親。總是他性體安恬，事事存了惜福之心，刻刻懷了凶終之慮，所以得一日過一日，再不希冀將來。

他有個同學的朋友，姓郁，諱廷言，字子昌，也是個才識兼到之人，與他的性格件件俱同，只有一事相反。他於富貴功名看得更淡，連那日生月大的利息也並不思量，覺得做官一年，不如做秀才一日，把焚香揮麈❷的受用，與簿書鞭扑的情形比並起來，只是不中的好，獨把婚姻一事認得極真，看得極重。他說：「人生在世，事事可以忘情，只有妻妾之樂、枕席之歡，這是名教中的樂地，比別樣嗜好不相同，斷斷忘情不得。我輩為綱常所束，未免情興索然，不見一毫生趣，所以開天立極的聖人，明開這條道路，放在倫理之中，使人散拘化腐。況且三綱之內，沒有夫妻一綱，安所得君臣父子？五倫之中，少了夫婦一倫，何處盡孝友忠良？可見婚娶一條是五倫中極大之事，不但不可不早，亦且不可不好。美妾易得，

❷ 焚香揮麈：猶言悠閑自在。

美妻難求，畢竟得了美妻，才是名教中最樂之事。若到正妻不美，不得已而娶妾，也就叫做無聊之思。身在名教之中，這點念頭也就越於名教之外了。」他存了這片心腸，所以擇婚的念頭甚是激切。只是一件，「要早要好」四個字，再不能夠相兼，要早就不能好，要好又不能早。自垂髫之際，就說親事起頭，說到弱冠之年，還與段玉初一樣，依舊是個孤身。要早要好的也是如此，不要早不要好的也是如此。倒不如安分守己的人，還享了五六七年衾寒枕冷的清福，不像他扒起扒倒，怨恨天公；趕去趕來，央求媒妁，受了許多熬煉奔波之苦。

一日，徽宗皇帝下詔求賢，凡是學中的秀才不許遺漏一名，都要出來應試，有規避不到者，即以觀望論。這是甚麼原故？只因宋朝的氣運，一日衰似一日；金人的勢焰，一年盛似一年。又與遼、夏相持，三面皆為敵國，一年之內定有幾次告警。近邊的官吏死難者多，要人銓補。恐怕學中士子把功名視作畏途，不肯以身殉國，所以先下這個旨意，好驅逐他出山。段、郁二人迫於時勢，遂不得初心，只得出來應舉。作文的時節，惟恐得了功名，違了志願，都是草草完事，不過要使廣文❸先生免開規避而已。不想文章的造詣，與棋力酒量一般，低的要高也高不來，高的要低也低不來。鄉會兩榜，都巍然高列，段玉初的名數，又在郁子昌之前。

卻說世間的好事，再不肯單行，畢竟要相因而至：郁子昌未發之先，到處求婚，再不得有天姿國色。竟像西子、王嬙之後，不復更產佳人，恨不生在數千百年之先，做個有福的男子。不想一發之後，到處遇著王嬙，說來就是西子。虧得生在今日，不然倒反要錯了機緣。有一位姓官的仕紳，現居尚寶❹之職，

❸ 廣文：明清兩代儒學教授的別稱。

他家有兩位小姐，一個叫做圍珠，一個叫做繞翠。圍珠係尚寶親生，繞翠是他姪女，小圍珠一年。因父母俱亡，無人倚恃，也聽尚寶擇婚。這兩位佳人，大概評論起來，都是人間的絕色。若要在美中擇美，精裡求精，又覺得繞翠的姿容，更在圍珠之上。京師裡面有四句口號云：

珠為掌上珍，翠是人間寶。王者不能兼，捨圍而就繞。

為甚麼千金小姐有得把人見面，竟拿來編做口號傳播起來？只因徽宗皇帝曾下選妃之詔，民間女子都選不中，被承旨的太監單報他這兩名，說：「百千萬億之中，止見得這兩名絕色，其餘都是庸材。」皇上又問：「二者之中誰居第一？」太監就丟了圍珠，單說繞翠。徽宗聽了，就注意在一邊，所以都人得知，編了這四句口號。繞翠將要入宮，不想遼兵驟至，京師閉城兩月，直到援兵四集，方得解圍。解圍之後，有一位敢言的科道❺上了一本，說：「國家多難之時，正宜臥薪嘗膽，力圖恢復，即現在之嬪妃，尚宜縱放出宮，以來遠色親賢之譽，奈何信任讒閹，方事選擇。如此舉動，即欲寇兵不至，其可得乎？」徽宗見了，覺得不好意思，只得勉強聽從，下個罪己之詔，令選中的女子仍嫁民間。故此這兩位佳人，前後俱能幸免。

官尚寶到了此時，聞得一榜之上有兩個少年都還未娶，又且素擅才名，美如冠玉，就各央他本房座師前去作合。郁子昌聽見，驚喜欲狂，但不知兩個裡面將哪一個配他。起先未遇佳人，若肯把圍珠相許，

---

❹尚寶：官名。亦稱尚寶監。明置，即前代之符寶郎，掌節及符璽。

❺科道：清制，都察院所屬有禮、戶、吏、兵、刑、工六科給事中及十道監察御史，統稱曰科道官。

也就出於望外；此時二美並列，未免有捨圍就繞之心，只是礙了交情，不好薄人而厚己。誰料天從人願，因他所中的名數比段玉初低了兩名，繞翠的年庚又比圍珠小了一歲，官尚寶就把男子序名，婦人序齒，親生的圍珠配了段玉初，撫養的繞翠配了郁子昌，原是一點溺愛之心，要使中在前面的做了嫡親女婿，好等女兒榮耀一分，序名序齒的話都是粉飾之詞。郁子昌默喻其意，自幸文章欠好，取中略低，所以因禍得福，配了絕世佳人。若還高了幾名，怎能夠遂得私願？段玉初的心事又與他絕不相同，惟恐志願太盈，犯造物之所忌，聞得把圍珠配他，還說世間第二位佳人，不該為我輩寒儒所得，恐怕折了冥福，虧損前程。只因座師作伐，不敢推辭，哪裡還有妄念？官尚寶只定婚議，還不許他完姻，要等殿試之後授了官職，方才合巹，等兩位小姐好做現成的夫人。

不想殿試的前後，卻與會場不同，郁子昌中在二甲尾，段玉初反在三甲頭。雖然相去不遠，授職的時節卻有內銓外補之別。況且此番外補又與往歲不同，大半都在危疆❻，料想沒有善地。官尚寶又從勢利之心轉出個趨避之法，把兩頭親事調換過來，起先並不提起，直等選了吉日，將要完姻，方才吩咐媒婆，叫他如此如此。這兩男二女總不提防，只說所偕的配偶，都是原議之人，哪裡知道金榜題名，就是洞房花燭的草稿，洞房花燭，仍照金榜題名的次序，始終如一，並不曾紊亂分毫。知足守分的，倒得了世間第一位佳人；心高志大的，雖不叫做吃虧，卻究竟不曾滿願。可見天下之事都有個定數存焉，不消逆慮。

但不知這兩對夫妻成親之後相得何如，後來怎生結果，且等看官息息眼力，再演下回。

---

❻ 危疆：危險地區。

第二回　帝王吃臣子之醋　閨房罷枕席之歡

郁子昌思想繞翠，得了圍珠，初婚的時節未免有個怨悵之心，過到後來也就心安意貼，彼此相忘。只因圍珠的顏色原是嬌艷不過的，但與繞翠相形，覺得彼勝於此。若還分在兩處，也居然是第一位佳人。至於風姿態度，意況神情，據郁子昌看來，卻像還在繞翠之上。俗語二句道得好：「不要文章中天下，只要文章中試官。」

郁子昌的心性原在風流一邊，須是趙飛燕、楊玉環一流人，方才配得他上。恰好這位夫人生來是他的配偶，所以深感岳翁，倒把拂情求理之心，行出一樁合理順情之事。夫妻兩口恩愛異常，無論有子無子，誓不娶妾；無論內遷外轉，誓不相離，要做一對比目魚，不肯使百歲良緣，擔誤一時半刻。

卻說段玉初成親之後，看見妻子為人饒有古道，不以姿容之艷冶，掩其性格之端莊，心上十分歡喜。也與郁子昌一般，都肯將錯就錯。只是對了美色，刻刻擔憂，說：「世間第一位佳人有同至寶，豈可以僥倖得之！莫謂朋友無緣得而復失，就是一位風流天子，尚且沒福消受，選中之後，依舊發還，我何人斯，敢以倘來之福，高出帝王之上乎？『匹夫無罪，懷璧其罪』，覆家滅族之禍，未必不階於此！」所以常在喜中帶戚，笑裡含愁，再不敢肆意行樂。就是雲雨綢繆之際，忽然想到此處，也有些不安起來，竟像這位佳人不是自家妻子，有些干名犯義的一般。繞翠不解其故，只說他中在三甲，選不著京官，將來必居險地，故此預作杞人之憂，不時把「義命自安，吉人天相」的話去安慰他。段玉初道：「死生有命，富貴在天。萬一補在危疆，身死國難，也是臣職當然，命該如此，何足介意？我所慮者，以一薄命書生，享三種過分之福，造物忌盈，未有不加傾覆之理，非受陰災，必蒙顯禍，所以憂患若此。」繞翠問是哪三種，段玉初道：「生多奇穎，謬竊『神童』之號，一過分也；早登甲第，濫叨青紫之榮，二過分也；浪躆溫柔鄉，橫截鴛鴦浦，使君父朋友想望而不能得者，一旦攘為己有，三過分也。三者之中有了一件，就能折福生災，何況兼逢其盛，此必敗之道也。倘有不虞，夫人當何以救我？」繞翠道：「決不至此。只是倖福之心，既不宜有；弭災之計，亦不可無。相公既萌此慮，畢竟有法以處之，請問計將安出？」段玉初道：「據我看來，只有『惜福安窮』四個字可以補救得來，究竟也是希圖萬一，決無幸免之理。」繞翠道：「何為惜福？何為安窮？」段玉初道：「處富貴而不淫，是謂惜福；遇顛危而不怨，是謂安窮。究竟『惜福』二字也為『安窮』而設，總是一片慮後之心，要預先磨鍊身心，好撐持患難的意思。衣服不可太華，飲食不可太侈，宮室❶不可太美，處處留些餘地以資冥福，也省得受用太過，驕縱了身子，後來受不得飢寒。這種道理還容易明白。至於夫妻宴樂之情，衽席綢繆之誼，也不宜濃艷太過，十分樂事，只好受用七分，還要留下三分，預為別離之計。這種道理極是精微，從來沒人知道。為夫婦者不可不知，為亂世之夫婦者更不可不知。俗語云：『恩愛夫妻不到頭。』又云：『樂莫樂兮新相知，悲莫悲兮生別離。』夫婦相與一生，終有離別之日。越是恩愛夫妻，比那不恩愛的更離別得早。若還在未別之前，多享一分快樂；少不得在既別之後，多受一分淒涼。我們惜福的工夫，先要從此處做起：假紅

❶ 宮室：古時房屋的通稱。語本易繫辭下。

倚翠之情，不宜過熱，省得歡娛難繼，樂極生悲；鑽心刺骨之言，不宜多講，省得過後追思，割人腸腹。如此過去，即使百年偕老，永不分離，焉知不為惜福所生，倒閏出幾年的恩愛？」繞翠聽了此言，十分警省，又問他銓補當在何時，可能夠僥天之倖，得一塊平靜地方，苟延歲月？段玉初道：「薄命書生，享了過分之福，就生在太平之日，尚且該有無妄之災，何況生當亂世，還有僥倖之理？」繞翠聽了此言，不覺淚如雨下。

段玉初道：「夫人不用悲淒，我方才所說『安窮』二字就是為此。禍福未來，要預先惜福，禍患一至，就要立意安窮。若還有了地方，無論好歹，少不得要攜家赴任。我的禍福，就是你的安危，夫妻相與百年，終有一別。世上人不知深淺，都說死別之苦勝似生離，據我看來，生離之慘百倍於死別。若能夠僥天之倖，一同死在危邦，免得受生離之苦，這也是人生百年第一樁快事，但恐造物忌人，不肯叫你如此。」繞翠道：「生離雖是苦事，較之死別還有暫辭永訣之分，為甚麼倒說彼勝於此，請道其詳。」段玉初道：「夫在天涯，妻在海角，時作歸來之想，終無見面之期，這是生離的景象。或是女先男死，或是妻後夫亡，天辭會合之緣，地絕相逢之路，這是死別的情形。俗語云：『死寡易守，活寡難熬。』生離的夫婦，只為一念不死，生出無限熬煎。日間希冀相逢，把美食鮮衣，認做糠粃桎梏，夜裡思量會合，把錦衾繡縟，當了芒刺針氈。只因度日如年，以致未衰先老。甚至有未曾出戶，先訂歸期，到後來一死一生，遂成永訣，這都是生離中常有之事，倒不若死了一個，沒得思量，孀居的索性孀居，獨處的甘心獨處，竟像垂死的頭陀不思量還俗，那蒲團上面就有許多樂境出來，與不曾出家的時節纖毫無異。這豈不是死別之樂勝似生離？還有一種夫婦，先在未生病之時，訂了同死之約，兩個不先不後，一齊終了天年，連永訣的話頭都不消說得，眼淚全無半點，愁容不露一毫。這種別法不但勝似生離，竟與拔宅飛昇的無異，非修上幾十世者，不能有此奇緣。我和你同入危疆，萬一遇了大難，只消一付同心帶兒，就可以合成正果。俗語云：『牡丹花下死，做鬼也風流。』這句話頭還是單說私情，與『綱常』二字無涉。我們若得如此，一個做了忠臣，一個做了節婦，合將攏來，又做了一對生死夫妻，豈不是從古及今第一樁樂事？」

繞翠聽了這些話，不覺把蕙質蘭心變作忠肝義膽，一心要做烈婦。說起危疆，不但不怕，倒有些羨慕起來，終日洗耳聽佳音，看補在哪一塊吉祥之地。不想等上幾月，倒有個喜信報來。只為京職缺員，二甲幾十名不夠銓補，連三甲之前也選了部屬。郁子昌得了戶部，段玉初得了工部，不久都有美差。捷音一到，繞翠喜之不勝。段玉初道：「塞翁得馬，未必非禍，夫人且慢些歡喜。我所謂造物忌人，不肯容你死別者，就是為此。」繞翠聽了，只說他是過慮，並不提防，不想點出差來，果然是一場禍事！只因徽宗皇帝聽了諫臣，暫罷選妃之詔，過後追思，未免有些懊悔。當日京師裡面又有四句口號云：

城門閉，言路開；城門開，言路閉。

這些從諫如流的好處，原不是出於本心，不過為城門乍開，人心未定，暫掩一時之耳目，要待烽火稍息之後，依舊舉行。不但第一位佳人不肯放手，連那陪貢的一名，也還要留做備卷的。不想這位大臣沒福做皇親國戚，把權詞❷當了實話，竟認真改配起來。

❷ 權詞：猶言暫且應付之語。

徽宗聞得兩位佳人都為新進書生所得，悔恨不了，想著他的受用，就不覺撚酸吃醋起來，吩咐閣臣道：「這兩個窮酸餓莩，無端娶了國色，不要便宜了他，速揀兩個遠差，打發他們出門去，使他三年五載，不得還鄉，罰做兩個牽牛星，隔著銀河難見織女，以贖妄娶國妃之罪！又要稍加分別，使得繞翠的人，又比得圍珠的多去幾年，以示罪重罪輕之別。」閣臣道：「目下正要遣使如金交納歲幣，原該是戶工二部之事，就差他兩人去罷。」徽宗道：「歲幣易交，金朝又不遠，恐不足以盡其辜。」閣臣道：「歲幣之中，原有金帛二項，為數甚多。金人要故意刁難，罰他賠補，最不容易交卸。賫金者多則三年，少則二載，還能夠回來覆命。賫帛之官自十年前去的，至今未返。這是第一樁苦事，惟此一役，足盡其辜。」徽宗大喜，就差郁廷言賫金，段璞賫帛，各董其事，不得相兼，一齊如金納幣。下了這道旨意，管教兩對鴛鴦，變做伯勞、飛燕！

但不知兩件事情何故艱難至此，請看下回便知來歷。

第三回　死別勝生離從容示訣　遠歸當新娶忽地成空

宋朝納幣❶之例，起於神宗年間，被金人侵犯不過，只得創下這個陋規，每歲輸銀若干，為犒兵秣馬之費，省得他來騷擾。後來逐年議增，增到徽宗手裡，竟足了百萬之數。起先名為歲幣，其實都是銀兩。解到後來，又被中國之人教導他個生財之法，說布帛出於東南，價廉而美，要將一半銀子買了綢段布匹，他拿去發賣，又有加倍的利錢。在宋朝則為百萬，到了金人手裡，就是百五十萬。起先賫送銀兩，原是一位使臣；後來換了幣帛，就未免盈車滿載，充塞道途。一人照管不來，只得分而為二，賫金者賫金，納幣者納幣。又怕銀子低了成色，幣帛輕了分兩，使他說長道短，以開邊衅，就著賫金之使預管徵收，納幣之人先期採買，是他辦來就是他送去，省得換了一手委罪於人。初解幣帛之時，金人不知好歹，見貨便收，易於藏拙。納幣的使臣倒反有些利落，刮漿的布匹、上粉的紗羅，開了重價，蒙蔽朝廷，送到地頭就來覆命，原是一個美差，只怕謀不到手。誰想解上幾遭，又被中國之人教導他個試驗之法，定要洗去了漿，汰淨了粉，逐匹上天平彈過，然後驗收，少了一錢半分，也要來人賠補。賠到後來，竟把這項銀兩做了定規，不論貨真貨假，凡是納幣之臣，定要補出這些常例。常例補足之後，又說他蒙蔽朝廷，欺玩鄰國，拿住贓證，又有無限誅求。所以納幣之臣賠補不起，只得留下身子做了當頭，淹滯多年，

❶ 納幣：致送錢幣。

再不能夠還鄉歸國，這是納幣的苦處。至於賫金之苦，不過因他天平重大，正數之外要追羨餘，雖然所費不貲，也還有個數目。只是金人善詐，見他賠得爽利，就說家事饒餘，還費得起，又要生端索詐。所以賫金之臣，不論貧富，定要延捱幾載，然後了局，當年就返者，十中不及二三。

段、郁二人奉了這兩個苦差，只得分頭分事，採買的前去採買，徵收的前去徵收，到收完買足之後，一齊回到家中，拜別親人，出使異國。郁子昌對著圍珠，十分眷戀，少不得在枕上餞行，被中作別，把出門以後、返棹以前的帳目，都要預支出來，做那一刻千金的美事。又說自己雖奉苦差，有嫡親丈人可恃，縱有些須賠補，料他不惜氈上之毫，自然送來接濟。多則半年，少則三月，夫婦依舊團圓，決不像那位連襟，命犯孤鸞，極少也有十年之別。

繞翠見丈夫遠行，預先收拾行裝，把十年以內所用的衣裳鞋襪，都親手置辦起來。等他採買回家，一齊排在面前道：「你此番出去，料想不是三年五載。妻子鞋弓襪小，不能夠遠送寒衣，故此竊效孟姜女❷之心，兼仿蘇蕙娘❸之意，織盡寒機，預備十年之用，煩你帶在身邊，見了此物，就如見妻子一般。那線縫之中，處處有指痕血跡，不時想念想念，也不枉我一片誠心。」說到此處，就不覺涕泗漣漣，悲

❷ 孟姜女：忠於愛情反抗暴政的文學故事人物。相傳為秦始皇時人，因丈夫范喜良被迫築長城，便萬里送寒衣，哭於城下，城為之崩裂而現出丈夫屍骸，後投海而死。故事最早出現於唐代（可能由春秋時杞梁妻哭夫崩城事附會而成），通過說唱、戲曲，流傳甚廣。

❸ 蘇蕙娘：即十六國時前秦女詩人蘇蕙。其夫竇滔因罪被戍流沙，蘇蕙織錦為迴文詩璇璣圖以贈。其上題詩二百餘首，縱橫反覆皆成章句。見晉書列女傳。

傷欲絕。段玉初道：「夫人這番意思極是真誠，只可惜把有用的工夫，都費在無用之地。我此番出去，依舊是死別，不要認作生離。以赤貧之士，奉極苦之差，賠累無窮，何從措置？既絕生還之想，又何用苟延歲月？至於解到之日，就是我絕命之期，只恐怕一雙鞋襪、一套衣裳還穿他不舊，又何必帶這許多？就作大限未滿，求死不能，也不過多受幾年困苦，填滿了饑寒之債，然後捐生。豈有做了孤臣孽子，囚繫外邦，還想豐衣足食之理！孟姜女所送之衣，蘇蕙娘所織之錦，不過寄在異地窮邊，並不是仇邦敵國。縱使帶去，也盡為金人所有，怎能夠穿得上身？不如留在家中，做了裝箱疊籠之具，後來還有用處，也未可知。」繞翠道：「你既不想生還，留在家中也是棄物了，還有甚麼用處？」

段玉初欲言不言，只嘆一口冷氣。繞翠就疑心起來，畢竟要盤問到底。段玉初道：「你不見詩經上面有兩句傷心話云：『宛其死矣，他人入室。』我死之後，這幾間樓屋裡面，少不得有人進來住，既有人住，衣服豈沒人穿？留得一件下來，也省你許多辛苦，省得千針萬線，又要服事後人，豈不是椿便事？」繞翠聽了以前的話，只說他是肝膈之言，及至聽到此處，真所謂燒香塑佛，竟把一片熱腸付之冷水，不由他不發作起來，就厲聲回覆道：「你這樣男子，真是鐵石心腸！我費了一片血誠，不得你一句好話，倒反謗起人來。怎見得你是忠臣，我就不是節婦？既然如此，把這些衣服都拿來燒了，省得放在家中，又多你一番疑慮。」說完之後，果然把衣裳鞋襪疊在一處，下面放了柴薪，竟像人死之後燒化冥衣的一般，不上一刻時辰，把錦繡綺羅變成灰燼。

段玉初口中雖勸教他不要如此，卻不肯動手扯拽，卻像要他燒化，不肯留在家中與別人穿著的一般。繞翠一面燒，一面哭，說：「別人家的夫婦，何等綢繆！目下分離，不過是一年半載，尚且多方勸慰，只怕妻子傷心。我家不是生離，就是死別，並無一句鍾情的話，反出許多背理之言，這樣夫妻，做他何用！」段玉初道：「別人修得到，故此嫁了好丈夫，不但有情，又且有福，不至於死別生離。你為甚麼前世不修，造了孽障，嫁著我這寡情薄福之人，但有死災，並無生趣，也是你命該如此。若還你這段姻緣，不改初議，照舊嫁了別人，此時正好綢繆，這樣不情的話，何由入耳？都是那改換的不是，與我何干？焉知我死之後，不依舊遂了初心，把娥皇、女英合在一處，也未可知。況且選妃之詔，雖然中止，目下城門大開，不愁言路不閉，萬一皇上追念昔人，依舊選你入宮，也未見得。這雖是必無僅有之事，在我這離家去國的人，不得不慮及此。夫人聽了，也不必多心。古語道得好：『死生有命，富貴在天。』又道：『一飲一啄，莫非前定❹。』若還你命該失節，數合重婚，我此時就著意溫存，也難免紅絲別繫。若還命合流芳，該做節婦，此時就沖撞幾句，你也未必介懷。或者因我說破在先，秘密的天機不肯使人參透，將來倒未必如此，也未見得。」說完之後，竟去料理輕裝，取幾件破衣舊服疊入行囊，把繞翠簇新做起、燒毀不盡的，一件也不帶。又把所住的樓房，增上一個匾額，題曰「鶴歸樓」，用丁令威❺化鶴歸來的故事，以見他決不生還。

出門的時節，兩對夫妻一同拜別。郁子昌把圍珠的面孔看了又看，上馬之後還打了幾次回頭，恨不曾畫幅小像帶在身邊，當做觀音大士一般，好不時瞻禮。段玉初一揖之後，就飄然長往，任妻子痛哭號

❹ 一飲一啄句：舊時諺語。謂事有定數，不可強求。語本太平廣記貧婦引玉堂閑話。一飲一啄，泛指人的飲食（見莊子養生主）。

❺ 丁令威：神話人物。學道於靈虛山，千年後化鶴歸遼東，於空中作歌諷勸世人學仙。事見搜神後記。

喎，絕無半點淒然之色。

兩個風餐水宿，帶月披星，各把所賫之物解入鄰邦。少不得金人驗收，仍照往年的定例，以真作假，視重為輕，要硬迫來人賠補。段玉初道：「我是個新進書生，家徒四壁，不曾領皇家的俸祿，不曾受百姓的羨餘。莫說論萬論千，就是一兩五錢，也取不出。況且所賫之貨並無漿粉，任憑洗濯。若要節外生枝，迫我出那無名之費，只有這條性命，但憑貴國處分罷了。」金人聽了這些話，少不得先加淩辱，次用追比，後設調停，總要迫他寄信還鄉，為變產贖身之計。段玉初立定主意，把「安窮」二字做了奇方，又加上一個譬法，當做飲子：到了五分苦處，就把七分來相比，到了七分苦處，又把十分來相衡，覺得陽世的磨折，究竟好似陰間，任你鞭笞夾打，痛楚難熬，還有「死」字做了後門，陰間是個退步。到了萬不得已之處，就好尋死，既死之後渾身不知痛癢，縱有刀鋸鼎鑊，也無奈我何！不像在地獄中遭磨受難，一死之後不能復死，任你扼喉絕吭，沒有逃得脫的陰司，由他峻罰嚴刑，總是避不開的羅剎❻。只見活人受罪不過，逃往陰間；不見死人擺布不來，走歸陽世。想到此處，就覺得受刑受苦，不過與生瘡害癤一般，總是命犯血光，該有幾時的災晦。到了出膿見血之後，少不得苦盡甘來。他用了這個秘訣，所以隨遇而安，全不覺有拘攣桎梏之苦。

郁子昌虧了岳父擔當，叫他「凡有欠缺，都寄信轉來，我自然替你賠補」。郁子昌依了此言，索性做個暢漢，把上下之人都賄賂定了，不受一些淩辱。金人見他肯用，倒把好酒好食不時款待他，連那沒人接濟的連襟也沾了他些口腹之惠。不及五月，就把欠帳還清，別了段玉初，預先回去覆命。宋朝有個成

❻ 羅剎：梵文略譯。全名為羅叉娑或阿落剎娑。惡鬼代稱。

規：凡是出使還朝的官吏到了京師，不許先歸私宅，都要面聖過了，繳還使節，然後歸家。郁子昌進京之刻，還在巳牌，恰好徽宗坐朝，料想覆過了命，正好回家。古語道得好：「新娶不如遠歸。」那點追歡取樂的念頭，比合卺之初更加激切，巴不得三言兩語回過了朝廷，好回去重偕伉儷。不想朝廷之上為合金攻遼一事，眾議紛紛，委決不下。徽宗自辰時坐殿，直議到一二更天，方才定了主意。定議之後，即便退朝，縱有緊急軍情，也知道他倦怠不勝，不敢入奏，何況納幣還朝，是椿可緩之事。郁子昌熬了半載，只因災星未退，又熬了半夜的零頭，依舊宿在朝房，不敢回宅。倒是半載易過，半夜難熬。正合著唐詩二句：

似將海水添宮漏，併作銅壺一夜長。

圍珠聽見丈夫還朝，立刻就要回宅，竟是天上掉下月來，哪裡歡喜得了，就去重熏繡被，再熨羅衾，打點一夜工夫，要敘盡半年的闊別。誰想從日出望起望到月落，還不見回來，不住空階之上走去走來，竟把三寸金蓮磨得頭穿底裂。及至次日上午登樓而望，只見一位官員簇擁著許多人馬，搖旗吶喊而來。只說是過往的武職，誰想走到門前忽然住馬。圍珠定睛一看，原來就是自己的丈夫，如飛趕下樓來，堆著笑容接見，只說他久旱逢甘，勝似洞房花燭，自然喜氣盈腮，不想見了面反掉下恓惶淚來，問他情由，只是哽哽咽咽，講不出口。

原來覆命的時節，又奉了監軍督餉之差，要他即日登程，不許羈留片刻，以誤師期。連進門一見也是瞞著朝廷，不可使人知道的。這是甚麼原故？只因他未到之先，金人有牒文賚到，要與宋朝合兵攻遼。

宋朝主意不定，擔擱了幾時。金人不見回話，又有催檄遞來，說：「貴國觀望不前，殊失同仇之義。本朝不復相強，當移伐遼之兵轉而伐宋，即欲仍遵前約，不可得矣。」徽宗見了，不勝悚懼。所以窮日議論，不能退朝，就是為此。郁子昌若還遲到一日，也就差了別人，不想寃家湊巧，起先不能決議，恰好等他一到，就定了出師之期。領兵的將帥隔晚已經點出，單少賚餉官一員，要待次日選舉。郁子昌擅娶國妃，原犯了徽宗之忌，見他轉來得快，依舊要眷戀佳人，只當不曾離別，故此將計就計，倒說他納幣有方，不費時日，自能飛輓接濟，有裨軍功。所以一差甫完，又有一差相繼，再不使他骨肉團圓。

圍珠得了此信，把一副火熱的心腸激得冰冷；兩行珠淚竟做了三峽流泉，哪裡傾倒得住？扯了丈夫的袖子正要說些衷情，不想同行的武職一齊嗶噪起來，說：「行兵是大事，顧不得兒女私情。哪家沒有妻子？都似這等留連，一個擔遲一會，須得幾十個日子方得起身，恐怕朝廷得知，不當穩便。」郁子昌還要羈遲半刻，扯妻子進房略見歸來的大意，聽了這些惡聲，不覺高興大掃，只好痛哭一場，做出苦團圓的戲文，就是這等別了。臨行之際，取出一封書來，說是姨丈段玉初寄回來的家報，叫遞與繞翠。

繞翠得書，不覺轉憂作喜，只說丈夫出門，為了幾句口過，不曾敘得私情，過後追思自然懊悔。這封家報無非述他改過之心，道他修好之意。及至拆開一看，又不如此，竟是一首七言絕句。其詩云：

> 文迴錦織倒妻思，斷絕恩情不學痴。
> 雲雨賽歡終有別，分時怒向任猜疑。

繞翠見了，知道他一片鐵心久而不改，竟是從古及今第一個寡情的男子！況且相見無期，就要他多情也沒用，不如安心樂意做個守節之人，把追歡取樂的念頭全然擱起，只以紡績治生，趁得錢來又不想做人家，盡著受用。過了一年半載，倒比段玉初在家之日肥胖了許多，不像那丈夫得意之人，終日愁眉嘆氣，怨地呼天，一日瘦似一日，渾身的肌骨竟像枯柴炭一般，與「溫香軟玉」四個字全然相反。

卻說郁子昌尾了大兵料理軍餉一事，終日追隨鞍馬，觸冒風霜，受盡百般勞苦。俗語云：「少年子弟江湖老。」為商作客的子弟，尚且要老在江湖，何況隨征遇敵的少年，豈能夠仍其故像？若還單受辛勤，止臨鋒鏑，還有消愁散悶之處，縱使易衰易老，也畢竟到將衰將老之年那副面容才能改變。當不得這位少年，他生平不愛功名，止圖快樂，把美妻當了性命，一時三刻也是丟不下的。又兼那位妻子極能體貼夫心，你要如此，她早已如此；枕邊所說的話，被中相與之情，每一思起，就令人消魂欲絕。所以郁子昌的面貌不滿三年，就變做蒼然一叟。髭鬚才出就白起來，縱使放他回鄉，也不是當年嬌婿，何況此時的命運還在驛馬星中，正沒有歸家之日。攻伐不止一年，行兵豈在一處。來來往往，破了幾十座城池，方才僥倖成功，把遼人滅盡。班師之日，恰好又遇著納幣之期，被一個仰體君心的臣子，知道此人入朝必為皇上所忌，少不得又要送他出門，不如在未歸之先假意薦他一本，說：「郁廷言納幣有方，不費時日，現有成效可觀。又與金人相習多年，知道他的情性，不如加了品級，把歲幣一事著他總理。使賫金納幣之官，任從提調，不但重費可省，亦能使邊釁不開，此本國君民之大利也。」此本一上，正合著徽宗吃醋之心，當日就下了旨意，著吏部寫勅升他做戶部侍郎，總理歲幣一事。聞命之後，不必還朝，就在邊城受事，告峻之日，另加升賞。郁子昌見了邸報，驚得三魂入地，七魄升天，不等勅命到來，竟要預尋短計。恰好遇著便人，與他一封書札，救了殘生。

這封書札是何人所寄，說的甚麼事情，為何來得這般湊巧？再看下回便知端的。

第四回　親姊妹迴別榮枯　舊夫妻新偕伉儷

你道這封書札是何人所寄，說的甚麼事情？原來是一位至親瓜葛，同榜弟兄，均在患難之中，有同病相憐之意，恐怕他迷而不悟，依舊墮入阱中，到後來悔之無及，故此把藥石之言寄來點化他的。只因滅遼之信報入金朝，段玉初知道他繫念室家，一定歸心似箭，少不得到家之日，又啟別樣禍端；此番回去不但受別離之苦，還怕有性命之憂。教他飛疏上聞，只說在中途患病，且捱上一年半載，徐觀動靜，再做商量，才是個萬全之策。書到之日，恰好遇了邸報。郁子昌拆開一看，才知道這位連襟是個神仙轉世，說來的話句句有先見之明。他當日甘心受苦，不想還家，原有一番深意，吃虧的去處倒反討了便宜，可惜不曾學他，空受許多無益之苦。就依了書中的話，如飛上疏。不想疏到在後，命下在先，仍叫他勉力辦事，不得借端推委。郁子昌無可奈何，只得在交界之地住上幾時，等賫金納幣的到了，一齊解入金朝。眾人見郁子昌任事，個個歡喜，只道此番的使費仍照當初。當初單管賫金，如今兼理幣事，只消責成一處，自然兩項俱清。那些收金斂幣之人，家家排筵席，個個送下程，把郁老爺、郁侍郎叫不絕口。哪裡知道這番局面比前番大不相同：前番是自己著力，又有個岳父擔當，況且單管賫金，要他賠補，還是有限的數目，自然用得鬆爽。此番是代人料理，自己只好出力，賠不起錢財。家中知道贖他不回，也不肯把有限的精神施於無用之地。又兼兩邊告乏，為數不貲，縱有點金之術，也填補不來。只得老了面皮，硬著脊骨，也學段玉初以前，任憑他擺布而已。金人處他的方法，更比處段玉初不同，沒有一件殘忍之事不曾做到。

此時的段玉初已在立定腳跟的時候，金人見他熬煉得起，又且弄不出滋味來，也就斷了痴想，竟把他當了閑人，今日伴去遊山，明日同他玩水，不但沒有苦難，又且肆意逍遙。段玉初若想回家，他也肯容情釋放，當不得這位使君要將沙漠當了桃源，權做個避秦之地。郁子昌受苦不過，只得仗玉初勸解，十分磨難也替他減了三分。直到兩年之後，不見有人接濟，知道他不甚饒餘，才漸漸的放鬆了手。

段、郁二人原是故國至親，又做了異鄉骨肉，自然彼此相依，同休共戚。郁子昌對段玉初道：「年兄所做之事，件件都有深心，只是出門之際，待年嫂那番情節，覺得過當了些。夫妻之間，不該薄倖至此。」段玉初笑一笑道：「那番光景，正是小弟多情之處，從來做丈夫的沒有這般疼熱，年兄為何不察，倒說我薄倖起來？」郁子昌道：「迫他燒毀衣服，料他日後嫁人；相對之時全無笑面，出門之際不作愁容，這些光景也寡情得夠了，怎麼還說多情？」段玉初道：「這等看來，你是個老實到底之人，怪不得留戀妻孥，多受了許多磨折。但凡少年女子，最怕的是淒涼，最喜的是鬧熱，只除非丈夫死了，沒得思量，方才情願守寡。若叫他沒原沒故，做個熬孤守寡之人，少不得熬上幾年定要鬱鬱而死。我和他兩個平日甚是綢繆，不得已而相別，若還在臨行之際，又做些情態出來，使他念念不忘，把顛鸞倒鳳之情形諸夢寐，這分明是一劑毒藥，要迫他早赴黃泉。萬一有個生還之日，要與他重做夫妻，也不能夠了。不若尋些事故與他爭鬧一場，假做無情，悻悻而別，他自然冷了念頭，不想從前的好處，那些淒涼日子就容易過了。古人云：『置之死地而後生。』我頓挫他的去處，正為要全活他。你是個有學有術的人，難道這種道理全然悟不著？」

郁子昌道：「原來如此。是便是了，婦人水性楊花，捉摸不定，他未曾失節，你先把不肖之心待他，萬一他記恨此言，把不該做的事倒做起來，踐了你的言語，如何使得？」段玉初道：「我這個法子也是因人而施，平日信得他過，知道是綱常節義中人，決不敢做越禮之事，所以如此。苟非其人，我又有別樣治法，不做這般險事了。」郁子昌道：「既然如此，你臨別之際，也該安慰他一番，就不能夠生還，也說句圓融的話，使他希圖萬一，以待將來，不該把匾額上面題了極凶的字眼。難道你今生今世就拿定不得還鄉，要做丁令威的故事不成？」段玉初道：「題匾之意，與爭鬧之意相同。生端爭鬧者，要他不想歡娛，好過日子；題匾示訣者，要他斷了妄念，不數歸期，總是替他消災延壽，沒有別樣心腸，這個法子，不但處患難的丈夫不可不學，就是尋常男子，或是出門作客，或是往外求名，都該用此妙法。知道出去一年，不妨倒說兩載；拿定離家一月，不妨竟道三旬。出路回路，沒有拿得定的日子。寧可使他不望，忽地歸來；不可令我失期，致生疑慮。世間愛妻子的，若能個個如此，能保白髮齊眉，不致紅顏薄命。年兄若還不信，等到回家之日，把賤荊的肥瘦，與尊嫂的豐腴，比並一比並，就知道了。」郁子昌聽了這些話，也還半信半疑，說他見識雖高，究竟於心太忍。「若把我做了他，就使想得到，也只是做不出。」

他兩個住在異邦，日復一日，年復一年，到了欽宗手裡，不覺換了八次星霜，改了兩番正朔。忽然一日，金人大舉入寇，宋朝敗北異常。破了京師，擄出徽、欽二帝，帶回金朝。段、郁二人見了，少不得痛哭一場，行了君臣之禮。徽宗問起姓名，方才有些懊悔，知道往常吃的都是些無益之醋，即使八年以前不罷選妃之詔，將二女選入宮中，到了此時，也像牽牛織女隔著銀河，不能夠見面，倒是讓得他好。

卻說金人未得二帝以前，止愛玉帛子女，不想中原大事，所以把銀子看得極重。明知段、郁二人追比不出，也還要留在本朝做個雞肋❶殘盤，覺得棄之有味。及至此番大捷以後，知道宋朝無人，錦繡中原唾手可得，就要施起仁政來，忽下一道旨意，把十年以內宋朝納幣之臣果係赤貧不能賠補者，俱釋放還家，以示本朝寬大之意。徽、欽二宗聞了此信，就勸段、郁還朝。段、郁二人道：「聖駕蒙塵❷，乃主辱臣死之際，此時即在本朝，尚且要奔隨赴難，豈有身在異邦，反圖規避之理？」二宗再三勸諭，把在此無益、徒愧朕心的話，安慰了一番，段、郁二人方才拜別而去。

郁子昌未滿三十，早已鬚鬢皓然，到了家鄉相近之處，知道這種面貌難見妻子，只得用個點染做造之法，買了些烏鬚黑髮的妙藥，把頭上臉上都妝扮起來，好等到家之日重做新郎，省得佳人敗興。誰想進了大門，只見小姨來接尊夫，不見阿姐出迎嬌婿。只說他多年不見，未免害羞，要男子進去就他，不肯自移蓮步。見過丈人之後，就要走入洞房，只見中廳之上有件不吉利的東西高高架起，又有一行小字貼在面前，其字云：「宋故亡女郁門官氏之柩」。郁子昌見了，驚出一身冷汗，扯住官尚寶細問情由。官尚寶一面哭一面說道：「自從你去之後，無一日不數歸期，眼淚汪汪，哭個不住，哭了幾日，就生起病來，遍請醫生診視，都說是七情所感，憂鬱而成，要待親人見面，方才會好。起先還望你回來，雖然斷了茶飯，還勉強吃些湯水，要留住殘生見你一面。及至報捷之後，又聞得奉了別差，知道等你不來，就

❶ 雞肋：雞的肋骨，用以比喻無多大意味但又不忍捨棄的東西。見三國志魏武帝紀裴松之注。

❷ 蒙塵：舊稱帝王出奔。謂其逃亡在外，蒙受風塵。語出左傳僖公二十四年。

痛哭一場，絕粒而死，如今已是三年，因他臨死之際，吩咐不可入土，要隔了棺木會你一次，也當做骨肉團圓，所以不敢就葬。」郁子昌聽了，悲慟不勝，要撞死在柩前，與他同埋合葬，被官尚寶再三勸慰，方才中止。官尚寶又對他道：「賢婿不消悲苦，小女此時就在，也不是當日的圍珠，不但骨瘦如柴，又且面黃肌黑，竟變了一副形骸，與鬼物無異。你若還看見，也要驚怕起來，掩面而走。倒不如避入此中，還可以藏拙。」郁子昌聽了，想起段玉初昔日之言，叫他回到家中，把兩人的肥瘦比並一番，就知其言不謬。如今莫說肥者果肥，連瘦的也沒得瘦了，這條性命豈不是我害了他？就對了亡靈再三悔過，說：「世間的男子，只該學他，不可像我。淒涼倒是鬧熱，恩愛不在綢繆。『置之死地而後生』，竟是風流才子之言，不是道學先生的話！」

卻說段玉初進門，看見妻子的面貌勝似當年，竟把趙飛燕之輕盈，變做楊貴妃之豐澤，自恃奇方果驗，心上十分歡喜，走進房中，就陪了個笑面，問他：「八年之中享了多少清福，閑暇的時節可思量出去之人否？」繞翠變下臉來，隨他盤問，只是不答。段玉初道：「這等看來，想是當初的怨氣至今未消，要我認個不是，方才肯說話麼？不是我自己誇嘴，這樣有情的丈夫，世間沒有第二個，如今相見，不叫你拜謝也夠得緊了，還要我賠起罪來？」繞翠道：「哪一宗該拜，哪一件該謝？你且講來！」段玉初道：「別了八年，身體一毫不瘦，倒反肥胖起來，一該拜謝；多了八歲，面皮一毫不老，倒反嬌嫩起來，二該拜謝；一樣的姊妹，別人死了，你偏活在世上，虧了誰人？三該拜謝；一般的丈夫，別人老了，我還照舊，不曾改換容顏使你敗興，四該拜謝；別人家的夫婦原是生離，我和你二人已經死別，誰想捱到如今，生離的倒成死別，死別的反做生離，虧得你前世有緣，今生有福，嫁著這樣丈夫，有起死回生的妙手，旋乾轉坤的大力，方才能夠如此，五該拜謝。至於孤眠獨宿不覺淒涼，枕冷衾寒勝如溫暖，同是一般更漏❸，人恨其長，汝怪其短；並看三春花柳，此偏適意，彼覺傷心，這些隱然造福的功勞，暗裡鍾情的好處，也說不得許多，只好言其大概罷了。」

繞翠聽了這些話，全然不解，還說他：「以罪為功，調唇弄舌，不過掩飾前非，哪一句是由衷的話！」段玉初道：「你若還不信，我八年之前，曾有個符券寄來與你，取出來一驗就知道了。」繞翠道：「誰見你甚麼符券？」段玉初道：「姨夫覆命之日，我有一封書信寄來，就是符券，你難道不曾見麼？」繞翠道：「那倒不是符券，竟是一紙離書，要與我斷絕恩情，不許再生痴想的，怎麼到了如今，反當做好話，倒說轉來？」段玉初笑一笑道：「你不要怪我輕薄，當初分別之時，你有兩句言語道：『竊效孟姜女之心，兼做蘇蕙娘之意』。如今看起來，你只算得個孟姜女，叫不得個蘇蕙娘，織錦迴文的故事全不知道。我那封書信是一首迴文詩，順念也念得去，倒讀也讀得來。順念了去，卻像是一紙離書；倒讀轉來，分明是一張符券。若還此詩尚在，取出來再念，一念就明白了。」繞翠聽到此處，一發疑心，就連忙取出前詩，預先順念一遍，然後倒讀轉來，了然是一片好心，並無歹意。其詩云：

疑猜任向怒時分，別有終歡賽雨雲。
痴學不情恩絕斷，思妻倒織錦迴文。

繞翠讀過之後，半晌不言，把詩中的意思咀嚼了一會，就不覺轉憂作喜，把一點櫻桃裂成兩瓣，道：

❸ 更漏：古代用銅壺滴漏計時，夜間憑漏刻傳更，故名為更漏。

「這等說來，你那番舉動竟是有心做的，要我冷了念頭，不要往熱處想的意思麼？既然如此，做詩的時節何不明說，定要藏頭露尾，使我惱了八年，直到如今方才歡喜，這是甚麼意思？」段玉初道：「我若要明說出來，那番舉動又不消做得了。虧得我藏頭露尾，才把你留到如今。不然也與令姐一般，我今日回來，只好隔著棺木相會一處，不能夠把熱肉相粘，做真正團圓的事了。當初的織錦迴文是妻子寄與丈夫；如今倒做轉來，丈夫織迴文寄與妻子，豈不是椿極新極奇之事？」

繞翠聽了，喜笑欲狂，把從前之事不但付之流水，還說他的恩義重似丘山，竟要認真拜謝起來。段玉初道：「拜謝的也要拜謝，負荊的也要負荊，只是這番禮數要行得鬧熱，不要把難逢難偶的佳期，寂寂寞寞的過了。我當日與你成親，全是一片愁腸，沒有半毫樂趣；如今大難已脫，愁擔盡丟，就是二帝還朝，料想也不念舊惡，再做吃醋撚酸的事了。當日已成死別，此時不料生還，只當重復投胎，再來人世，這一對夫妻竟是簇新配就的，不要把人看舊了。」就吩咐家人重新備了花燭，又叫了兩班鼓樂，一齊吹打起來，重拜華堂，再歸錦幕。這一宵的樂處，竟不可以言語形容。男人的伎倆百倍於當年，女子之輕狂備呈於今夕，才知道雲雨綢繆之事，全要心上無愁，眼中少淚，方才有妙境出來。世間第一種房術，只有兩個字眼，叫做「莫愁」。街頭所賣之方，都是騙人的假藥。

後來段玉初位至太常❹，壽逾七十，與繞翠和諧到老。所生五子，盡繼書香。郁子昌斷弦之後，續娶一位佳人，不及數年，又得怯症而死。總因他好色之念過於認真，為造物者偏要顛倒英雄，不肯使人滿志。後來官居臺輔，顯貴異常，也是因他宦興不高，不想如此，所以偏受尊榮之福。可見人生在世，

❹ 太常：官名。九卿之一，掌宗廟禮儀，兼掌選試博士。隋置。清稱太常寺卿。

只該聽天由命，自家的主意，竟是用不著的。這些事跡出在段氏家乘❺中，有一篇鶴歸樓記，借他敷演成書，並不是荒唐之說。

❺家乘：記載一家世系及事實的文書。亦稱家譜、家牒。

奉先樓

第一回　因逃難詑婦生兒　為全孤勸妻失節

詩云：

衲子逢人勸出家，幾人能撇眼前花？
別生東土修行法，權作西方引路車。
茹素不須離肉食，參禪何用著袈裟？
但存一粒菩提❶種，能使心苗長法華。

世間好善的人，不必定要披緇削髮，斷酒除葷，方才叫做佛門弟子；只要把慈悲一念刻刻放在心頭，見了善事即行，不可當場錯過。世間善事，也有做得來的，也有做不來的。做得來的就要全做，做不來的也要半做。半做者，不是叫在十分之中，定要做了五分，就像天平彈過的一般，方才叫做半做；只要

❶ 菩提：佛教名詞。佛家用以指豁然開悟如人睡醒、如日開朗的徹悟境界；又指覺悟的智慧和覺悟的途徑。

權其輕重，揀那最要緊的做得一兩分，也就抵過一半了。留那一半以俟將來，或者由漸而成，充滿了這一片善心，也未見得。作福之事多端，非可一言而盡，但說一事，以概其餘。譬如斷酒除葷，吃齋把素，是佛教入門的先著，這樁善事，出家人好做，在家人難做。出家之人，終日見的都是蔬菜，魚肉不到眼前，這叫做：「不見可欲，使心不亂。」在家之人，一向吃慣了嘴，看見肉食，未免流涎，即使他強熬住，少不得喉嚨作癢，依舊要開，不如不吃的好。

我如今說個便法，全齋不容易吃，倒不如吃個半齋，亦可以熬長耐久。何謂半齋？肉食之中，斷了牛犬二件，其餘的豬羊鵝鴨，就不戒也無妨。同是一般性命，為甚麼單惜牛犬？要曉得上帝好生，佛門惡殺，不能保全得到，就要權其輕重。傷了別樣生命，雖然可憫，還說他於人無罪，卻也於世無功，殺而食之，就像虎豹食麋鹿，大蟲吞小蟲，還是可原之罪。至於牛犬二物，是生人養命之原，萬姓守家之主。耕田不借牛力，五穀何由下土？守夜不賴犬功，家私盡為盜竊。有此大德於人，不但沒有厚報，還拿來當做仇敵，食其肉而寢其皮，這叫做負義忘恩，不但是貪圖口腹。所以宰牛屠狗之罪，更有甚於殺人，食其肉者，亦不在持刀執梃之下。若能戒此二物，十分口腹之罪，就可以減去五分，活得十年，只當吃了五年長素，不但可資冥福，能免陽災，即以情理推之，也不曾把無妄之災，加於有功之物，就像當權柄國，不曾殺害忠良，清夜捫心，亦可以不生慚悔。這些說話，不是區區創造之言，乃出自北斗星君之口，是他親身下界，吩咐一個難民，叫他廣為傳說，好勸化世人的。聽說正文，便知分曉。這篇正文雖是樁陰騭事，卻有許多波瀾曲折，與尋常所說的因果不同。看官裡面盡有喜說風情厭聞果報的，不可被「陰騭」二字阻了興頭，置新奇小說而不看也。

明朝末年，南京池州府東流縣，有個飽學秀才，但知其姓，不記其名，連他的內人，也不知何氏，只好稱為「舒秀才」、「舒娘子」。因是一樁實事，不便扭捏其名，使真事變為假事也。舒族之人極其繁衍，獨有他這一分，代代都是單傳，傳到秀才已經七世，但有祖孫父子之稱，並無手足兄弟之義。五倫之內缺少一倫。「人皆有兄弟，我獨無」，這兩句四書，竟做了傳家的口號。舒秀才早年娶妻，也是個名家之女，姿容極其美艷，又且賢淑端莊，長於內助。夫妻之恩愛，枕席之綢繆，有不可以言語形容者。做親數年，再不見懷孕，直到三十歲才有了身。就央通族之人，替他聯名祈禱，求念人丁寡弱，若是女孕，及早變做男胎。不想生下地來，果然是個兒子，又且氣宇軒昂，眉清目秀。舒秀才見了，喜笑欲狂，連通族之人也替他慶幸不已。獨鄰舍人家見他生下地來，不行溺死，居然領在身邊，視為奇物，都在背後冷笑，說他夫妻兩口是一對痴人。這是甚麼原故？只因彼時流寇猖獗，大江南北沒有一寸安土。賊氛所到之處，遇著婦女就淫，見了孩子就殺。甚至有熬取孕婦之油，為點燈搜物之具；縛嬰兒於旗竿之首，為射箭打彈之標的者。所以十家懷孕九家墮胎，不肯留在腹中馴致熬油之禍。十家生兒九家溺死，不肯養在世上預為箭彈之媒。起初有孕，眾人見他不肯墮胎，就有譏誚之意；到了此時，又見種種得意之狀，就把男子目為迂儒，女人叫做黠婦，說：「他這般艷麗，遇著賊兵，豈能幸免？婦人失節，孩子哪得安生？不是死於箭頭，就是斃諸刀下。以太平之心處亂離之世，多見其不知量耳！」

舒秀才望子急切，一心只願宗祧，並不曾想起利害。直到生子之後，看見賀客寥寥，人言藉藉，方才悟到「亂離」二字。覺得兒子雖生，斷不是久長之物，無論遇了賊兵必遭慘死，就能保其無恙，也必至母子分離。失乳之兒，豈能存活？這七世單傳的血脈，少不得斷在此時，生與不生，其害一也。想到此處，就不覺淚下起來，對了妻孥，備述其苦。舒娘子道：「你這訴苦之意，是一點甚麼心腸？還是要我捐生守節，做個冰清玉潔之人？還是要我留命撫孤，做那程嬰、杵臼之事❷？」舒秀才道：「兩種心腸都有，只是不能夠相兼。萬一你母子二人落於賊兵之手，倒不願你輕生赴難，致使兩命俱傷，只求你取重略輕，保我一支不絕。」舒娘子道：「這等說起來，只要保全黃口，竟置節義綱常於不論了！做婦人的操修全在『貞節』二字，其餘都是小節。一向聽你讀書，不曾見說『小德不逾閑，大德出入可也』？❸」舒秀才道：「那是處常的道理，如今遇了變局，又當別論。處堯、舜之地位，自然該從揖讓；際湯、武之局面，一定要用征誅。堯舜湯武，易地皆然。只要撫得孤兒長大，保全我百世宗祧，這種功勞也非同小可，與那匹夫匹婦自經於溝瀆者，奚啻霄壤之分哉！」舒娘子道：「是便是了，我若包羞忍恥，撫得孤子成人，等你千里尋來，到骨肉團圓的時節，我兩人相對，何以為顏？當初看做浣紗記，到那西子亡吳之後，復從范蠡歸湖，竟要替他羞死！起先為主復仇，以致喪名敗節，觀者不施責備，為他心有可原；及至國恥既雪，大事已成，只合善刀而藏，付之一死，為何把遭瑕被玷的身子，依舊隨了前夫？人說他是千古上下第一個絕色佳人，我說他是從古及今第一個覥顏女子！我萬一果然不幸，做了今日之西施，那一齣歸湖的醜戲也斷然不做！你須要牢記此語，以為後日之驗。」舒秀才聽了這些話，不覺涕泗交流，

---

❷ 程嬰杵臼之事：意謂殺身保存孤兒。程嬰，春秋晉人，趙朔友。杵臼，趙朔門客。趙朔為屠岸賈所殺，程嬰、杵臼定計救趙朔遺孤，由杵臼負他人兒匿山中，嬰則告密於賈，賈命搜殺之，嬰抱真孤另匿山中，得免於難。真孤（趙武）長成滅賈，程嬰自殺於杵臼墓前。事見史記趙世家。

❸ 小德不逾閑句：猶言大節必須把持，而小節則可相對不必拘執。語本論語子張。

悲慟不已。

過了幾時，聞得賊兵四至，沒處逃生。做男子的還打點布襪芒鞋，希圖走脫。婦人女子都有一雙小腳，替流賊做了牽頭，鉤住身子，不放他轉動。舒秀才對妻子道：「事急矣！娘子留心，千萬勿負所託！」舒娘子道：「名節所關，不是一樁細事，你還要謀之通族，詢諸三老❹。若還眾議僉同，要我如此，我就看祖宗面上，做了這樁不幸之事；若還眾人之中，有一個不許，可見大義難逃，還是死節的是。」舒秀才道：「也說得有理。」就把一族之人請來會於家廟。

那座家廟名為「奉先樓」。舒秀才把以前的話遍告族人，詢其可否。族人都說：「守節事小，存孤事大。」與舒秀才的主意相同。舒秀才就央通族之人，把妻子請入「奉先樓」，大家苦勸，叫他看宗祀分上，立意存孤，勿拘小節。舒娘子道：「從來不忠之臣、不節之婦，都假借一個美號，遂其奸淫。或說勉嗣宗祧，或說苟延國脈，都未必不出於本心，直等國脈果延、宗祧既嗣之後，方才辨得真假。如今蒙列位苦勸，我欲待依從，只有一句說話，也要預先講過：初生乍養的孩子，比垂髫總角者不同，痧痳痘疹，全然未出。若還託賴祖宗，養得成功便好；萬一壽算不長，半途而廢，孤又不曾撫得成，徒然做了個失節之婦，卻怎麼好？」眾人道：「那是命該如此，與你何干？只問你盡心不盡心，不問他有壽沒有壽。」舒娘子道：「雖則如此，也還要斟酌。絕後不絕後，關係於祖宗，還須對著神主，卜問一卜問。若還高曾祖考都容我失節，我就勉強依從，若還占卜不允，這個孩子就是撫不成、養不大的了，落得拋棄了他，完我一生節操，省得名實兩虛，使男子後來懊悔。」眾人道：「極說得是。」就叫舒秀才磨起墨來，寫

❹ 三老：古時一鄉中掌教化的長老。見漢書高帝紀上。

了「守節」、「存孤」四個字，分為兩邊，搓作紙團，對祖宗卜問過了，然後拈鬮。卻好拈著「存孤」二字。舒秀才與眾人大喜，又再三苦勸一番，他才應許。應許之後，又對著祖宗拜了四拜，就號啕痛哭起來，說：「今生今世，講不起『貞節』二字了！止因賊惡滔天，以致綱常掃地。只求天地祖宗早顯威靈，殄滅此輩，好等忠臣義士出頭。」哭完之後，別了眾人，抱了孩子，夫婦二人且到黃柏樹下彈琴去了。

後事如何，再容分說。

第二回　幾條鐵索救殘生　一道麻繩完骨肉

舒秀才夫婦立了存孤的主意，未及半月，闖賊就至東流。舒秀才棄家逃走，得免於難。那一方的婦人除老病不堪之外，未有不遭淫污者，舒娘子亦在其中。遇賊之初，把孩子抱在懷裡，任憑扯拽，只是不放。闖賊拔刀要斫孩子，他就放聲大哭起來，說：「寧可辱身，勿殺吾子；若殺吾子，連此身也不肯受辱，有母子偕亡而已。」闖賊無可奈何，只得存其一線，就把他帶在軍中，流來流去，不知流過多少地方，母子二人總不曾離了一刻。

卻說舒秀才逃難之後，回來不見了妻子，少不得痛哭一場，耐心苦守，料想亂離之世，盼不得骨肉團圓，直要等個真命天子出來，削平區宇，庶有破鏡重圓之日。至皇清定鼎、楚蜀既平後，川湖總督某公大張告示，許贖民間俘女。舒秀才聞得此信，知道闖賊所擄之人盡為大兵所得，就賣了家產，前去尋妻贖子，歷盡艱難困苦，看見無數男人都贖了妻子回去，獨有自家的親屬並無蹤影。在川湖兩處尋訪了半年，資斧用去一大半，只得廢然而返。不想來到中途，又遇了土賊，把盤費劫得精光，竟要餓死，只得沿途乞食。不想川湖地界日日有大兵往來，居民盡皆遠避，並無施捨，只好倒在兵營之中，討些吃吃。

一日，餓倒在路旁，不能舉動；到將晚的時節，忽有大兵經過，因近處沒有人家，就在大路之旁撐起帳房宿歇。舒秀才知道屯兵之處必定舉火，只得勉強支撐，走到帳房門首，要乞些餘粒，以求殘生。

只見眾人所吃的都是肉食，並無米麵，那肉食又無碗盛，都是切成大塊，架在炭火之中，旋燒旋吃。見他走到，就有個慈心的將官，提起熟肉一方，約有一斤多重，往他面前一丟。舒秀才餓得眼花，拾了竟走，也不看是豬肉羊肉。及至拿到冷廟之中，撕些入口，覺得這種香味與尋常所吃的不同，別是一種氣味。及至咽下喉去，就高聲念起佛來。原來不是豬，不是羊，竟是一塊牛肉！舒秀才家中累世不食牛犬，那「奉先樓」上現刻著一道碑文，說祖上遇著個高僧，道他家本該絕後，只因世不殺生，又能戒食牛犬，故為上帝所憫，每代賜子一人，以綿宗祀。破戒之日，即絕嗣之年也。所以舒秀才持戒甚堅，到了性命相關的時節，依舊不違祖訓，寧可絕食而死，不肯破戒而生。就把幾個指頭伸進喉內，再三摳挖，定要哇而出之。誰想肉便哇出來，那一絲殘喘卻已隨聲而絕，覺得自家的魂靈與自家的屍首隔了一丈多路，附又附不上，走又走不開。

正在飄忽無依之際，只見有許多神明騎馬張蓋而過，看見舒秀才，就問：「什麼遊魂，不陰不陽，流落在此處？」舒秀才跪倒，哭訴遭難餓死的緣由。那些神明道：「你現有吃殘的餘肉棄在屍首之旁，怎麼還說是餓死？」舒秀才又把戒牛不食，誤吞入喉，到知覺之後方才嘔出，所以氣隨聲斷的原故述了一番。又說：「有哇出之肉可證。」那些神明道：「這等說起來，是個吃半齋的人了，豈有不得善終，蒙此慘禍之理？」就叫跟隨的神役，快把他的魂靈附在屍首上去。舒秀才又道：「請問諸位尊神是何名號，因甚到此？」那些神明道：「吾輩乃北斗星君，為察人間善惡，偶然到此。」舒秀才又問：「何以謂之半齋？」北斗星君道：「五葷三厭俱不食，謂之全齋；別葷不戒，單戒牛犬，謂之半齋。這個名目世人不曉，你可遍傳一傳：凡食半齋者，俱能逢凶化吉，生平沒有奇災。即你今日之事，就是一個證驗了。」舒秀才還要把尋妻覓子的話哀告一番，兼問妻子的存亡，還求他指條去路，不想他說完之後，帶起馬頭，竟飄然去了。留幾個神役，引他的魂靈附入屍首，也就不知去向。舒秀才昏沉了一會，覺得冰冷的身子，漸漸的暖熱起來，知道是還魂的氣象，就把眼目一睜，精神一抖，不覺的健旺如初，竟與吃飽之人無異，隨往各處募緣，依舊全活了身子。

約過半月有餘，走了一千多里路，不想災星未滅，好事多磨，遇著一起大兵，拿他做了縴夫，依舊要拽船上去，日間有人押守，一到夜間，就鎖在廟中宿歇，不容逃走。舒秀才受苦不過，每夜哭到天明，口中不住的說：「北斗星君，你曾親口對我說過，凡吃半齋的人，生平沒有奇禍；如今死在須臾，為甚麼不來救我？」說來說去，總是這幾句虛玄的話。一連哭了三四夜，不想被船上聽見，惱了一位太太，等到天明，差幾個牢子拿到船邊去審究。原來這隻坐船止載家眷，並無官府。官府從四川下來，家眷由湖廣上去，約在中途相會的。船裡的太太隔著簾子問他：「是何方人氏，姓甚名誰？為甚麼跟住坐船不住的啼哭，使我睡不安穩？」舒秀才就把姓名舉止與尋妻覓子話說了一番，說完之後，就不住的磕頭，求他釋放還鄉，活此狗命。那位太太聽了，就高聲呵叱起來，吩咐押伕之人把鐵鏈鎖了，解到前途，等老爺發落。那些兵丁得了這句說話，就把幾條鐵索盤在他頸上，只當帶了重枷，如何行走得動？一連捱上三日，頸也磨穿，腳也拖腫，只求官府早到一刻，好發放他上路，省得活在世上受此奇苦。

只見第四日上，遇著幾號坐船，都說是老爺來了。眾兵跪在路旁，接過之後，只見一位將軍走過船來，在官艙之中坐了一會，就叫岸上的兵丁，一面帶犯人聽審，一面準備刀斧，伺候殺人。舒秀才聽見了，三魂入地，七魄升天，哪裡觳觫得了？不上一刻，那位將軍走到船頭，取一把交椅，朝岸上坐了。

眾人吶喊一聲，就把舒秀才帶到。擡頭一看，只見那位將軍豎起雙眉，滿臉都是殺氣，高聲問道：「你是何等之人，跟著官船啼哭，又見船上沒有男子，更深夜靜走進艙來，要做不良之事？」舒秀才聽了這一句，一發魂飛膽裂，不知從哪裡說起，也高聲回覆道：「生員是個讀書人，頗知禮法，怎敢胡行？實為尋妻覓子而來，路上遇了天兵，拿我拽縴。我因妻子尋不見，又繫住身子，不得還鄉，所以慘傷不過，對著神明啼哭，不想驚動了太太，把我鎖到如今，聽候老爺發落。這是實情，此外並無他罪。」那位將軍就掉過臉來，問眾人道：「這幾條鐵索是幾時鎖起的？」眾人道：「就是他啼哭之後，驚動了太太，吩咐鎖起，候老爺發落，如今已四日了。」將軍道：「不信有這等事！既然如此，開了鎖，待我驗一驗看。」眾人聽了，就吶喊一聲，替他開鎖。不想這幾管鐵鎖在露天之下過了三夜，又遇幾次大雨，鎖簧上了鐵鏽，再開不開。直等捺上幾十次，敲上幾百錘，打開鎖門方才除去鐵索。那位將軍把他脖項之中仔細一驗，只見鐵索所盤之處磨得肉綻皮穿，就不覺回嗔作喜，放下臉來對眾人道：「若不是這幾把鐵鎖、一片血痕做了證據，不但此人必殺，連你們的性命也要斷送幾條。這等看起來，果然不曾上船，是我疑錯了。」又問舒秀才道：「這等，你妻子何氏，兒子何名？若在這邊，如今該幾歲了？」舒秀才據實以答。將軍對左右道：「把他帶過一邊，我自有處。」說了這幾句，就笑嘻嘻的進艙去了。

看官，你道這些舉動是甚麼來由？為甚麼平空白地把縴夫認作奸夫，做起吃醋撚酸的事來？要曉得這位太太就是舒秀才的妻子，這位將軍自從得他之後，就拿來做了夫人，寵愛不過，把他帶來的兒子視若親生。舒娘子相從之日，與他訂約在先，說：「前夫七代單傳，止得這點骨血，若有相會之日，求把兒子交付還他。」這位將軍是個仗義之人，就滿口應承，並無難色。這一夜舒娘子睡在舟中，聽見岸上啼哭，好似丈夫的聲音，所以等至天明，拿到船邊來審問，原是要識認面容，不想果然是他，心中大喜。若把別個婦人遇了親夫，少不得揭起珠簾與他相會；若還見了一面，就涉了瓜李之嫌❶，舒秀才這條性命今日就不能保了。虧他見識極高，知道男子的心腸最多猜忌，若還在他未到之先通了一句言語，就種下了無限的疑根，連同枕共衾開囊捲橐的事，都要疑心出來了。若不說明，又怕他逃了開去，後來沒處抓尋，所以一字不提，只把鐵索鎖了，叫人帶住。一來省得他逃走，二來倒借了這條鐵索，做一件釋疑解惑的東西，省得他誹謗起來沒得分辨。不想到了今日，果應其言。

將軍看了那些光景，走進艙來，和顏悅色對他道：「你的心跡如今驗出來了，可見是個光明正大之人。兒子遇了父親，自然交付還他，只是你的身子作何歸結？他是前夫，我是後夫，還是要隨哪一個，老實說來？」舒娘子道：「妾自失身以後，與前面的男子就是恩斷義絕之人了，莫說不要隨他，就要隨他，叫我把何顏相見？只將兒子交付還他，我的心事就完了，別樣的話都不必提起。」將軍道：「如此極好。」就把兒子帶到前艙，喚舒秀才上來，當面問他道：「這是你的兒子麼？」舒秀才道：「正是。」將軍道：「這個孩子，你不要看容易了，費你妻子多少心血，方才撫養得成！說你七世單傳，止得這點骨血，比尋常孩子不同。日間不放下地，夜間不放著床，竟是在手上養大、身上睡大了的。如今交付還你，他的心事完了。至於他的身子，業已隨了別人，不便與你相見，休想再要會他，領了兒子去罷。」舒秀才道：「得了兒子，已屬萬幸，豈敢復望前妻？就此告別了。」說完之後，深深拜了幾拜，謝他撫育之恩，領了兒子竟走。將軍送他路費一封，又撥小船一隻，顧不得孩子啼哭，等他抱過船頭，就叫扯

❶ 瓜李之嫌：謂處於嫌疑之地位。語出唐書柳公權傳。瓜李，瓜田李下之省語。

起風帆，溯流而上。不上半刻時辰，母子二人已有天南地北之隔了。

卻說舒秀才口中雖說不敢望妻子，這一點得隴望蜀之心誰人沒有？看見兒子雖然到手，妻子並不見面，未免睹物傷情，抱了孤兒，不住的痛哭。正在悲苦不勝之際，只見江岸之上有一匹飛馬趕來，騎馬之人手持令箭，說：「將軍有令，特地來追你轉去！」舒秀才又吃一驚，不知何意，只得隨旗而轉。及至趕著大船。見了將軍，原來是一團好意。

只因舒娘子賦性堅貞，打發兒子去後，就關上艙門，一索吊死。眾丫鬟推門不進，知道必有原故，就報與將軍知道。將軍劈開艙門，只見這位夫人已做了梁上之鬼。將軍憐惜不已，叫人解去索子，放下地來。取續命丹一粒，塞入口中，用滾湯灌下。也是他大限未終，不該就死，一連灌上幾口，就甦醒轉來。將軍問他道：「你尋死之意，無非是愛惜兒子，又捨不得前夫，故用這條短計。我起先問你，原有個開籠放鶴之心；你又不肯直說，故意把巧言覆我。到如今首鼠兩端❷，是何道理？」舒娘子道：「今日之事，已定於數載之前。當日分別之時，曾與丈夫講過，說：『遭瑕被玷之餘，決無面目相見，僥倖存孤之後，有死而已。』老爺不信，只叫他上來問就是了。」將軍道：「若果然如此，竟是個忍辱存孤的節婦了！我做英雄豪傑的人，哪裡討不出婦女，定要留個節婦為妻？我如今喚他轉來，使你母子夫妻同歸一處，你心下何如？」舒娘子道：「有話在先，決不做靦顏之事，只求一死，以蓋前羞。」將軍道：「你如今死過一次，也可謂不食前言了。少刻前夫到了，我自然替你表白。」

此時見舒秀才走到，就把他妻子忍辱存孤、事終死節的話細細述了一遍。又道：「今日從你回去，

❷ 首鼠兩端：形容瞻前顧後，猶豫不決。首鼠，鼠性疑，出洞時一進一退，不能自決。兩端，拿不定主意。

是我的好意，並不是他的初心。你如今回去，倒是說前妻已死，重娶了一位佳人，好替他起個節婦牌坊，留名後世罷了。」說完這些話，就別撥一隻大船，把他所穿的衣服、所用的器皿盡數搬過船去，做了贈嫁的奩資。這夫妻二人與那三尺之童，一齊拜謝恩人，感頌不遑，繼之以泣。

這場義舉是鼎革❸以來第一件可傳之事，但恨將軍的姓名廉訪未確，不敢擅書，僅以「將軍」二字概之而已。

---

❸ 鼎革：取義於易鼎、革二卦名。鼎，取新。革，去故。多指改朝換代。

生我樓

第一回　破常戒造屋生兒　插奇標賣身作父

詞云：

千年劫，偏自我生逢。國破家亡身又辱，不教一事不成空。極狠是天公！　差一念，悔殺也無功。青塚魂多難覓取，黃泉路窄易相逢，難禁面皮紅。

右調望江南

此詞乃闖賊南來之際，有人在大路之旁，拾得漳煙❶少許，此詞錄於片紙，即闖賊包煙之物也。拾得之人不解文義，僅謂殘編斷幅而已。再傳而至文人之手，始知為才婦被擄，自悔失身，欲求一死，又慮有覥面目，難見地下之人，進退兩難，存亡交阻，故有此悲憤流連之作。玩第二句有「國破家亡」一語，不僅是庶民之妻，公卿士大夫之妾，所謂「黃泉路窄易相逢」者，定是個有家有國的人主。彼時京

❶ 漳煙：福建漳州一帶所產的煙草。

師未破，料不是先帝所幸之人，非藩王之妃，即宗室之婦也。貴胄若此，其他可知；能詩善賦、通文達理者若此，其他又可知。所以論人於喪亂之世，要與尋常的論法不同，略其跡而原其心，苟有寸長可取，留心世教者就不忍一概置之。古語云：「立法不可不嚴，行法不可不恕。」古人既有誅心之法，今人就該有原心之條。跡似忠良，而心同奸佞，既蒙貶斥於春秋；身居異地，而心繫所天，宜見褒揚於末世。誠以古人所重，在此不在彼也。此婦既遭污辱，宜乎背義忘恩，置既死之人於不問矣，猶能慷慨悲歌，形於筆墨，亦當在可原可赦之條，不得與尋常失節之婦同日而語也。此段議論，與後面所說之事不甚相關，為甚麼敘作引子？只因前後二樓，都說被擄之事，要使觀者稍抑其心，勿施責備之論耳。從來鼎革之世，有一番亂離，就有一番會合。亂離是椿苦事，反有因此得福，不是逢所未逢，就是遇所欲遇者。造物之巧於作緣，往往如此。

卻說宋朝末年，湖廣鄖陽府竹山縣，有個鄉間財主，姓尹名厚。他家屢代務農，力崇儉樸，家資滿萬，都是氣力上掙出來，口上省下來的。娶妻龐氏，亦係莊家之女，縞衣布裙，躬親杵臼❷。這一對勤儉夫妻，雖然不務奢華，不喜炫耀，究竟他過的日子比別家不同，到底是豐衣足食。莫說別樣，就是所住的房產，也是另一種氣概。四書上有兩句云：「富潤屋，德潤身❸。」這個「潤」字，從來讀書之人都不得其解。不必定是起樓造屋，使他煥然一新，方才叫做潤澤；就是荒園一所，茅屋幾間，但使富人住了，就有一種旺氣，此乃時運使然，有莫之為而為者。若說潤屋的「潤」字，是興工動作粉飾出來的，

❷ 躬親杵臼：猶言親身操作日常家務勞動。杵臼，舂米的木杵與石臼。

❸ 富潤屋二句：意謂富有者必潤益其屋，有德者必滋潤其身。語出禮記大學。

則是潤身的「潤」字，也要改頭換面另造一副形骸，方才叫做潤身。把正心誠意的工夫，反認做穿眼鑿眉的學問了，如何使得？

尹厚做了一世財主，不曾興工動作。只因婚娶以後，再不宜男，知道是陽宅不利，就於祖屋之外另起一座小樓。同鄉之人都當面笑他道：「盈千滿萬的財主，不起大門大面，蓄了幾年的精力，只造得小樓三間，該替你上個徽號，叫做『尹小樓』才是。」尹厚聞之甚喜，就拿來做了表德。

自從起樓之後，夫妻兩口搬進去，做了臥房，就忽然懷起孕來。等到十月滿足，恰好生出個孩子，取名叫做樓生，相貌魁然，易長易大，只可惜腎囊裡面止得一個腎子。小樓聞得人說，獨卵的男人不會生育，將來未必有孫，且保了一代再處。不想到三四歲上，隨著幾個孩童出去嬉耍，晚上回來，不見了一個，恰好是這位財主公郎。彼時正有虎災，人口豬羊時常有失脫，尋了幾日不見，知道落於虎口。夫妻兩口幾不欲生。起先只愁第二代，誰想命輕福薄，一代也不能保全。勸他的道：「少年的婦人只愁不破腹，生過一胎就是熟胎了，哪怕不會再生？」小樓夫婦道：「也說得是。」

從此以後，就愈敦夫婦之好，終日養銳蓄精，只以造人為事。誰想從三十歲造起，造到五十之外，行了三百餘次的月經，倒下了三千多次的人種，粒粒都下在空處，不曾有半點收成。小樓又是惜福的人，但有人勸他娶妾，就高聲念起佛來，說：「這句話頭，只消口講一講，就要折了冥福。何況認真去做，有個不傷陰德之理？」所以到了半百之年，依舊是夫妻兩口，並無後代。親戚朋友個個勸他立嗣，尹小樓道：「立後承先，不是一樁小事，全要付得其人。我看眼睛面前沒有這個有福的孩子，況且平空白地把萬金的產業送他，也要在平日之間有些情意到我，我心上愛他不過，只當酬恩報德一般，明日死在九泉之下也不懊悔。若還不論有情沒情，可託不可託，見了孩子就想立嗣，在生的時節，他要得我家產，自然假意奉承，親爺親娘，叫不住口；一到死後，我自我，他自他，那有甚麼關涉？還有繼父未亡，嗣子已立，一朝權在手，便把令來行，倒要脅制爹娘，欺他沒兒沒女，又搖動我不得，要迫他早死一日，早做一日家主公的，這也是立嗣之家常有的事。我這分家私是血汗上掙來的，不肯白白送與人，要等個有情有義的兒子，未曾立嗣之先，倒要受他些恩義，使我心安意肯，然後把恩惠加他。別個將本求利，我要人將利來換本，做樁不折便宜的事，與列位看一看，何如？」眾人不解其故，都說他是迂談。

一日，與龐氏商議道：「同鄉之人，知道我家私富厚，哪一個不想立嗣？見我發了這段議論，少不得有垂鉤下餌的人，把假情假意來騙我。不如離了故鄉，走去周遊列國，要在萍水相逢之際，試人的情意出來。萬一遇著個有福之人，肯把真心向我，我就領他回來，立為後嗣，何等不好？」龐氏道：「極講得是。」就收拾了行李，打發丈夫起身。

小樓出門之後，另是一種打扮，換了破衣舊帽，穿著苧襪芒鞋，使人看了，竟像個卑田院的老子，養濟院的後生，只少得一根拐棒，也是將來必有的家私。這也罷了，又在帽檐之上插著一根草標，妝做個賣身的模樣。人問他道：「你有了這一把年紀，也是大半截下土的人了，還有甚麼用處，思想要賣身？看你這個光景，又不像以下之人，他買你回去，還是為奴作僕的好，還是為師作傅的好？」小樓道：「我的年紀果然老了，原沒有一毫用處，又是做大慣了的人，為奴做僕又不屑，為師作傅又無能。要尋一位沒爺沒娘的財主，賣與他做繼父，拼得費些心力，替他管管家私，圖一個養老送終，這才是我的心事。」問的人聽了，都說是油嘴話，沒有一個理他。他見口裡說來，沒人肯信，就買一張棉紙，裱做三四層，寫上幾行大字，做個賣身為父的招牌。其字云：

年老無兒，甘賣與人作父，止取身價十兩，願者即日成交，並無後悔。

每到一處，就捏在手中，在街上走來走去，有時走得腳酸，就盤膝坐下，把招牌掛在胸前，與和尚募緣的相似。眾人見了，笑個不住，罵個不了，都說是喪心病狂的人。小樓隨人笑罵，再不改常。終日穿州撞府，涉水登山，定要尋著個買者纔住。

要問他尋到幾時，方才遇著受主，只在下回開卷就見。

第二回　十兩奉嚴親本錢有限　萬金酬孝子利息無窮

尹小樓捏了那張招帖，走過無數地方，不知笑歪了幾千幾萬張嘴。忽然遇著個奇人，竟在眾人笑罵之時，成了這宗交易。俗語四句道得好：

彎刀撞著瓢切菜，夜壺合著油瓶蓋。
世間棄物不嫌多，酸酒也堪充醋賣。

一日，走到松江府華亭縣，正在街頭打坐，就有許多無知惡少走來愚弄他，不是說孤老院中少了個叫化頭目，要買你去頂補；就是說烏龜行裡缺了個樂戶頭兒，要聘你去當官。也有在頭上敲一下的，也有在腿上踢一腳的，弄得小樓當真不是，當假不是。正在難處的時節，只見人叢裡面擠出一個後生來，面白身長，是好一個相貌，止住眾人，叫他不要羅唣，說：「鰥寡孤獨之輩，乃窮民之無告者，皇帝也要憐憫他，官府也要周恤他。我輩後生只該崇以禮貌，豈有擅加侮慢之理？」眾人道：「這等說起來，你是個憐孤恤寡的人了，何不兌出十兩銀子，買他回去做爺？」那後生道：「也不是甚麼奇事。看他這個相貌，不是沒有結果的人；只怕他賣身之後，又有親人來認了去，不肯隨我終身。若肯隨我終身，我原是沒爺沒娘的人，就拚了十兩銀子，買他做個養父，也使百年以後，傳一個憐孤恤寡之名，有甚麼不好？」小樓道：「我止得一身，並無親屬，招牌上寫得分明，後來並無翻悔。你若果有此心，快兌銀子出來，我就跟你回去。」眾人道：「既然賣了身子，就是他供養你了，還要銀子何用？」小樓道：「不瞞列位講，我這張痨嘴原是饞不過的，茶飯酒肉之外，還要吃些野食。只為一生好嚼，所以做不起人家。難道一進了門，就好問他取長取短？也要吃上一兩個月，等到情意浹洽了，然後去需索他，才是為父的道理。」

眾人聽了，都替這買主害怕，料他聞得此言，必定中止。誰想這個買主不但不怕，倒連聲贊美，說他未曾做爺，先是這般體諒，將來愛子之心，一定是無所不至的了。就請到酒店之中，擺了一桌嗄飯❶，煖上一壺好酒，與他一面說話，一面成交。起先那些惡少都隨進店中，也以吃酒為名，看他是真是假。只見賣主上坐，買主旁坐，斟酒之時必恭必敬，儼然是個為子之容。吃完之後，就向肚兜裡面摸出幾包銀子，併攏來一稱，共有十六兩。就雙手遞過去道：「除身價之外，還多六兩，就煩爹爹代收。從今以後，銀包都是你管，孩兒並不稽查。要吃只管吃，要用只管用，只要孩兒趁得來，就吃到一百歲也無怨。」小樓居然受之，並無慚色。就除下那面招牌，遞與他道：「這件東西就當了我的賣契，你藏在那邊做個憑據就是了。」後生接過招牌，深深作了一揖，方才藏入袖中。小樓竟以家長自居，就打開銀包，稱些銀子替他會了酒鈔，一齊出門去了。旁邊那些惡少看得目定口呆，都說：「這一對奇人不是神仙，就是鬼魅。決沒有好好兩個人，做出這般怪事之理！」

卻說小樓的身子雖然賣了，還不知這個受主姓張姓李，家事如何，有媳婦沒有媳婦，只等跟到家中

❶ 嗄飯：方言。謂菜肴。

察其動靜。只見他領到一處，走進大門，就扯一把交椅擺在堂前，請小樓坐下，自己志志誠誠拜了四拜。拜完之後，先問小樓的姓名，原籍何處。小樓恐怕露出形藏，不好試人的情意，就捏個假名假姓糊塗答應他，連所居之地也不肯直說，只在鄰州外縣隨口說一個地方。說出之後，隨即問他姓甚名誰，可曾婚娶。那後生道：「孩兒姓姚名繼，乃湖廣漢陽府漢口鎮人。幼年喪親，並無依倚。十六歲上跟了個同鄉之人叫做曹玉宇，到松江來販布，每年得他幾兩工錢，又當糊口，又當學本事。做到後來人頭熟了，又積得幾兩本錢，就離了主人，自己做些生意，依舊不離本行。這姓人家就是布行經紀，每年來收布，都寓在他家。今年二十二歲，還不曾娶有媳婦。照爹爹說起來，雖不同府同縣，卻同是湖廣一省。古語道得好：『親不親，故鄉人。』今日相逢，也是前生的緣法。孩兒看見同輩之人，個個都有父母，偏我沒福，只覺得孤苦伶仃，要投在人家做兒子，又怕人不相諒，說我貪謀他的家產，是個好吃懶做的人。殊不知有我這個身子，哪一處趁不得錢來？七八歲上失了父母，也還活到如今不曾餓死，豈肯借出繼為名，貪圖別個的財利？如今遇著爹爹，恰好是沒家沒產的人，這句話頭料想沒人說得，所以一見傾心，成了這樁好事。孩兒自幼喪親，不曾有人教誨，全望爹爹耳提面命❷，教導孩兒做個好人，也不枉半路相逢，結了這場大義。如今既做父子，就要改姓更名，沒有父子二人各為一姓之理。求把爹爹的尊姓賜與孩兒，再取一個名字，以後才好稱呼。」小樓聽到此處，知道是個成家之子，心上十分得意，還怕他有始無終，過到後來漸有厭倦之意，還要留心試驗他。因以前所說的不是真語，沒有自己捏造姓名，又替他捏造之理，只得權詞以應，說：「我出銀子買你，就該姓我之姓；如今是你出銀子買我，如何不從主便，倒叫

❷ 耳提面命：拉著耳朵當面教導。形容教誨懇切，要求嚴格。語出詩大雅抑。

你改名易姓起來？你既姓姚，我就姓你之姓，叫做姚小樓就是了。」姚繼雖然得了父親，也不忍自負其本，就引一句古語做個話頭，叫「恭敬不如從命」。

自此以後，父子二人親愛不過，隨小樓喜吃之物，沒有一件不買來供奉他。小樓又故意作嬌，好的只說不好，要他買上幾次，換上幾遭，方才肯吃。姚繼隨他拿捏，並不厭煩。過上半月有餘，小樓還要裝起病來，看他怎生服事，直到萬無一失的時候，方才吐露真情。

誰想變出非常，忽然得了亂信，說元兵攻進燕關，勢如破竹，不日就抵金陵。又聞得三楚兩粵盜賊蜂起，沒有一處的人民不遭劫掠。小樓聽得此信，魂不附體，這場假病哪裡還裝得出來！只得把姚繼喚到面前，問他收布的資本共有幾何，放在人頭上的可還取討得起？姚繼道：「本錢共有二百餘金，收起之貨不及一半，其餘都放在莊頭。如今有了亂信，哪裡還收得起？只好把現在的貨物裝載還鄉，過了這番大亂，到太平之世再來取討。只是還鄉的路費也缺得許多，如今措置不出，卻怎麼好？」小樓道：「盤費盡有，不消你慮得。只是這樣亂世，空身行走還怕遇了亂兵，如何帶得貨物？不如把收起的布也交與行家，叫他寫個收票，等太平之後一總來取。我和你輕身逃難，奔回故鄉，才是個萬全之策。」姚繼道：「爹爹是賣身的人，哪裡還有銀子？就有，料想不多。孩兒起先還是孤身，不論有錢沒錢，都可以度日。如今有了爹爹，父子兩人過活，就是一分人家了，捏了空拳回去，叫把甚麼營生，難道孩兒熬餓，也叫爹爹熬餓不成？」小樓聽到此處，不覺淚下起來，伸出一個手掌，在他肩上拍幾拍道：「我的孝順兒呵！不知你前世與我有甚麼緣法，就發出這片真情。老實對你講罷，我不是真正窮漢，也不是真個賣身，只因年老無兒，要立個有情有義的後代，所以裝成這個圈套，要試人情義出來的。不想天緣湊巧，果然遇著你這個好人，我如今死心塌地把終身之事付託與你了。不是爹爹誇口說，我這分家私，也還夠你受用。你買我的身價，只去得十兩，如今還你一本千利。從今以後，你是個萬金的財主了。這三百兩客本，就丟了不取，也只算得氈上之毫。快些收拾起身，好跟我回去做財主。」姚繼聽到此處，也不覺淚下起來，當晚就查點貨物交付行家。次日起身，包了一艙大船，溯流而上。

看官們看了，只說父子兩個同到家中就完了這樁故事，哪裡知道一天詫異，才做動頭，半路之中又有悲歡離合，不是一口氣說得來的。暫結此回，下文另講。

第三回　為購紅顏來白髮　因留慈母得嬌妻

尹小樓下船之後，問姚繼道：「你既然會趁銀子，為甚麼許大年紀並不娶房妻小，還是孤身一個？此番回去，第一樁急務，就要替你定親，要遲也遲不去了。」姚繼道：「孩兒的親事原有一頭，只是不曾下聘。此女也是漢口人，如今回去，少不得從漢口經過；屈爹爹住在舟中權等一兩日，待孩兒走上岸去，探個消息了下來。若還嫁了就罷，萬一不曾嫁，待孩兒與他父母定下一個婚期，到家之後就來迎娶。不知爹爹意下如何？」小樓道：「是個甚麼人家？既有成議在先，無論下聘不下聘，就是你的人了，為甚麼要探起消息來？」姚繼道：「不瞞爹爹說，就是孩兒的舊主人，叫做曹玉宇，他有一個愛女，小孩兒五六歲，生得美貌異常。孩兒向有求婚之意，此女亦有願嫁之心；只是他父母口中還有些不伶不俐，想是見孩兒本錢短少，將來做不起人家，所以如此。此番上去，說出這段遭際來，他是個勢利之人，必然肯許。」小樓道：「既然如此，你就上去看一看。」

及至到了漢口，姚繼吩咐船家，說自己上岸，叫他略等一等。不想滿船客人都一齊嘩噪起來，說：「此等時勢，各人都有家小，都不知生死存亡，恨不得飛到家中討個下落，還有工夫等你！」小樓無可奈何，只得在個破布袱中，摸出兩封銀子，約有百金，交與姚繼道：「既然如此，我只得預先回去，你隨後趕來。這些銀子帶在身邊，隨你做聘金也得，做盤費也得。只是探過消息之後，即便抽身，不可耽遲了日子，使我懸望。」姚繼拜別父親，也要叮嚀幾句，叫他路上小心，保重身子。不想被滿船客人催促上岸，一刻不許停留。姚繼只得慌慌張張跳上岸去。

船家見他去後，就拽起風帆，不上半個時辰，行了二三十里。只見船艙之中有人高聲喊叫，說：「一句要緊的話不曾吩咐得，卻怎麼處？」說了這一句，就捶胸頓足起來。你說是哪一個？原來就是尹小樓。起先在姚繼面前，把一應真情都已說破，只是自己的真名真姓與實在所住的地方，並不曾談及。只說與他一齊到家，自然曉得，說也可，不說也可。哪裡知道倉卒之間，把他驅逐上岸，第一個要緊關節倒不曾提起，直到分別之後，才記上心來。如今欲待轉去尋他，料想滿船的人不肯耽擱；欲待不去，叫他趕到之日向何處找尋？所以千難萬難，惟有個搶地呼天，捶胸頓足而已。急了一會，只得想個主意出來，要在一路之上寫幾個招子，凡他經過之處都貼一貼，等他看見，自然會尋了來。

話分兩頭。且說姚繼上岸之後，竟奔曹玉宇家，只以相探為名，好看他女兒的動靜。不想進門一看，時事大非，只有男子之形，不見女人之面。原來亂信一到楚中，就有許多土賊假冒元兵，分頭劫掠。凡是女子，不論老幼，都擄入舟中，此女亦在其內，不知生死若何；即使尚在，也不知載往何方去了。姚繼得了此信，甚覺傷心，暗暗的哭了一場，就別過主人，依舊搭了便船，竟奔鄖陽而去。

路不一日，到了個馬頭去處，地名叫做仙桃鎮，又叫做鮮魚口；有無數的亂兵，把船泊在此處，開了個極大的人行❶，在那邊出脫❷婦女。姚繼是個有心人，見他所愛的女子擄在亂兵之中，正要訪他的

❶ 人行：販賣人口的商行。
❷ 出脫：出賣。

下落，得了這個機會，豈肯懼亂而不前？又聞得亂兵要招買主，獨獨除了這一處不行搶掠，姚繼又去得放心，就帶了幾兩銀子，竟赴人行來做交易，指望借此為名，立在賣人的去處，把各路搶來的女子都識認一番，遇著心上之人方才下手。不想那些亂兵又奸巧不過，恐怕露出面孔，人要揀精擇肥，把像樣的婦人都買了去，留下那些揀落貨賣與誰人？所以創立新規，另做一種賣法：把這些婦女當做腌魚臭鯗一般，打在包捆之中，隨人提取。不知哪一包是腌魚，哪一包是臭鯗，各人自撞造化。那些婦人都盛在布袋裡面，止論斤兩，不論好歉，同是一般價錢。造化好的得了西子、王嬙，造化低的輪著東施、嫫姆，倒是從古及今第一樁公平交易。姚繼見事不諧，欲待抽身轉去，不想有一張曉諭貼在路旁道：

賣人場上，不許閑雜人等往來窺視。如有不買空回者，即以打探虛實論，立行梟斬，決不姑貸！特諭。

姚繼見了，不得不害怕起來，知道只有錯來，並無錯去。身邊這幾兩銀子定是要出脫得了，就去撞一撞造化，或者姻緣湊巧，恰好買著心上的人，也未見得。就使不能相遇，另買著一位女子，只要生得齊整，像一個財主婆，就把他充了曹氏，帶回家中，誰人知道來歷？算計定了，走到那叉口堆中，隨手指定一只，說：「這個女子是我要買的。」那些亂兵拿來秤準數目，喝定價錢，就架起天平來兌銀子。還喜得斤兩不多，價錢也容易出手。姚繼兌足之後，等不得擡到舟中，就在賣主面前要見個明白。及至解開袋結，還不曾張口，就有一陣雪白的光彩透出在叉口之外。姚繼思量道：「面目如此，則其少艾可知，這幾兩銀子被我用著了。」連忙揭開叉口，把那婦人仔細一看，就不覺高興大掃，連聲叫起屈來。原來那雪白的光彩不是面容，倒是頭髮！此女霜鬢皤然，面上縠紋森起❸，是個五十向外六十向內的老婦。亂兵見他叫屈，就高聲呵叱起來，說：「你自家時運不濟，揀著老的，就叫屈也無用，還不領了快走！」說過這一句，又拔出刀來，趕他上路。

姚繼無可奈何，只得抱出婦人，離了布袋，領他同走到舟中，又把渾身上下仔細一看，只見他年紀雖老，相貌儘有可觀，不是個低微下賤之輩，不覺把一團慾火，變作滿肚的慈心。不但不懊悔，倒有些得意起來，說：「我前日去十兩銀子，買著一個父親，得了許多好處；今日又去幾兩銀子，買著這件寶貨，焉知不在此人身上，又有些好處出來！況且既已恤孤，自當憐寡，我們這兩男一女都是無告的窮民，索性把鰥寡孤獨之人合來聚在一處，有甚麼不好？況且我此番去見父親，正沒有一件出手貨，何不就將此婦當了人事，送他充做一房老妾，也未嘗不可。雖有母親在堂，料想高年之人無醋可吃，再添幾個也無妨。」立定主意，就對那老婦道：「我此番買人，原要買個妻子，不想得了你來。看你這樣年紀，儘可以生得我出，我原是個無母之人，如今的意思要把你認做母親，不知你肯不肯？」老婦聽了這句話，就吃驚打怪起來，連忙回覆道：「我見官人這樣少年，買著我這個怪物又老又醜，還只愁你懊悔不過，要推我下江，正在這邊害怕，怎麼沒緣沒故說起這樣話來？豈不把人折死！」姚繼見他心肯，倒頭就拜。拜了起來，隨即安排飯食與他充飢，又怕身上寒冷，把自己的衣服脫與他穿著。那婦人感激不過，竟號咷痛哭起來。哭了一會，又對他道：「我受你如此大恩，雖然必有後報，只是眼前等不得。如今現有一樁好事，勸你去做來。我們同伴之中有許多少年女子，都要變賣，內中更有一個可稱絕世佳人，德性既

❸ 縠紋森起：形容臉上滿是皺紋。縠紋，似縐紗一般的條紋。縠，音ㄏㄨˊ。

好，又是舊家，正好與你作對。那些亂兵要把醜的老的都賣盡了，方才賣到這些人。今日腳貨已完，明日就輪到此輩了，你快快辦些銀子去買了來。」姚繼道：「如此極好。只是一件，那最好的一個混在眾人之中，又有布袋盛了，我如何認得出？」老婦道：「不妨，我有個法子教你。他袖子裡面藏著一件東西，約有一尺長半寸闊，不知是件甚麼器皿，時刻藏在身邊，不肯丟棄。你走到的時節，隔著叉口把各人的袖子都捏一捏，但有這件東西的即是此人，你只管買就是了。」

姚繼聽了這句話，甚是動心。當夜醒到天明，不曾合眼。第二日起來，帶了銀包又往人行去貿易，依著老婦的話，果然去摸袖子，又果然摸著一個有件硬物橫在袖中，就指定叉口，說定價錢，交易了這宗奇貨。買成之後，恐怕當面開出來有人要搶奪，竟把他連人連袋抱到舟中，又叫駕撐開了船，直放到沒人之處，方才解看。

你道此女是誰？原來不姓張，不姓李，恰好姓曹，就是他舊日東君之女，向來心上之人。兩下原有私情，要約為夫婦，袖中的硬物乃玉尺一根，是姚繼一向量布之物，送與他做表記的，雖然遇了大難，尚且一刻不離，那段生死不忘的情分，就不問可知了！

這一對情人忽然會於此地，你說他喜也不喜，樂也不樂！此女與老婦原是同難之人，如今又做了婆媳，分外覺得有情，就是嫡親的兒婦也不過如此。姚繼恤孤的利錢，雖有了指望，還不曾到手；反是憐寡的利息，隨放隨收，不曾遲了一日，可見做好事的再不折本。

奉勸世人，雖不可以姚繼為法，個個買人做爺娘，亦不可以姚繼為戒，置鰥寡孤獨之人於不問也。

第四回　驗子有奇方一枚獨卵　認家無別號半座危樓

卻說尹小樓自從離了姚繼，終日擔憂，凡是經過之處，都貼一張招子，說：「我舊日所言，並非實話；你若尋來，只到某處地方，來問某人就是。」貼便貼了，當不得姚繼心上並沒有半點狐疑，見了招子哪有眼睛去看，竟往所說之處認真去尋訪。那地方上面都說：「此處並無此人，你想是被人騙了。」姚繼說真不是，說假不是，弄得進退無門。老婦見他沒有投奔，就說：「我的住處離此不遠，家中現有老夫，並無子息。你若不棄，把我送到家中，一同居住就是了。」姚繼尋人不著，無可奈何，只得依他送去。只見到了一處地方，早有個至親之人在路邊等候，望見來船，就高聲問道：「那是姚繼兒子的船麼？」姚繼聽見，吃了一驚，說：「叫喚之人分明是父親的口氣，為甚麼彼處尋不著，倒來在這邊？」老婦聽了，也吃一驚，說：「那叫喚之人分明是我丈夫的口氣，為甚麼丟我不喚，倒喚起他來？」及至把船攏了岸，此老跳入舟中，與老婦一見，就抱頭痛哭起來。

原來老婦不是別人，就是尹小樓的妻子。因丈夫去後也為亂兵所掠。那兩隊亂兵原是一個頭目所管，一隊從上面擄下去，一隊從下面擄上來，原約在彼處取齊，把婦女都賣做銀子，等元兵一到，就去投降，好拿來做使費的。恰好這一老一幼併在一艙，預先打了照面。若還先賣幼女，後賣老婦，尹小樓這一對夫妻就不能夠完聚了。就是先賣老婦，後賣幼女，姚繼買了別個老婦，這個老婦又賣與別個後生，姚繼這一對夫妻也不能夠完聚了。誰想造物之巧，百倍於人，竟像有心串合起來，等人好做戲文小說的一般，把兩對夫妻合了又分，分了又合，不知費他多少心思。這樁事情也可謂奇到極處、巧到至處了！

誰想還有極奇之情、極巧之事，做便做出來了，還不曾覺察得盡。小樓夫婦把這一兒一媳領到中堂，行了家庭之禮，就吩咐他道：「那幾間小樓是極有利市的所在，當初造完之日，我們搬進去做房，就生出一個兒子，可惜落於虎口，若在這邊，也與你們一般大了。如今把這間臥樓，讓與你們居住，少不得也似前人，進去之後，就會生兒育女。」說了這幾句，就把他夫妻二口領到小樓之上，叫他自去打掃。

姚繼一上小樓，把門窗戶扇與床幔椅棹之類仔細一看，就大驚小怪起來，對著小樓夫婦道：「這幾間臥樓分明是我做孩子的住處，我在睡夢之中時常看見的，為甚麼我家倒沒有，卻來在這邊？」小樓夫婦道：「怎見得如此？」姚繼道：「孩兒自幼至今，但凡睡去，就夢見一個所在，門窗也是這樣門窗，戶扇也是這樣戶扇，床幔椅棹也是這樣床幔椅棹，件件不差。又有一夜，竟在夢中說起夢來，道：『我一生做夢，再不到別處去，只在這邊，是甚麼原故？』就有一人對我道：『這是你生身的去處，那只箱子裡面，是你做孩兒時節頑耍的東西，你若不信，去取出來看。』孩兒把箱子一開，看見許多戲具，無非是泥人土馬棒槌旗幟之屬。孩兒看了，竟像見故人舊物一般。及至醒轉來，把所居的樓屋與夢中一對，又絕不相同，所以甚是疑惑。方才走進樓來，看見這些光景，儼然是夢中的境界。難道青天白日，又在這邊做夢不成？」

小樓夫婦聽了，驚詫不已，又對他道：「我這床帳之後，果然有一只箱子，都是亡兒的戲物。我因兒子沒了，不忍見他，併作一箱，丟在床後。聽你所說的話，又一毫不差，怎麼有這等奇事！終不然我的兒子不曾被虎駝去，或者遇了拐子拐去賣與人家，今日是皇天后土❶，憐我夫妻積德，特地併在一處，使我骨肉團圓不成？」姚繼道：「我生長二十餘年，並不曾聽見人說道我另有爺娘，不是姚家所出。」他妻子曹氏聽見這些話，就大笑起來道：「這等說，你還在睡裡夢裡！我們那一方，誰人不知你的來歷？只不好當面說你。你求親的時節，我的父母見你為人極好，原要招做女婿，只因外面的人道你不是姚家骨血，乃別處販來的野種，所以不肯許親。你這等聰明，難道自己的出處還不知道？」姚繼聽到此處，就不覺口呆目定，半晌不言。小樓想了一會，就大悟轉來，道：「你們不要猜疑，我有個試驗之法。」就把姚繼扯過一邊，叫他解開褲子，把腎囊一捏，就叫起來道：「我的親兒，如今試出來了！別樣的事或者是偶爾相同，這腎囊裡面只有一個卵子，豈是同得來的？不消說得，是天賜奇緣，使我骨肉團圓的了！可見陌路相逢，肯把異姓之人呼為父母，又有許多真情實意，都是天性使然，非無故而至也。」說了這幾句，父子婆媳四人一齊跪倒，拜謝天地，磕了無數的頭。一面宰豬殺羊，酬神了願，兼請同鄉之人，使他知道這番情節。又怕眾人不信，叫兒子當場脫褲，請驗那枚獨卵，他兒子就以此得名，人都稱為「尹獨腎」。

後來父子相繼積德，這個獨卵之人，一般也會生兒子，倒傳出許多後代，又都是獨腎之人，世世有田有地，直富到明朝弘治年間才止。又替他起個族號，都喚做「獨腎尹家」。有詩為證：

❶ 皇天后土：皇天，稱天。后土，稱地。舊時認為天地能主持公道，主宰萬物。語出尚書武成。

綜紋入口作公卿，獨腎生兒理愈明。
相好不如心地好，麻衣術法❷總難憑！

❷麻衣術法：即麻衣相法。言相術的專書。傳說北宋錢若水，少時訪陳摶於華山，由麻衣道者為之相。事見河南邵氏聞見前錄。後人作相法書多託名麻衣。

聞過樓

第一回　棄儒冠白鬚招隱　避紗帽綠野娛情

詩云：

市城戎馬地，決策早居鄉。
妻子無多口，琴書只一囊。
桃花秦國遠，流水武陵香。
去去休留滯，回頭是戰場。

此詩乃予未亂之先，避地居鄉而作。古語云：「小亂避城，大亂避鄉。」予謂無論治亂，總是居鄉的好；無論大亂小亂，總是避鄉的好。只有將定未定之秋，似亂非亂之際，大寇變為小盜，戎馬多似禾稗，此等世界，村落便難久居；造物不仁，就要把山中宰相❶削職為民，發在市井之中去受罪了。

❶ 山中宰相：比喻在山野之中隱居。見南史陶弘景傳。

予生半百之年，也曾在深山之中做過十年宰相，所以極諳居鄉之樂；如今被戎馬盜賊趕入市中，為城狐社鼠❷所制，所以又極諳市廛之苦。你說這十年宰相是哪個與我做的？不虧別人，倒虧了個善殺居民、慣屠城郭的李闖。被他先聲所懾，不怕你不走。到這時候，真個是「富貴逼人來，脫去楚囚冠，披卻仙人氅。」初由田畯社師❸起家，屢遷至方外司馬❹，未及數年，遂經枚卜，直做到山中宰相而後止。諸公不信，未免說我大言不慚，卻不知道是句實話。只是這一種功名，比不得尋常的富貴，彼時不以為顯，過後方覺其榮；不像做真官受實祿的人，當場自知顯貴，不待去官之後，才知好運之難逢也。如今到了革職之年，方纔曉得未亂以前，也曾做過山中的大老。諸公若再不信，但取我鄉居避亂之際，信口吟來的詩略摘幾句，略拈幾首念一念，不必論其工拙，但看所居者何地，所與者何人，所行者何事，就知道他受用不受用，神仙不神仙，這山中宰相的說話僭妄不僭妄也。如五言律詩裡面，有「田耕新買犢，檐蓋旋誅茅。花繞村為縣，林周屋是巢」、「綠買田三畝，青賒水一灣。妻孥容我傲，騷酒放春閑」之句。七言律詩裡面，有「自釀不沽村市酒，客來旋摘野棚瓜。枯藤架擁詼諧史，亂竹籬編隱逸花」、「栽遍竹梅風冷淡，澆肥蔬蕨飯家常。窗臨水曲琴書潤，人讀花間字句香」之句，此乃即景賦成，不是有因而作。還有「山齋十便」的絕句，更足令人神往。諸公試覽一過，只當在二十年前到山人所居之處枉顧一遭，就說此人雖係凡民，也略帶一分仙氣，不得竟以塵眼目之也。何以謂之「十便」？請觀小序，便知作詩

❷ 城狐社鼠：城牆中的狐狸，土地廟中的老鼠。比喻有所依恃的壞人。社，土地廟。語本晏子春秋內篇。

❸ 田畯社師：管理農事的官員和學社的老師。比喻亦耕亦讀。

❹ 方外司馬：比喻不受禮法拘束的人。見世說新語簡傲。

之由。小序云：

笠道人避地入山，結茅甫就，有客過而問之，曰：「子離群索居，靜則靜矣，其如取給不便何？」道人曰：「予受山水自然之利，享花鳥殷勤之奉，其便良多，不能悉數。子何云之左也❺？」客請其目，道人信口答之，不覺成韻。

耕便

山田十畝傍柴關，護綠全憑水一灣。

唱罷午雞農就食，不勞婦子饁田間❻。

課農便

山窗四面總玲瓏，綠野青疇一望中。

憑使課農心力盡，何曾妨卻讀書工！

釣便

不簑不笠不乘舠❼，日坐東軒學釣鰲。

客欲相過常載酒，徐投香餌出輕鯈。

❺ 云之左也：意謂所說不符事實。

❻ 饁田間：送飯到田頭。語本詩豳風七月。饁，音ㄧㄝˋ。

❼ 乘舠：乘坐小船。舠，音ㄉㄠ。

灌園便

築成小圃近方塘，果易生成菜易長。
抱甕太痴機太巧，從中酌取灌園方。

汲便

古井山廚止隔牆，竹梢一段引流長。
旋烹苦茗供佳客，猶帶源頭石髓香。

浣濯便

浣塵不用繞溪行，門裡潺湲分外清。
非是幽人偏愛潔，滄浪迫我濯冠纓。

樵便

臧婢❽秋來總不閑，拾枝掃葉滿林間。
拋書往課樵青事，步出柴扉便是山。

防夜便

寒素人家冷落村，只憑沁水護衡門。
抽橋斷卻黃昏路，山大高眠古樹根。

---

❽ 臧婢：古代對奴婢的賤稱。見風俗通。

還有吟便眺便二首，因原稿散失，記憶不全，大約說是純賴天工、不假人力之意。此等福地，雖不敢上希蓬島，下比桃源，方之輞川、剡溪❾諸勝境，也不致多讓。誰想賊氛一起，踐以兵戎，遂使主人避而去之，如擲敝屣❿，你道可惜不可惜？今日這番僭妄之詞，皆由感慨而作，要使方以外的現任司馬、山以內的當權宰相，不可不知天爵之榮，反尋樂事於疏水曲肱之外也。

如今說個不到亂世、先想居鄉的達者，做一段林泉佳話，塵尾清談，不但令人耳目一新，還可使人肺腸一改。人人在市井之中，個個有山林之意，才見我作者之功，不像那種言勢言利之書，驅天下之人而歸於市道也。

明朝嘉靖年間，直隸常州府宜興縣有個在籍的大老，但知姓殷，不曾訪得名字。官拜侍講之職，人都稱為「殷太史」。他有個中表弟兄，姓顧，字呆叟，乃虎頭公⓫後裔，亦善筆墨，饒有宗風。為人恬澹寡營，生在衣冠閥閱之鄉，常帶些山林隱逸之氣，少年時節與太史同做諸生，最相契密。但遇小考，他的名字常取在殷太史之前，只是不利於場屋⓬。曾對人立誓道：「秀才只可做二十年，科場只好進五六次，若還到強仕之年而不能強仕，就該棄了諸生，改從別業。鑷鬚赴考之事，我斷斷不為！」不想到三

---

❾ 輞川剡溪：輞川，水名，即輞谷水。諸水會合如車輞環湊，故名。在陝西藍田南，唐詩人王維曾置別業於此。剡溪，在浙江嵊縣，即曹娥江上游。晉王徽之雪夜訪戴逵於此，故又名「戴溪」。剡，音ㄕㄢˋ。

❿ 敝屣：亦作敝蹝、敝躧。破鞋。比喻不足珍惜的東西。語出孟子盡心上。

⓫ 虎頭公：指東晉畫家顧愷之，因其小字虎頭，故稱。

⓬ 場屋：特指科舉時代考試士子的地方，也稱科場。語出宋史陳彭年傳。

十歲外，髭鬚就白了幾根。有人對他道：「報強仕者至矣，君將奈何？」呆叟應聲道：「他為招隱而來，非報強仕也。不可負他盛意，改日就要相從。」果然不多幾日，就告了衣巾，把一切時文講章與鏤管穴孔的筆硯，盡皆燒毀，只留農圃種植之書，與營運資生之具，連寫字作畫的物料都送與別人，不肯留下一件。人問他道：「書畫之事，與舉業全不相關，棄了舉業，正好專心書畫，為甚麼也一齊廢了？」呆叟道：「當今之世，技藝不能成名，全要乞靈於紗帽。仕宦作書畫，就不必到家，也能見重於世；若叫山人做墨客，就是一樁難事。十分好處，只好看做一分，莫說要換錢財，就賠了紙筆，白送與人，還要討人的譏刺，不如不作的好。」知事的聽了，都道他極見得達。

他與朋友相處，不肯講一句膚言，極喜盡忠告之道。殷太史自作宦以來，終日見面的，不是迎寒送暖之流，就是脅肩諂笑之輩；只有呆叟一人是此公的畏友⑬，凡有事關名節、跡涉嫌疑、他人所不敢言者，呆叟偏能正色而道之。至於揮麈談玄，挑燈話古，一發是他剩技，不消說得的了。所以殷太史敬若神明，愛同骨肉，一飲一食也不肯拋撇他。他的住處，去殷太史頗遠，殷太史待他，雖然不比別個，時時枉駕而就之，到底仕宦的腳步，輕賤殺了也比平人貴重幾分，十次之中，走去就教一兩次，把七八次寫帖相邀，也就是折節下交、謙虛不過的了；何況未必盡然，還有脫略形骸、來而不往的時候。況且宜興城里，不止他一位鄉紳，呆叟自廢舉業以來，所稱「同學少年多不賤」者，又不止他一個。朋友人人相拉，個個見招，哪裡應接得暇？若丟了一處不去，就生出許多怪端，說：「一樣的交情，為甚麼厚人而薄我？」呆叟棄了功名不取，丟了諸生不做，原只圖得「清閑」二字；誰想不得清閑，倒加了許多忙

⑬畏友：品德端重、使人敬畏的朋友。語出陸游跋王深甫先生書簡。

俗，自家甚以為恥，就要尋塊避秦之地。況且他性愛山居，一生厭薄城市，常有「耕雲釣月」之想，就在荊溪之南去城四十餘里，結了幾間茅屋，買了幾畝薄田，自為終老之計。起初並不使人與聞，直待臨行之際，方才說出，少不得眾人聞之，定有一番援止。

暫抑談鋒，以停倦目。

第二回　納諫翁題樓懷益友　遭罹客障面避良朋

呆叟選了吉日，將要遷移，方才知會親友，叫他各出分資，與自己餞別，說：「此番移家，不比尋常遷徙，終此一生優游田野，不復再來塵市。有人在城郭之內，遇見顧呆叟者，當以『馮婦』呼之！」眾人聽了，都說：「此舉甚是無謂。自古道：『小亂避城，大亂避鄉。』就有兵戈擾攘之事，鄉下的百姓也還要避進城來，何況如今烽火不驚，夜無犬吠，為甚麼沒原沒故，竟要遷徙下鄉，還說這等盡頭絕路的話？」呆叟道：「正為太平無事，所以要遷徙下鄉；若到那犬吠月明、烽火告急的時節，要去做綠野耕夫，就不能夠了。古人云：『趨名者於朝，趨利者於市。』我既不趨名，又不趨利，所志不過在溫飽。溫莫溫於自織之衣，飽莫飽於親種之粟。況我素性不耐煩囂，只喜高眠靜坐，若還住在城中，即使閉門謝客，僵臥繩床，當不得有剝啄之聲攪人幽夢，使你不得高眠，往來之禮費我應酬，使人不得靜坐。希夷山人❶之睡隱，南郭子綦之坐忘❷，都虧得不在城市；若在城市，定有人來攪擾，會坐也坐不上幾刻，會睡也睡不到論年，怎能夠在枕上遊仙與嗒然自喪其耦也？」眾人聽了，都說他是迂談闊論，個個

---

❶ 希夷山人：即陳摶。

❷ 南郭子綦之坐忘：南郭子綦，係春秋時人，楚昭王庶弟，莊王時曾任司馬，字子綦，居南郭，因以為號。見莊子齊物論。坐忘，無思慮之謂。語出莊子大宗師。

攀轅，人人臥轍，不肯放他出城。呆叟立定主意，不肯中止。眾人又勸他道：「你既不肯住在城中，何不離城數里，在半村半郭之間，尋一個住處？既可避囂，又使我輩好來親近。若還太去遠了，我們這幾個都是家累重大的人，如何得來就教？」呆叟道：「入山惟恐不深，既想避世，豈肯在人耳目之前？半村半郭的，應酬倒反多似城內，這是斷然使不得的。」回了眾人，過不上幾日，就攜家入山。

自他去後，把這些鄉紳大老弄得情興索然。別個想念他還不過在口裡說說，獨有殷太史一位，不但發於聲音，亦且形諸夢寐；不但形諸夢寐，又且見之羹牆❸。只因少了此人，別無諍友❹，難道沒些過失，再沒有一人規諫他。因想呆叟臨別之際，坐在一間樓上，贈他許多藥石之言，沒有一字一句不切著自家的病痛，所以在既別之後，思其人而不得，因題一匾：名其樓曰「聞過樓」。

呆叟自入山，遂了閑雲野鶴之性，陶然自適，不啻登仙。過了幾日，殷太史與一切舊交因少他不得，都寫了懇切的書，遣人相接，要他依舊入城。他回禮之中，言語甚是決裂。眾人知道勸他不回，從此以後，也就不來相強。

一日，縣中簽派里役，竟把他的名字開做一名櫃頭❺，要他入縣收糧，管下年監兌之事。差人賫票上門，要他入城去遞認狀。呆叟甚是驚駭，說：「里中富戶甚多，為甚麼輪他不著？我有幾畝田地，竟點了這樣重差？」差人道：「官錯吏錯，來人不錯。你該點不該點，請到縣裡去說，與我無干。」呆叟

❸ 羹牆：謂對所仰慕之人的懷念。語本漢書李固傳。

❹ 諍友：亦曰爭友。能直言規過的朋友。語出孝經諫諍。

❺ 櫃頭：徵糧與監督運送糧食的負責人。

搬到鄉間未及半載，飯稻羹魚之樂才享動頭，不想就有這般磨劫；況且臨行之際，曾對人發下誓言，豈有未及半年，就為馮婦之理！只得與差人商議，寧可行些賄賂，央他轉去回官，省得自己破戒。差人道：「聞得滿城鄉宦都是你至交，只消寫字進去，求他發一封書札，就回脫了，何須費甚麼錢財！」呆叟素具傲骨，不肯輕易干人，況有說話在先，恐為人所笑，所以甘心費錢，不肯寫字。差人道：「既要行賄，不是些小之物可以幹得脫的，極少也費百金，才可以望得幸免。」呆叟一口應承，並無難色，盡其所有，幹脫了這個苦差，未免精疲力竭，直到半年之後，方才營運得轉。

正想要在屋旁栽竹，池內種魚，構書屋於住宅之旁，畜蹇驢於黃犢❻之外，有許多山林經濟要設施布置出來，不想事出非常，變生不測！他所居之處，一向並無盜警，忽然一夜，竟有五七條大漢，明火執仗打進門來，把一家之人，嚇得魂飛膽裂。呆叟看見勢頭不好，只得同了妻子立過一邊，把家中的細軟任憑他席捲而去。既去之後，檢著幾件東西，只說是他收拾不盡遺漏下來的；及至取來一看，卻不是自己家中之物，又不知何處劫來的，所值不多，就拿來丟過一邊，付之不理。

他經過這番劫掠，就覺得窮困非常，漸漸有些支撐不去；依舊怕人恥笑，不肯去告貸分文。心上思量說：「城中親友聞之，少不得要捐囊議助，沒有見人在患難之中坐視不顧之理。與其告而後與，何如不求而得？」過不上幾日，那些鄉紳大老果然各遣平頭❼賚書唁慰。書中的意思便關切不過，竟像自己被劫的一般。只是一件可笑：封封俱是空函，並不見一毫禮物，還要賠酒賠食，款洽他的家人。心上思

❻ 黃犢：小黃牛。

❼ 平頭：頭巾名。猶言鄉紳家主文相公。

量道：「不料人情惡薄，一至於此！別人慳吝也罷了，殷太史與我是何等的交情，到了此時也一毛不拔，要把說話當起錢來，總是月遠日疏的原故。古人云：『三日不見黃叔度，鄙吝復生❽。』此等過失皆朋友使然，我實不能辭其責也。」寫幾封勉強塞責的回書，打發來人轉去。從此以後，就斷了痴想，一味熬窮守困。

又過了半年，雖不能夠快樂如初，卻也衣食粗足，沒有啼飢呼寒之苦。不想厄運未終，又遇了非常之事。忽有幾個差人，賫了一紙火票上門來捉他，說：「某時某日，拿著一伙強盜，他親口招稱，說在鄉間打劫，沒有歇腳之處，常借顧某家中暫停，雖不叫做窩家，卻也曾受過贓物，求老爺拘他來面審。」呆叟驚詫不已，接過票來一看，恰好所開的贓物，就是那日打劫之際遺失下來的幾件東西，就對了妻孥嘆口氣道：「這等看來，竟是前生的冤孽了！我曾聞得人說，『清福之難享，更有甚於富貴』。當初有一士人，每到黃昏人靜之後，就去焚香告天，求遂他胸中所欲。終日祈禱，久而不衰。忽然一夜聽見半空之中，有人對他講道：『上帝憫汝志誠，要降福與汝，但不知所願者何事？故此命我來詢汝。』士人道：『念臣所願甚小，不望富貴，但求衣食粗足，得逍遙於山水之間足矣。』空中的人道：『此上界神仙之樂，汝何可得？若求富貴則可耳。』就我今日之事看來，豈不是富貴可求，清福難享，命裡不該做閑人？閑得一年零半載，就弄出三件禍來，一件烈似一件。由此觀之，古來所稱方外司馬、山中宰相其人者，都不是凡胎俗骨。這種眠雲漱石的樂處，騎牛策蹇的威風，都要從命裡帶來；若無夙根，則山水煙霞，

❽三日不見句：黃叔度，指東漢黃憲，叔度乃其字。以學行見重於時。初舉孝廉，又辟公府，暫到京師即還，竟無所就，天下號曰徵君。鄙吝復生，庸俗的念頭又萌生了。語本後漢書黃憲傳。鄙吝，庸俗。

皆禍人之具矣！」說了這些話，就叫妻孥收拾行李，同了差役起身。喜得差來的人役，都肯敬重斯文，既不需索銀錢，又不擅加鎖鈕，竟像奉了主人之命，來邀他赴席的一般，大家相伴而行，還把他遜在前面。

呆叟因前番被劫，不能見濟於人，知道世情惡薄，未必肯來援手，徒足以資其笑柄，不如做個硬漢，靠著「死生由命」四個字，挺身出去見官。不想到近城數里之外，有許多車馬停在道旁，卻像通邑的鄉紳，有甚麼公事商議，聚集在一處的光景。呆叟看了，一來無顏相見，二來不屑求他，到了人多的地方，竟低頭障面而過。不想有幾個管家走來拽住道：「顧相公不要走，我們各位老爺知道相公要到，早早在這邊相等，說有要緊話商議，定要見一見的。」呆叟道：「我是在官人犯，要進去聽審，沒有工夫講話。且等審了出來，再見眾位老爺，未為晚也。」那幾個管家把呆叟緊緊扯住，只不肯放；連差人也幫他留客，說：「只要我們不催，就住在此間過夜也是容易的，為何這等執意？」

正在那邊扯拽，只見許多大老從一個村落之內趕了出來，親自對他拱手道：「呆叟兄多時不會，就見見何妨？為甚麼這等拒絕？」說了這一句，都伸手來拽他。呆叟看見意思殷勤，只得覿顏相就，隨了眾人走進那村落之內，卻是一所新構的住居。只見：

柴關緊密，竹徑迂徐。籬開新種之花，地掃旋收之葉。數椽茅屋，外觀最樸而內實精工，不竟是田家結構；一帶梅窗，遠視極粗而近多美麗，有似乎墨客經營。若非陶處士❾之新居，定是林山

❾ 陶處士：指東晉詩人陶潛。

人⑩之別業。

眾人拽了呆叟走進這個村落，少不得各致寒暄，敘過一番契闊，就問他致禍之由。呆叟把以前被劫的情形，此時受枉的來歷，細細說了一遍，眾人甚是驚訝。又問他：「此時此際該作甚麼商量？」呆叟道：「我於心無愧，見了縣尊，不過據理直說，難道他好不分曲直，就以刑罰相加不成？」眾人都道：「使不得！你窩盜是假，受贓是實，萬一審將出來，倒有許多不便。我們與你相處多年，義關休戚，沒有坐視之理。昨日聞得此說，就要出去解紛，一來因你相隔甚遠，不知來歷，見了縣尊，難以措辭；二來因你無故入山，滿城的人都有些疑惑，說你蹤跡可疑。近日又有此說，一發難於分解，就與縣父母說了，他也未必釋然。所以定要屈你回來，自己暴白一暴白。如今沒有別說，縣中的事是我們一力擔當，代你去說，可以不必見官。只是一件，你從今以後，再到鄉間去不得了，這一所住宅，也是個有趣的朋友起在這邊避俗的，房屋雖已造完，主人還在城中，不曾搬移得出。待我們央人去說，叫他做個仗義之人，把此房讓你居住。造屋之費，待你陸續還他，既不必走入市廛，使人喚你做『馮婦』；又不用逃歸鄉曲，使人疑你做窩家，豈不是個兩全之法？」呆叟道：「講便講得極是，我自受三番橫禍，幾次奇驚，把些小家資都已費盡，這所房子住便住了，叫把甚麼屋價還他？況且居鄉之人全以耕種為事；這負郭⑪之田比不得窮鄉瘠土，其價甚昂。莫說空拳赤手不能驟得，就是有了錢鈔，也容易買他不來。無田可耕，

⑩ 林山人：指北宋詩人林逋。

⑪ 負郭：背城。語出史記陳丞相世家。

就是有房可住，也過不得日子，叫把甚麼聊生？」殷太史與眾人道：「且住下了，替你慢慢的商量，決不使你失所就是。」

說完之後，眾人都別了進城，獨有殷太史一個宿在城外，與他抵足而眠，說：「自兄去後，使我有過不聞，不知這一年半載之中做差了多少大事。從今以後，求你刻刻提撕，時時警覺，免使我結怨於桑梓，遺禍於子孫。」又把他去之後追想藥石之言，就以「聞過」二字題作樓名，以示警戒的話說了一遍。呆叟甚是嘆服，道他：「虛衷若此，何慮讜言⑫之不至！只怕葑菲之見⑬無益於人，徒自增其狂悖耳。」兩個隔絕年餘，一旦會合，雖不比他鄉遇故，卻也是久旱逢甘。這一夜的綢繆繾綣，自不待說。

但不知訟事如何，可能就結？且等他睡過一晚，再作商量。

---

⑫ 讜言：正直的言論。語出漢書敘傳上。讜，音ㄉㄤˇ。

⑬ 葑菲之見：意謂只就一端而言的片面之見。語本詩邶風谷風。葑菲，音ㄈㄥ ㄈㄟˇ。二菜名。

第三回　魔星將退三樁好事齊來　囮局已成一片隱衷纔露

呆叟與殷太史二人抵足睡了一夜。次日起來，殷太史也進城料理，止留呆叟一人住在外面，替人看守山莊。呆叟又在山莊裡面周圍踱了一回，見他果然造得中款❶，樸素之中又帶精雅，恰好是個儒者為農的住處，心上思量道：「他費了一片苦心，造成這塊樂地，為甚麼自己不住，倒肯讓與別人？況且卒急之間，又沒有房價到手，這樣呆事料想沒人肯做。眾人的言語都是些好看話兒，落得不要痴想。」

正在疑慮之間，忽有一人走到，說是本縣的差人，又不是昨日那兩個。呆叟只道鄉紳說了，縣尊不聽，依舊添差來捉他，心上甚是驚恐。及至仔細一認，竟有些面善。原來不是別個，就是去年僉著里役，知縣差他下鄉喚呆叟去遞認狀的。呆叟與他相見過了，就問：「差公到此有何見教？」那人答應道：「去年為里役之事，蒙相公託我夤緣，交付白銀一百兩；後來改僉別人，是本官自己的意思，並不曾破費分文。小人只說自家命好，撞著了太歲，所以留在身邊，不曾送來返璧。起先還說相公住得窵遠，一時不進城來，這主銀子沒有對會處，落得隱瞞下來。如今聞得你為事之後，依舊要做城裡人，不做鄉下人了，萬一查訪出來，不好意思，所以不待取討，預先送出來奉償，還覺得有些體面。這是一百兩銀子，原封未動，請相公收了。」呆叟聽見這些話，驚詫不已，說：「銀子不用，改僉別人，也是你的造化，自然

❶ 中款：猶言合適。

該受的。為甚麼過了一年有餘，又送來還我？」再三推卻，只不肯收。那人不由情願，塞在他手中，說了一聲「得罪」，竟自去了。呆叟驚詫不過，說：「衙役之內哪有這樣好人？或者是我否極泰來，該在這邊居住，所以天公要成就我，特地把失去之物都取來付還，以助買屋之費，也未可知。」

正在這邊驚喜，不想又有叩門之聲，說：「幾個故人要會。」及至放他進來，瞥面一見，幾乎把人驚死！你說是些甚麼人？原來就是半年之前，明火執杖，擁進門來打劫他家私的強盜！自古道：「仇人相見，分外眼明。」哪有認不出的道理？呆叟一見，心膽俱驚，又不知是官府押來取他，又不知是私自逃出監門，尋到這邊來躲避，滿肚猜疑，只是講不出口。又只見那幾個大漢，不慌不忙對他拱拱手道：「顧相公，一向不見，你還認得我們麼？」呆叟兢兢慄慄抖做一團，只推認他不得。那些好漢道：「豈有認不得之理？老實對你說罷，我們今日之來，只有好心，並無歹意，勸你不要驚慌。那一日上門打劫，原不知高姓大名，只說是山野之間一個鄙吝不堪的財主，所以不分皂白，把府上的財物盡數捲來。後來有幾個弟兄被官府拿去，也還不識好歹，信口亂扳，以致有出票拘拿之事。我們雖是同伙，還喜得不曾拿獲，都立在就近之處打點衙門。方才聽得人講，都道出票拿來的人，是一位避世逃名的隱士，現停在某處地方。我們知道，甚是懊悔，豈有遇著這等高人，不加資助，反行打劫之理？所以如飛趕到這邊，一來謝罪，二來把原物送還。恕我輩是粗鹵強人，有眼不識賢士，請把原物收下，我們要告別了。」說到這一聲，就不等回言，把幾個包袱丟在他面前，大家撣手出門，不知去向。

呆叟看了這些光景，一發愁上加愁，慮中生慮，說：「他目下雖然漏網，少不得官法如爐，終有一日拿著。我與他見此一面，又是極大的嫌疑了。況且這些贓物，原是失去的東西，豈有不經官府、不遞認狀，倒在強盜手中私自領回之理？萬一現在拿著的，又在官府面前招出這主贓物，官府查究起來，我還是呈送到官的是，隱匿下來的是？」想到這個地步，真是千難萬難。左想一回又不是，右想一回又不是，只得閉上柴門，束手而坐。

正在沒擺佈的時節，只聽得幾下鑼響，又有一片吆喝之聲，知道是官府經過。呆叟原係罪人，又增出許多形跡，聽見這些響動，好不驚慌，惟恐有人闖進門來，攻其不意。要想把贓物藏過一邊，怎奈人生地不熟，不知哪一個去處可以掩藏。正在東張西望的時節，忽聽得捶門之聲如同霹靂，鑼聲敲到門前，又忽然住了，不知為甚麼原故。欲待不開，又恐怕抵當不住；欲待要開，怎奈幾個包袱排在面前，萬一官府進來，只當是自具供招，親投罪狀，買一個強盜窩家認到身上來做了，如何使得？急得大汗如流，心頭突突的亂跳。又聽得敲門之人高聲喊道：「老爺來拜顧相公，快些開門，接了帖子進去！」呆叟聽見這句話，一發疑心，說：「我是犯罪之人，不行捕捉也夠了，豈有問官倒寫名帖上門來拜犯人之理？此語一發荒唐，總是凶多吉少。料想支撐不住，落得開門見他。」誰想拔開門拴，果然有個侍弟帖子，塞進門來。那投帖之人又說：「老爺親自到門，就要下轎了，快些出來迎接。」

呆叟見過名帖，就把十分愁擔放下七分，料他定有好意，不是甚麼機謀，就整頓衣冠出去接見。縣尊走下轎子，對著呆叟道：「這位就是顧兄麼？」呆叟道：「晚生就是。」縣尊道：「渴慕久矣！今日才得識荊。」就與他挽手而進。行至中堂，呆叟說是犯罪之人，不敢作揖，要行長跪之禮。縣尊一把扯住說：「小弟惑於人言，唐突吾兄兩次，甚是不安，今日特來謝過。兄乃世外高人，何罪之有？」呆叟也謙遜幾句回答了他，兩個才行抗禮❷。縣尊坐定之後，就說：「吾兄的才品，近來不可多得，小弟欽服久矣。兩番得罪，實是有為而然，日後自明，此時不煩細說。方才會著諸位令親，說吾兄有徙居負郭之意，若果能如此，就可以朝夕領教，不作蒹葭白露之思❸了。但不知可曾決策？」呆叟道：「敝友舍親都以此言相勖，但苦生計寥寥，十分之中還有一二分未決。」縣尊道：「有弟輩在此，『薪水』二字可以不憂，待與諸位令親替兄籌個善策，再來報命就是了。」呆叟稱謝不遑。縣尊坐了片時，就告別而去。

呆叟一日之中遇了三樁詫事，好像做夢一般，禍福齊來，驚喜畢集。自家猜了半日，竟不知甚麼來由。直等黃昏日落之時，諸公攜酒而出，一來替他壓驚，二來替他賀喜，三來又替他煖熱新居。吃到半席之間，呆叟把日間的事細細述了一遍，說：「公門之內莫道沒有好人，盜賊之中一般也有豪傑。只是這位縣尊前面太倨後面太恭，舉動靡常，倒有些解說他不出。」眾人聽了這些話，並不則聲，個個都掩口而笑。呆叟看了，一發疑心起來，問他：「不答者何心，暗笑者何意？」殷太史見他盤問不過，才說出實心話來，竟把呆叟喜個異常、笑個不住！

原來那三樁橫禍，幾次奇驚，不是天意使然，亦非命窮所致，都是眾人用了詭計做造出來的。只因思想呆叟，接他不來，知道善勸不如惡勸，他要享林泉之福，所以下鄉，偏等他吃些林泉之苦。正要生法擺佈他，恰好新到一位縣尊，極是憐才下士。殷太史與眾人就再三推轂❹，說：「敝縣有才之士止得一人，姓某名某，一向避俗入山，不肯出來謁見當事。此兄不但才高，兼有碩行，與治弟們相處，極肯

❷ 抗禮：亦作亢禮。謂彼此以平等禮節相待。語出史記劉敬叔孫通列傳。

❸ 蒹葭白露之思：意謂思念相見而不得。語本詩秦風蒹葭。蒹葭，音ㄐㄧㄢ ㄐㄧㄚ。荻。

❹ 推轂：比喻推薦人才。語本史記魏其武安侯列傳。轂，音ㄍㄨˇ。

輸誠砥礪。自他去後，使我輩鄙吝日增，聰明日減。可惜不在城中；若在城中，老父母得此一人，就可以食憐才下士之報。」縣尊聞之，甚是踊躍，要差人賫了名帖下鄉去物色他。眾人道：「此兄高尚之心，已成了膏肓痼疾，不是弓旌招得來的。須效晉文公求士之法，畢竟要焚山烈澤，才弄得介子推❺出來。治弟輩正有此意，要借老父母的威靈，且從小處做起，先要如此如此；他出來就罷，若不出來，再去如此如此。直到第三次上，才好把辣手放出來。先使他受些小屈，然後大伸，這才是個萬妥之法。」縣尊聽了，一一依從，所以簽他做了櫃頭，差人前去呼喚。明知不來，要使他蹭蹬，起頭先破幾分錢鈔，省得受用太過，動以貧賤驕人。第二次差人打劫，料他到窮極處必想入城，還怕有幾分不穩，所以吩咐打劫之人丟下幾件贓物，預先埋伏了禍根，好等後來發作。誰想他依舊倔強，不肯出來，所以等到如今，才下這番辣手，料他到了此時決難擺脫，少不得隨票入城。據眾人的意思，還要哄到城中，弄幾個輕薄少年立在路口，等呆叟經過之時，叫他幾聲「馮婦」，使他懈悔不過，才肯回頭。獨有殷太史一位不肯，說：「要迫他轉來，畢竟得個兩全之法，既要遂我們密邇之意，又要成就他高尚之心。趁他未到的時節，先在半村半郭之間，尋下一塊基址，替他蓋幾間茅屋，置幾畝腴田。有了安身立命之場，他自然不想再去。我們為朋友之心，方才有個著落。不然，今日這番舉動，真可謂之虛構了。」眾人聽見，都道他慮得極妥。縣尊知道有此盛舉，不肯把「倡義」二字讓與別人，預先捐俸若干，送到殷太史處，聽他設施。所以這座莊房與買田置產之費，共計千金。三股之內，縣尊出了一股，殷太史出了一股；其餘一股，乃

❺ 介子推：作介之推、介推。春秋時晉國人。曾從晉文公出亡十九年，文公回國後賞諸從亡者，介推不言祿，祿亦弗及，遂與母隱居綿山，文公求之不出，又焚山以逼之，介推抱木而死。

眾人均出。不但宴會賓客之所、安頓妻孥之處，替他位置得宜，不落尋常窠臼；連養牛畜豕之地，雞棲犬宿之場，都造得現現成成，不消費半毫氣力。起先那兩位異人、三椿詫事，也非無故而然，都是他們做定的圈套，特地叫人送上門來，使他見了先把大驚變為小驚，然後到相見的時節，說了情由，再把小喜變為大喜。連縣尊這一拜，也是在他未到之先就商榷定了的。要等他一到城外，就使人相聞，好等縣尊出來枉顧，以作下交之始。呆叟在窮愁落寞之中，顛沛流離之際，忽然聞了此說，你道他驚也不驚，喜也不喜？感激眾人不感激眾人？當夜開懷暢飲，醉舞狂歌，直吃到天明才散。

呆叟把山中的家小與牛羊犬豕之類，一齊搬入新居，同享現成之福。從此以後，不但殷太史樂於聞過，時時往拜昌言，諸大老喜得高朋，刻刻來承塵教；連那位禮賢下士的令尹，凡有疑難不決之事，推敲未定之詩，不是出郭相商，就是走書致訊。呆叟感他國士之遇，亦以國士報之。凡有事關民社、跡係聲名者，真所謂知無不言，言無不盡。殷太史還說聲氣雖通，終有一城之隔，不便往來；又在他莊房之側，買了一所民居，改為別業。把「聞過樓」的匾額，叫人移出城來，釘在別業之中一座書樓之上，求他朝夕相規，不時勸誡。

這一部小說的樓名，俱從本人起見，獨此一樓不屬顧而屬殷，議之者以為旁出，殊不知作者原有深心。當今之世，如顧呆叟之恬澹寡營，與朋友交而能以切磋自效者，雖然不多，一百個之中或者還有一兩個；至於處富貴而不驕，聞忠言而善納，始終為友，不以疏遠易其情、貧老變其志者，百千萬億之中，正好尋不出這一位！只因作書之旨不在主而在客，所以命名之義不屬顧而屬殷，要使觀者味此，知非言過之難而聞過之難也。覺世稗官之小說，大率類此。其能見取於人，不致作覆瓿抹桌之具者，賴有此耳！

中國古典名著

專家校注考訂　古典小說戲曲大觀

世俗人情類

紅樓夢　饒彬校注
脂評本紅樓夢　馬美信校注
金瓶梅　劉本棟校注
老殘遊記　田素蘭校注
平山冷燕　張國風校注
品花寶鑑　徐德明校注
野叟曝言　黃珅校注
綠野仙踪　葉經柱校注
禪真逸史　黃珅校注
海上花列傳　姜漢椿校注
九尾龜　楊子堅校注
醒世姻緣傳　袁世碩、鄒宗良校注
三門街　嚴文儒校注
花月痕　趙乃增校注
孽海花　葉經柱校注
魯男子　黃珅校注
遊仙窟　玉梨魂（合刊）　黃瑚、黃珅校注
筆生花　黃明校注
浮生六記　陶恂若校注
玉嬌梨　石昌渝校注
好逑傳　石昌渝校注
啼笑因緣　束忱校注
歧路燈　侯忠義校注

公案俠義類

水滸傳　繆天華校注
兒女英雄傳　繆天華校注
三俠五義　張虹校注
七俠五義　楊宗瑩校注
小五義　李宗為校注
續小五義　文斌校注
蕩寇志　侯忠義校注
綠牡丹　劉倩校注
羅通掃北　劉倩校注
楊家將演義　楊子堅校注
萬花樓演義　陳大康校注
粉妝樓全傳　陳大康校注
七劍十三俠　張建一校注
包公案　顧宏義校注
海公大紅袍全傳　楊同甫校注
施公案　黃珅校注
乾隆下江南　姜榮剛校注

歷史演義類

三國演義　饒彬校注
東周列國志　劉本棟校注
東西漢演義　朱恒夫校注
隋唐演義　嚴文儒校注
說岳全傳　平慧善校注
大明英烈傳　楊宗瑩校注

神魔志怪類

西遊記　繆天華校注
封神演義　楊宗瑩校注
濟公傳　楊宗瑩校注
三遂平妖傳　楊東方校注
南海觀音全傳　達磨出身傳燈傳（合刊）　沈傳鳳校注

諷刺譴責類

儒林外史　繆天華校注
官場現形記　張素貞校注
文明小史　張素貞校注
鏡花緣　尤信雄校注
二十年目睹之怪現狀　石昌渝校注
何典　斬鬼傳　唐鍾馗平鬼傳（合刊）　鄔國平校注

擬話本類

拍案驚奇　劉本棟校注
二刻拍案驚奇　徐文助校注
喻世明言　徐文助校注
警世通言　徐文助校注
醒世恒言　廖吉郎校注
今古奇觀　李平校注
豆棚閒話　照世盃（合刊）　陳大康校注
石點頭　李忠明校注
十二樓　陶恂若校注
西湖佳話　陳美林、喬光輝校注
西湖二集　陳美林校注
型世言　侯忠義校注

著名戲曲選

竇娥冤　王星琦校注
漢宮秋　王星琦校注
梧桐雨　王星琦校注
琵琶記　江巨榮校注
第六才子書西廂記　張建一校注
牡丹亭　邵海清校注
荊釵記　趙山林校注
荔鏡記　趙山林、趙婷婷校注
長生殿　樓含松、江興祐校注
桃花扇　陳美林、皐于厚校注
雷峰塔　俞為民校注
倩女離魂　王星琦校注

警世
通言

國家圖書館出版品預行編目資料

十二樓／李漁著;陶恂若校注;葉經柱校閱.——二版
四刷.——臺北市：三民，2024
面；　公分.——(中國古典名著)

ISBN 978-957-14-2775-1（平裝）

857.44

中國古典名著

十二樓

作　者	李　漁
校注者	陶恂若
校閱者	葉經柱
創辦人	劉振強
發行人	劉仲傑
出版者	三民書局股份有限公司(成立於 1953 年)

三民網路書店
https://www.sanmin.com.tw

地　址	臺北市復興北路 386 號　(復北門市)　(02)2500-6600 臺北市重慶南路一段 61 號(重南門市)　(02)2361-7511
出版日期	初版一刷 1998 年 4 月 二版一刷 2008 年 8 月 二版四刷 2024 年 4 月
書籍編號	S854280
ISBN	978-957-14-2775-1